菊池真一
深沢秋男
和田恭幸 編

假名草子集成

第三十九巻

東京堂出版

例言

一、『假名草子集成』第三十九巻は、文部省の科学研究費補助金（研究成果刊行費）による刊行に続くものである。

二、本『假名草子集成』は、仮名草子を網羅的に収録することを目的として、翻刻刊行せんとするものである。これまで翻刻された仮名草子は、少なくないが、全体の半数にも満たない。ここにおいて、本集成を刊行して、仮名草子研究を推進させせんと考える次第である。

三、既刊の作品は、全て、今一度改めて原本にあたり、未刊の作品については、範囲を広くして採用したい、という考えを、基本としている。

四、仮名草子の範囲は、人によって多少相違がある。中で、最も顕著なる例は、室町時代の物語との区別である。これについては、横山重・松本隆信両氏の『室町時代物語大成』との抵触は避ける予定である。しかし、近世成立と考えられる、お伽草子の類は、仮名草子として検討する方向で進めたい。

五、作品の配列は、原則として、書名の五十音順によることとする。

六、本集成には、補巻・別巻をも予定して、仮名草子研究資料の完備を期している。

七、校訂については、次の方針を以て進める。

1、原本の面目を保つことにつとめ、本文は全て原本通りとした。清濁も同様に原本通りとした。

2、文字は、通行の文字に改めた。
3、誤字、脱字、仮名遣いの誤りなども原本通りとし、（ママ）或は（……カ）と傍注を施した。
4、句点は原本通りとした。句点を「。」とせる作品は「。」、「・」を使用する作品はそのまま「・」とした。但し、読み易くするために、私に読点「、」を加えた場合もある。句読点の全くない作品は、全て「、」を以て、読み易くした。
5、底本にある虫食、損傷の箇所は□印で示し、原則として他本で補うこととし、□の中に補った文字を入れて区別した。他本でも補う事が不可能な場合は、傍注に（……カ）とした。
6、底本における表裏の改頁は」を以って示し、丁数とオ・ウとを、小字で入れて、注記とした。
7、挿絵の箇所は〔挿絵〕とし、丁数・表裏を記した。
8、底本の改行以外に、読み易くするために、私に改行を多くした。
9、和歌・狂歌・俳諧（発句）・漢詩・引用は、原則として、一字下げの独立とした。ただし、会話は、改行、一字下げとしない。
10、挿絵は全て収録する。
八、巻末に、収録作品の解題を行った。解題は、書誌的な説明を主とした。備考欄に、若干、私見を記した場合もある。
九、原本の閲覧、利用につき、図書館、文庫、研究機関、蔵書家など、多くの方々の御理解を賜ったことに感謝の意を表す。

十、仮名草子研究に鞭撻配慮を賜った故横山重氏、故吉田幸一博士、また出版を強くすすめて下さった野村貴次氏、神保五弥名誉教授、ならびに困難なる出版をひき受けて下された東京堂出版に、感謝する次第である。

平成十八年一月

朝倉治彦

第三十九巻　凡　例

一、本巻には、次の三篇を収めた。

若輩抄
　写本　一冊

聚楽物語
　寛永十七年五月刊　三巻三冊

死霊解脱物語聞書
　元禄三年十一月刊　二巻二冊

二、また、次の一篇を影印で収めた。

女訓抄
　古活字版　寛永十四年三月刊　中巻欠、上下巻二冊存　柳沢昌紀氏所蔵

三、『若輩抄』は、日本大学学術情報センター所蔵本を底本とした。本書を昭和四十五年に初めて翻刻紹介された大沢美夫氏には、貴重な御教示を賜った。記して深甚の謝意を表します。

四、『聚楽物語』は、宮内庁書陵部蔵の寛永十七年刊整版本を底本とした。

五、『死霊解脱物語聞書』は、中京大学図書館所蔵の元禄三年山形屋吉兵衛刊本を底本とした。

六、本文のあとに、解題、書林の目録に見る了意の作品㈤、正誤・追加、写真を附した。

七、底本の閲覧、調査、翻刻、複写、掲載を御許可下さいました日本大学学術情報センター、宮内庁書陵部、中京大学図書館、柳沢昌紀氏の御配慮に感謝申し上げます。

八、第三十九巻より、前責任者朝倉治彦氏の全体企画、収録予定書目を参考に検討し、菊池真一、花田富二夫、深沢秋男が各巻の編集責任者となって、当集成の続刊にあたる。共編者には今後を担う若い研究者を中心に依頼したが、編集責任者ともども、不備・遺漏も多いかと思う。広く江湖のご寛容とご批正を願いたい。

菊池真一
花田富二夫
深沢秋男
和田恭幸

目次

假名草子集成

第三十九巻

若輩抄

（写本、一冊）

若輩抄

宗入記

△ こつじきのにうだう、そぶへとて、おわりの国に侍るが、あまりにすかぬ、おあひくち、びんぼうかみの御ねんころ、をきふし、はなれぬ、おとぎにて、さびしき事はなけれとも、むかふすねより、いづる火は、いかなる、ひぶせもかなはねば、かのこをどりに、おどりいで、なかせんだうの、みちすがら、ぶらり〳〵とくだりける」一オ

げんわ九ねんのかみな月、人やりならぬ、みちすがら、うき事しげき、しなのぢや、さむさわりなき夜もすがら、しづがくさやのかりぶしは、花のにしきにしきかへて、てぶとにあめる、すがごもや、てがいのとらの、なにかへて、ねこのむしろを、しきたへの、まくらながるゝばかりなる、なみだの雨のふる事は、しぢのはしかき、かきつめて、

もゝ夜のまろね、これなれや、草のはにおく、つゆの身を、きえしだひとて、たちいづる、わがふるさとの、ことのは」一ウも、うきつれ〳〵の、もしほ草、かきあつむべき、とし月の、かずへてすめる国のなを、おわりといふも、ゆめなれや、うつゝときゝて、ゆくすへを、おもひのおほゐ、さとつゝき、人のこゝろも、なかつかわ、すへはひとつに、おちあいの、さとよりつゝく、山たかみ、はる〳〵こへて、ゆくすへを、たがかへしなの、きそなれや、みち一すぢに、あしひきの、月のかげ見ぬ山中は、あふさきるさに、かなしくて、なみたのいろの、くれなひを、とふかともせぬ、山」二オあいの、岩きりとをす、水のおと、なみよりたゝむ、せいがんは、たれがかんなを、かけそめて、けづりなしたる、かたちぞや、ねさめのゆめの、見かへりは、おもしろそふなる所なり、なにのみきゝし、かけはしを、ふみかへさんも、しらつゆに、かぜのふくしま、すへはなを、しもにかれたる、おぎはらや、のにふす事も、うきたびの、ならいとおもひ、こしかたの、なをだにしらぬ、さとすぎて、

ならはぬゆきに、みちとをく、うきめをしづが、わらくつの、かず〳〵きれて、我があしの、まめにはなれと、あ」二ウゆみゑぬ、いまをかぎりと、おもひしに、人のなさけに、なぐさみて、きその山がを、うちすぎぬ、こなたかなたも、おそろしさに、みちにまかせて、はしりゆく、さむさもさむし、くたびれて、うすいとうげに、やどりける、かひかゞまりて、おりながら

〽あわれなるわがあさ衣おさをあらみうすいはかぜのいたくもる山

たどり〳〵と、くだりしは、さかもとなれや、まついだの、衣がせきと、きゝけれど、はぎとられべき物もなし、かのかみたちの、いたはなや、かうべきものも、たかさきの、まちをすぐ」三オれば、からすかわ、おどりこゆると、人や見る、草のふかやを、うちすぎて、くまがへ殿の、おさとかや、あだちのまゆみ、ひきはりて、いるやのことく、いそぎしに、まだこぬはるの、さはらびや、とだのわたりの、ふねこへて、心をかけし、いたはしの、さとよりゑどの、見へけるは、たまをみがける、ほうらいの、山かとおもふ、おてんしゆは、くものうへまで、かさねあげ、やかた〳〵の、かず〳〵は、わうしやじやうにも、こへぬべし、こまもろこしの、都ども、なか〳〵これには、まさらじと、おもへはうれし」三ウ、にうだうが、かゝるめでたき、世にうまれ、まなこにくわほうの、つきたるは、我か身のうちの、ぐわいぶんと、せめてはおもひ、なぐさみて、花のお江戸に、つきければ、あらうれしやと、おもふなり

△なんにもしらぬ、にうだうが、とほうもなくて、おりけるに、人のいけんに、したかいて、おさなきこどもを、とりあつめ、てならひをしへて、いたりける、ある日のま中に、ひるねして」四オ、こどもたちを、よびいだし、あしをさすれと、いひければ

△　梅一丸がたちいてゝ、しゆろうほうきを、とりいだし、

こうでににやはぬ、竹のゐの、六しやくあまり、ありけるを、おつとりのべて、ひざまつき、むかふすねを、さかさまに、あいそふなげに、さすりける

し丶やう、そのとき、をきなをり、りこんすぎたる、こせがれは、おしゆる事は、うちわすれ、いらさる事をわすれぬは、七しやくさつて、しのかげを、ふまぬといふ」四ウも、ことによる、おのれがいまの、ふるまひは、いふにいわれぬ、こ丶ろとて、しゆろうほうきを、おつとつて、かずをもしらず、た丶きける

梅一丸がおきなをり、ひたいのかみを、なであげて、かしこまりて、いひけるは

からたちいばらを、はだかにて、おいねさするも、さかさまに、ゐづるをひくも、おし丶やうの、おならひならば何事も、物はいわじと、おもへとも、おし丶やうさまの、おかほつき、かみひげながく、なつの野の、しばのことくに、はへしげり、かけてもいらぬ、ほうたすき、か丶るおかしき、おすがたは、へたのかきたる」五オだるまかや、まなこばかりは、おほきくて、もめんずきんの、あつわたを、まゆのうへまで、ひきかけて、身にめす物は、われ〳〵の、てならひすてし、ほうぐとも、しぶかきそめの、すかみぎぬ、ところ〳〵に、もじ見へて、うへしたともに、かわらぬは、かたはらいたき、そでつぎの、あをきもめんの、はんゐりは、くびのまはりの、御ようじん、ぼんのくぼまで、ひきかけて、くびたて衣の、ごとくなり

もめんのおびの、まるぐけを、ひとしめしめて、むすびさげ、かわどうらんの、所はげ、ねずみのわけと、見へ」五ウたるを、さすがおかしく、ぶらさげて、ずいぶんがほして、ござれども、なんにもしらぬ、きねぼうず、たちうすなりに、つきすはり、おほひざかいての、ほうづへは、おそらくうてぬ、おし丶やうを、あだにおもふな、こどもたち、物をならへと申ける

△　とをにもたらぬ梅一が、こ丶ろのうちを、はづかしく、だうりしごくに、おもへども、のこるこどもの、きくみ丶

を、あだにはせじと、おもひつゝ、梅一丸をしかり」六ォける、なんにもしらぬと、こなしたる、をのれがやうなる、せがれめに、ゆいきかすると、うしのみゝ、かぜのふきたるごとくにて、やくにもたゝぬ事なれと、もじのゆらいを、かたるべし

こんとんみぶんの、そのむかし、六十かうの、おはりにぞ、てんちかいひやく、したりける、日月ほしの、三くわうも、しだひ〳〵に、あらわれて、ふつきしんわう、くわうていを、三かうの世と、これをいふ、そのくわうていの、ときとかや、そうてんそうじん、そうけつとて、これ三人の、しんかとも、かぜしづか」六ウなる、浦つたひ、はくしやにむれたつ、はまちどりの、あとを見しより、此もじを、つくりそめたる、とくこうの、ふたつのもじは、よのなかの、もじのちゝは、ゝ、これなりき、そのゝちうめる、ひがしもじ、しだひ〳〵に、ひろまりぬ

てんぢく、しんたん、わがてうの、もてあつかひは、かわれとも、おこる所は、これぞかし、そのゝち、すゝりは、しろがさく、ふではもうでん、かみはなもさいりん、すみをはじめつゝ、今の世までのたからなり

さて、我がてうの、かなもじは、こうぼうだいし」七ォ世にいでゝ、ねはんぎやうの、しくのげを、四十七字のいろはとなし、むそぢよこくにひろまりぬ

いろはにほへとちりぬるを、しよぎやうむぜうのくにあたる、わがよたれぞつねならん、ぜしやうめつほうのくにあたる、うゐのおく山けうこへては、せうめつめつちのくのこゝろなり、あさきゆめみしゑひもせずは、しやくめついらくのこゝろなり、おはりに京の字をくわゆる事は、ねはん常住のみやこを、ひやうするゆへなれは、今、かくいろはに京の字」七ウを、かくもかゝぬも、ならひあり

ふでのもちやう、ての内の、おもさかるさの、くらいあり、しゆ〳〵さま〳〵に、まわせども、かずは五つに、きわまりぬ、しやうりふたつの、心もち、こつにくふたつの、かきわけに、しくわつふたつの、見わけやう、ふでのうちつけ、ふではなし、てんのうちやう、かみあたり、くつかん

むりや、すみうつり、すくみすくまぬ、くらいあり
これはとうざの物かたり、こまかにいうも、へたくろし、
へんをつくりに、かこふとも、つくりをへんに、かこふと
も」八ォてほんしだひに、ならへとて、じまんがほして、い
たりける

△爰に、さゝやのかめつるとて、十一さいになりけるが、
つくへのまへを、たちさりて、もろてをついて申ける
おしゝやうさまの物かたり、こみゝにふれて、おもしろや、
あだにおもはぬ、われ〳〵が、まなこのまへにて、梅一が、
申あげたる、ぞうごんを、たさんのこども、いふならば、
けさんのかどにて、たゝくべし、ほうばいなれは、かんに
んす」八ゥ、おじひは上より、くだるとて、梅一丸が、りよ
くわいをも、ゆるさせたまへ、おしゝやうとて、つくへの
まへゑ、かへりぬる

△其後、松千代丸とて、十二さいになりけるが、用あり
そふにて、かしこまり、われらかおやの所にて、夕へしゆ
ゑんの、ありけるに、人〳〵あまた、よりあひて、まうつ
うたふつ、さかもりの、なかばなりける、おりふしに、
ちゝはゝともに、まかりいで
松ちよ丸を、こぞのはる、てらへ」九ォのほせて候に、物を
もさとく、ならひとり、うたひもうたひ、まいもまう、よ
きおしゝやうに、あふたるは、松ちよ丸が、くわほうなり、
ひとつうたひて、人〳〵に、きかせたまへ
と、申さるゝ
ひごろわれらが、うたひをば、てうし声いろ、くちひよう
し、うまれつきたる、うたひかな、じやうづにならうと、
ほめたまふ、てうしにのつて、人〳〵も、さぞほめへしと
存つゝ、ならひすました、まつかねを、うたひおさめて、
しさりしを、ちゝはゝばかり、ほむれとも、たにんは何と
も、いはぬ」九ゥなり
あまりむねんに、存つゝ、をしへたまひし、くせまひも、
ろんぎ小うたひ、のこりなく、うたひあぐるを、まちかね

て、一度にどつと、わらひつゝ、しやうがは、うたひにたれとも、ふしは、まひとも小うたとも、さらにきこへぬ、をしへやう、あれも、しゝやうがあるかとて、たゝみをたゝき、てをたゝき、わらふといふも、おろかなり

ちゝはゝ、ともにはらをたち、むねんしごくの、しだひかな

松ちよ丸を、とりかへし、又、よのしゝやうを、とらせんと、しごくのはらに、すへかぬる

これもだうりと」十オ おもへとも、とし月なれし、おしゝやうを、ふりすてかたく、おもひつゝ、おやのいさめも、きかぬなり

今よりのちは何事も、人のわらはぬ、事ともを、おしへたまへと、申つゝ、松ちよ、こゝろにおもふやう

ひころならひし、うたひとも、ひくぞひかぬぞ、くをきるぞ、なまりことばの、すみにごり、ひようしにのるぞ、のらぬとて、とき〱つへを、おいねつゝ、やう〱ならふうたひとも、ひとつも、やくにたゝぬ事、こゝろをつくし、ほねをおり、ならひし事の、むねんさよ」十ウ いかゝはせんと、おもひつゝ、なみたぐみてぞ、いたりける

△ にうどう、こゝろにおもふやう、われらも、ふしはしらねとも、ほんをひかへて、おしへたり、世はたらひのたばかりに、しらざる事をおしへつゝ、我らもはぢをかきたると、返ゞもおもへとも、人によはげを見へじとて、もちたるあふぎを、とりなをし、たゝみのおもてを、ひしとうち、おのれがおやの、あん太郎、なんにもしらぬ、やつ」十一オめなり、さやうの事の、あらんには、をれをばよばで、松ちよに、うたひうたわせ、わらはれて、しゝやうに、はぢをかゝせつゝ、をのれもはらを、たつといふ、おやのこゝろは、にくけれど、松ちよ丸が、りこんさは、いうにいわれぬ、うまれつき、心けたかく、やさしきは、でしのうちにも、すぐれたり、此にうだうが、わかき時、ならひし事を、つたへんと、こどもをよせての物語

まづ、さしよりて人ごとに、うたひはすれと、小うたひは、だいじの物とつたへたり、一ふしなりとも、うたふ」十一ウ人、さかもりなとの、あらんとき、まへかたよりも、うたふへき、うたひを心に、かけており、しよまうのあらば、そのまゝに、うたひいだすを、よきという、そのうへ、はるのじぶんには、はるの事を、つくりたる、小うたひともを、何にても、たゝしうけんに、うたふべし

まづ、しうげんは、心をはり、すぐにたゞしく、ぎんつよく、物をりやくせぬ、事ぞよき、もしその時に、いたりても、そのきのうたひ、うかまずは、せき寺小町に、さゝなみや、はまのまさごといふ所を、しうげんの時、うたふべし、是しきともに」十二オかなふなり、はじめの小うたひ、ひとつにて、その心へを、うたひなば、あとはいかなる、小うたひも、くるしからずと、おもふべし、むかしの人の、引哥に

〽うたはんにまづしうげんをもつはらにさてそののちは
　れんほあひしやう

さてまた小うたひ、うたはんに、じよよりうたふを、よきといふ、じよといふ事は、たかさごの、音つれは松にこととふ、といふ所なり、かやうの所は、いつれの、小うたひのまへにも、あるぞかし、じよよりも、うたひ候へば、かならず、返してうたふべし、又は、じよのなき小うたひも、はじめ」十二ウにうたふは、かへすなり、ことたらさるは、ぶしうげん、かず〱うたふ、小うたひは、かへさずうたふも、よしとしれ、ひとりにうたひいださせて、あとをみな〱、つけんには、返してつけさせ申べし、それもむことり、よめとりには、かへさぬ物とおもふべし、かどおくりには、かへすなり、それも舟路の、かどおくりには、かへさぬ物とおもふべし

又は、ざしきのたてやうにて、いんようの心へありといふ、さて、にしきたは、いんなるぞ、此方へむくざしきにて、うたひもかろく、ぎんもあり、めらざるやう」十三オに、うたふべし、ひがしみなみは、ようなれは、すこしは、をもくぎんもめり、いんには、ようをあてがいて、ようには、

いんをあてかふべし、これを、いんようわがうといふ、うたひのくらひは、ときにより、ほうがくによる、物なれは、おもき物にも、かろきにも、かぎらぬ物と、おもふべし、つゝみもおなし、事ぞかし、又、いにしへの引哥に

〽それ〳〵のくらひによりてかはるべし老若男女そうぞくにあり

しきのてうし、といふ事は、春は双調、夏は又、黄鐘なれや、さて秋は、平調と」十三ウしれ、冬は又、ばんしきとしれ、土用をば、一こつなりとおもふべし、月のてうしも正月を、平調にして、ならひあり、十二時もおなし事、とらのときを平調にて、されより、したひ〳〵なり、両調子かぬる心へ、いろ〳〵の事候へとも、すこしの心かけにては、なか〳〵ならぬ事ぞかし、ひろきざしきの、うたひには、てうしをすこし、たかくせよ、せばきざしきの、うたひには、すこしてうしを、ひきくせよ、これも、むかしのひき哥に

〽うたはんに調子をひきくぎんじつゝみじかき事をまづうたふべし

〽さしよりてうたふてうしはそうでうかのちはわうしき」十四オばんしきもよし

よき音曲といふ事は、うたひのおもて、かる〳〵と、する〳〵として、おもしろく、うへにはふしも、なきやうにて、そこにはふしの、こもりつゝ、のべしゝめの、たくさんにて、みゝにたゝさる、やうにこそ、うたふ物とは、つたへたり、ことにうたひは、人〳〵の、なぐさみものにて候へは、くせなく、きゝよきやうにこそ、たしなむ事をほんといふ、むかしより、こゑをわすれて、きよくをしれ、といふ事は、うたひさへ、うたひ候へは、をのれと、こゑは、いづるなり、声」十四ウよくいだし候はんと、声に心をつけましき、したるきも、うたひのじゆうになき事も、声に心のつくゆへぞ、又、ふしはかりに心をかけ、しゝやうに、すこしもちがへじと、うたへばうたひ、すくみつゝ、かならす、かたくなる物ぞ、ついの花、とうざの花といふ事は、これもむかしの引哥に

〽おもふよや時の花のみかさしつゝついの花をばうちわするらん

それ、とうざの花は、おもしろきとおもへとも、七日をへてちるなれは、やがてかげなくなるぞかし、月は常住ふめつにして、つくる事なき」十五オ夕くれの、月をはついの花といふ、ならいともをけいこして、さやうの心を、ふまへつゝ、たゝいかやうにも、あたらしく、うたふを、ついの花といふ、みな、人ごとのじまんには、うたひをわすれず、よくおぼへ、ひようしにあひて、声いづれば、はや、此うへはあるましと、人もゆるさぬ、じやうづになる、おほかた、是もよけれとも、とうざの花にて、あしきなり、又、よくひようしにあふ事も、これ、みなしたるき、くらいにて、ひようしのほどとて、あしきなり、ひようしの間よりも、うたひだし、ほどより、ひようしにうつりつゝ」十五ウあいてあはぬ心もち、これほどひようしとて、よき音曲と心へよ、ついの花にてきゝさめなし、又、いにしへの、ひき哥に

〽声いでず小音なりと音曲をあらひてうたふ人ぞゆかしき

〽でぬよりも猶つる声のをんきよくのよこしまなるぞせうしなりける

と、かくうたひは、それ〳〵の、げだいのごとくに、心へて、うたふを上手とおもふべし

たとへは、定家は、式子内親王の、御くらひをふんべつして、いかにも、けたかくうたふべし、江口は遊女と心へて、そゝうに、くらいもなかるべし、さて又、あふひ」十六オのうへなとは、上ろうにては候へとも、うわなりうちの事なれは、しんいのほむらを、にやされし、そのありさまと心へて、うつくしきうちにても、いかにもつよく、かどらしく、こゝにこめて、うたふへし

わきとしての心へは、わきのかたは、くらいもなく、さらりと、かろくうたふべし、さて又、かろきといふとても、はやくうたふは、あしきなり、してのかたは、うつくしく、くらいをあらせて、のび〳〵と、いかにも、けたかくうた

ふべし、又、したるきは、あしかるべし、これも、むかし
の引哥に
〽音曲はかろきこゝろそよかりけるおもきもわろしした」十六ウ
るきもうし
いきつぎ、大事の物ぞかし、さし、くせまひ、きり、三所
なから、かわるべし、人にしらせず、うつくしく、つぐを
よきぞ、とこゝろへよ、さしは、ひたひで声をきる、又、
くせまひは、出るいきにて、うたひとめ、又、いるいきに
て、うたひだし、じんのざうにて、うたひとめ、はいのざ
うにて、うたひだす、ともとも心へよ
又、二字つめといふ事は、きりの、いひだし、いひはなし、
これも、すこしのならひあり
さて、又、一ちやうつゝみにて、一人うたふ心へは、まづ、
小うたひを」十七オ じよより、うたふものにてあり
さて、又、ながくと所望の時、さしより、くせまひうたふ
なり、くせまひばかりは、うたはぬなり、これ、又、さし
とくせまひとの間に、心へあるゆへか、二ちやうの間を、
一ちやうにて、ふさぐゆへ、つねより、かろくうたふなり
さて、じよはつきうほど、ひようし、地のほどを、よくう
たふべし、つゝみをきゝて、うたふにより、うたひは、へ
たにきこゆれとも、心ひようしを、よくうちて、つゝみに
かまはず、さら〳〵と、うたひすまし候へは、いかなる上
手の、つゝみうちも、うたひをうかゝひ、うつにより」十七ウ
つゝみが、へたにきこゆるなり、ひじは、まつげのごとく
とや、これ、うたひてのいちのひじ、かやうの事も心へよ
何といふとも、つきましき、ならいはあれど、にうだうが、
くたびれはてたる物かたり、半ねぶりしていう事の、おか
しき事は、おほくとも、よき事あらば、きゝおぼへ、のち
のかたみと、おもふべし
〽しゝやうにもとはずはいかておしゆへきこゝろをくた
きねんころにとへ」十八オ
△　とら菊丸が、いひけるは
我らがおやの申事、十一さいのはるよりも、とらきく寺へ

のぼせつゝ、ことし三とせになりけれど、につきもつけず、文かゝず、とき〳〵かゝせるかな文も、ぬしはがてんのあるやらん、人はよまぬと、はらをたち、さもおそろしき、あらなわにて、こうでをしばり、からげられ、つねりたゝかれ、いろ〳〵に、はぢつらをかく、寺にては、にち〳〵夜〳〵の、御せつかん、ならひうかべし、もじともを、かけばうちにて、しからるゝ、てならふ」十八ウときの、ならひには、かくある物かと、おもへども、あまりきこんも、つゝかぬに、今よりのちは、おてほんの、もじあざやかに、へんつくり、見ゆるごとくに、あそばして、みな人〳〵の、よむ文字を、おしへたまへ

と申すなり

△　にうだう、げにもとおもひけり、われらも、ならわぬもじどもの、きへん、てへんも、わきまえず、たゞすいりやうに、かきをしへ、人のよまぬも、だうりなり、さらば、てほんをかくべしと、ふるき」十九オかわごの中よりも、ところ〳〵のやぶれたる、字つくしひとつ、とりいだし、すきうつしには、したれとも、ならはぬもじの、よまれぬは、だうりなれども、今さらに、此としよりが、しどけなく、いろはづくしの、かなまじり、かきさがしたる、文ひとつ、人にならふも、はづかしき、人をたのみて、わがでしに、をしへてたもれと、いふもうし、物しりがほして、かきたるを、ならはせもせで、おく事は、こどものまへも、はづかしき、のちはともあれ、かくもあれ、ならはせはやと、おもひつゝ、まんじ」十九ウくすんで、なげいだす

とらきく、てほんうけとりて、のこるこどもに、見せければ、此ほど見なれぬ、もじなれば、我もゑよまぬ、よまれぬと、さゝやきまわり、いふほどに、といにくるかと、おもひつゝ、そらねぶりして、いたりける

△　万たつ丸が物かたり、小こゑになりて、いふやうは、とら菊殿のてほんをば、しゝやうもよまれぬ、もじやらん、かきをさめての、そのゝちに、つく〳〵と見て、おはせし

が、ひたひ」二十オをたゝき、むねをうち、こうでをさすり、あしをのべ、かみこのほこりを、うちはらひ、たつたりいたり、めされしは、ふくろう殿の、つにむせて、あたまをふつて、身ぶるひし、まなこを、あいつふさいづ、のびかゞみたる、ありさまも、よもこれほどには、あるまじきしゝやうなれとも、くわこのゐん、げんざいのゐん、みらいまて、つきせぬゐんときく時は、かげをもふまじ、とおもふなり、よく〱物をあんずるに、しゝやうひとりを、あまたして、しゆ〲さま〲の、事をとい、おるすになれば、御もん」二十ウには、小しやうこものを、ばんにおき、おかへりならば、つげよとて、しよくもつくへも、とりのけて、すまうをはじめ、つかみあひ、かぶきのまねを、するもあり、さるわかになる、ものもあり、ぬりかさ、てのごい、ほうかぶり、けんぶつにんに、なるもあり、ぶんこのふたをたゝいて、たいこのまねを、するもあり、しよくをかさねて、あがりつゝ、くもまひをする、ものもあり、にんぎやうどもを、とりいだし、あやつりをする、ものもあり、じやうるりかたり、ばいまはし、ことりをあつめ、もず」二十一オをすへ、おほたわけして、はしりいで、とんぼをとらゐ、いかのぼり、あげてこゝろの、うれしきは、かせにまかせて、ひくいとの、きれてこぼくに、かゝる時、ながさほもちて、ゆくもあり、くび引すねをし、するもあり、ぼくとうきりあひ、まりをけつ、すゞりをちらし、ふでをなげ、びやうぶたゝみに、すみをつけ、ふすましやうじに、物をかき、いふにいわれぬ、わろくるひ、とりみだしたる、なかばにも、おかへりなれば、ざになをり、そうしに水をうちかけて、すみするかほにて、いるもあり」二十一ウしゝやうの、おめをくらかして、ならはぬもじの、かゝれぬは、たゝわれ〲の、とがなるに、おや〲たちは、しらずして、しゝやうになんを、いふ事は、そのてんめいも、おそろしと、おもひながらも、万たつが、くるひにんじゆに、もればこそ、あらいとふしや、おししやうの、とゝかゝさまは、なひやらん、小そでもきせず、たびもなし、かゝるつめたき、おりふしも、水にてかほをあらひつゝ、すゝばなたらいて、御ざあるを、おいとしひとも、おもはぬは、けんどんじやけんの、事よとて、ともたちどもに、かたりける」二十二オ

まんたつ丸かおもひより、八つ九つになるものゝ、かやうの事をいう事は、きどくふしぎに、おもはれて、にうだう、袖をしほりける

△　小藤は、すこしおとなしく、しゝやうのまへに、かしこまり

何とやらん此ほどは、かみひげしろく、おとろへて、たちゐもくるしく、見へたまふ、かく、うづもれて、おはせんよりも、とき〱よそへ」二十二ウもいでたまへ、ぢしやぶつかくの御さんけい、御なぐさみ、といひながら、ごしやうのつと、ともなりぬべし、御いであれ

と申つゝ

すみだ川への、御ともを、まづわれ〱が申へし、こどもたちをも、つれたまへ、みな人〱も、おともして、御いであれ

と申ける

小藤は、やどへかへりつゝ、こゝろをつくして、かざりふね、日本はしより、のりうつり、しほにひかれて、いでふねの、右もひだりも、おもしろや、こうあみ町に、ひくあみの、めもとにしほの、こぼるゝは、小藤かたちゐの」二十三オちそふぶり、何にたとへん、かたもなし

さて、うみちかく、なるほどに、みぎはいそべの、はまちとり、たつなもさすが、をしとりの、水にうきねの、なみまくら、ならべてとしの、ふる川を、のぼりにふねを、とりかぢの、ひだりは、わかき人〱の、びんぼうかみの、たつるいち、よしはら町の、かへるさは、とうかさかうて、ゆくもあり、よこねをかうて、ゆくもあり、かわりをもたぬ、ものどもは、われと我か身を、うらみつゝ、らうさいかうて、ゆくもあり、あるひは、すぢけほねいたみ、ぬすみのもと」二十三ウでを、かいとりて、小哥ぶしにて、かへるさに、たもんかぶきの、じゝめきに、かゝるおかしき、

とりともの、ついてはなれぬ、ありさまを、にうだう一しゆ、つらねける
〽おびたびもかりきる物にながかたなおれんぼ衆のかほ
　はやつどき
あしまをわけて、みちしほに、つれてさほさす舟人の、ゆくもかへるも、おもしろや、ねさめのまくら、そばたてゝ、ゑんぢのかねの、きこへける、浅草でらは、これなれや、きせん上下の、御さんけい、おもひ〳〵の、かざり舟、かず」二十四オをもしらぬ、その中に、まくうちまはし、びやうぶたて、われをわすれて、のりの人、おなをばそれと、ゑもうさぬ、しやうにんさまの、おふねとて、よしわらしうの、おともにて、じやうるり小哥、しやみせんは、もゝてをくだき、ひくいとの、よる〳〵ことの、おあそびは、さこそと、おもひしられたり、上人さまの、おめしもの、いふにいわれぬ、おきる物、そめてのごいにて、はちまきし、おちごかしらぬ、てをとりて、おどつつはねつの、おさかもり、みぎわのかたへ、よる舟の、をしいだしたる、御ちけいを」二十四ウそばはづかしく、をもはれて、舟をはやむる、川つらに、かげのうつれは、浅草の、もりをふねのる、心ちして、又、にうだうが、くちすさみ
〽くわんもじのあたまのうへにひるねして浅草川をわた
　る舟人
せんどうどもの、かたりける
あの浅草の、はづれなる、松のこだかく、見へけるは、まつち山とて、かくれなき、めいしよなれとも、みな人の、しらぬかほしてゆくさきは、はしばのさと、申なり、こなたに見ゆる、はた物の、まなくときなく、たつるこそ、ぬすみけんくわを、よるいとの」二十五オきれぬ心の、とがぞとは、おもひながらも、見るたびに、あわれとおもふと、かたりける
にうだう、これをきくよりも
〽世の中の御はつとををるはた物はぬすみけんくわをた
　てぬきにする
〽あわれにもたてならべたるはた物やぬすむ人とものをる

と見れとも

ほどなく舟をこぎよせて、こともも、ともにあがりつゝ、梅若丸のきうせきとて、見れともべちの、しさひもなし、つゆしん〳〵と、ふるつかに、柳一本うへたるを、おも」二十五ウしろひとも、をもはれず、こゝやかしこを、たちまわり、見るかほをして、いたりける

そのゝちめぐる、さかづきの、かず〳〵すぎて、かへるべき、じぶんになると、おもひしに、小藤何とか、おもひけん、すゞりたんじやく、とりいだし、こともにむかひて、申ける

しづ山がつと申せとも、すみだ川へのゆさんとて、むなしくかへる人はなし、此かず〳〵のこどもたち、おしゝやうさまの、おともして、ざゝめきわたりて、いで舟の、すみだ川への、御いでとは、人はしらじと、おぼすらん、何事なりとも、いひ」二十六オたまへ

と、しゝやうのみゝを、さすれとも、しらぬかほして、いたりける

小藤、すゞりにむかひつゝ、たんじやくかいて、さしいだす

〽いにしへのながれを今もおもひきやにごらぬ水のすみだ川とは

〽すみだ川名にながれたるふるつかをたもとかはきて見る人もなし

まだいとけなき、としなみの、小藤がこゝろに、はぢられて、此にうだうが、こしをれも、ゑよまでかへる、夕くれの、月にさほさす、舟のうち、いくたびめぐる、さかづきも、小哥をそへて、さす袖の、花やかなりし、人〳〵に、なぐさめ」二十六ウられて、かへりける

おほろ月夜も、おもしろく、舟さしくだす、川つらも、浅草あたりと、おぼしきに、小舟一そう、をしよせて、文をなげいれ、わがふねを、こぎすぎさまに、その文は、小藤殿へと、申つる、常〳〵心をかけし人、此おりふしを、うかゝひて、むかひながらに、きたりしと、のちには、心もつきしかど、たゞ一ふでの、返しをも、せさせざりしと、

いかばかり、こうくわひすれと、かいもなし、文をひらきて、見たりしに、やさしく、をもひよりし事、すへの世までも、のこれかし」二十七ォ、見る人あらば、一しほに、爰に、こゝろのつけかしと、なみたに、ふでをそめながす、ありしぶんしよは、これぞかし

とうていの　秋の月なる　御すかた　りさんのはるの　ゆめばかり　見しをおもひの　たねとして　しつこゝろなき　むねのうち　やるかたなきは　みな人の　恋といひしも　これぞとは　いま身のうへに　しらいとの　よるともわかず　ひるとなく　なをいでやらぬ　ねやのうち　木のはふりしく　えとなりて　はらひかねたる　そでのつゆ　なみたのいろの」二十七ウ　くれなひを　いくしほまでと　とはんとて　君かこしかた　たつねても　しゝまになれば　みだれかみ　たれとりあげて　いふ人も　なくて月日を　すぎのかど　みはいたつらに　なりぬとも　たえぬおもひの　ふちとなり　まくらながれて　いでんをも　しらぬうき身の　すへかけて　のちのよまても　なをふかき　おもひのけふり　むすぼゝれ　又すへの世も　すへの世も　かげのごとくに　たちそひて　つなげるいぬの　いつとなくをなしはしらを　めぐるにも　たとへていはく　ことのはの　かずさへつきぬ　いにしへの　そのれいおほき　恋草の　たねまきそめし　ひとをさへ　うらみかこつも」二十八ォ　いまさらに　つらきうきみの　なからへて　あるにもあらぬ　よの中の　人のかずには　あらねとも　もにすむゝしの　われからと　ねをこそなかめ　いまさらに　世をも人をも　かこつへき　ゆへしなけれは　とにかくに　身のとがおほき　恋のむね　やくともつきじ　さしもくさ　あふにかなへば　わがいのち　きへはきへなで　うづみ火の　いけるかいなき　世にふると　おもひながらの　はし〳〵ら　くちはてゝこそ　なか〳〵に　なのみはかりや　のこらんと　ひとかましくも　おもふこそ　わが身のほどもわきまへす　なからんあとを　たれか又　とふべきかたも　あらそひの　なみたにしづむ」二十八ウ　あわれとは　い

わ木ならずは　おもふべき　きみがこゝろの　つれなくは　ながきうらみの　たねとなり　くるまのにわに　めくるべき　世の中なれば　ほともなく　むくひもやせん　たれをかも　わりなくおぼし　なげくべき　ときならずして　そこからに　ひとのこゝろも　かゝりしと　あるへきものを　いろ〳〵に　こなたよりして　身をくだき　せきとめかたき　むねのうち　やぶるゝやうに　かなしくて　めつらしからぬ　ゆかしさを　たゝくりことに　をもはるゝとこのうへさへ　ぬれはゆめ　さむれはうつゝ　おきふしの　ひとかたならぬ　物をもひ　あけくれそなたの　そらばかり　なかめくらすは」二十九ォ　たれゆへぞ　あからさまなる　なみたをも　むなしきつゆと　なしはてば　しゝつうまれつ　いろ〳〵に　りんゑのきつな　はなれすは　いつの世までか　つきそひて　御こゝろをも　くるしめつわが身はまたも　いたつらに　なりはてなんと　おもふより　しはしはそでの　かわけかし　ねやのちりをも　うちはらふ　夕へもかなと　ねかふなり　あるひは見そめし

日をうらみ　君にむくはん　ためをさへ　かなしとおもふ　あるはまた　あまつみほこの　つゆなくは　物をもはじと　なげくにぞ　世はみな泪の　うみとなれ　おなしなぎさに　よらんとの　そのいにしへの　ことのはも　今のうきみの」二十九ウ　わりなさを　たとへていはく　ふじの山　またうへもなき　こひのむね　たへぬけふりの　いつとなく　むせふはかりの　ありさまを　あわれとをもふときなくは　身まかり候はん　のちにこそ　かれもこれもと　いひつるを　むなしくなして　さきたゝぬ　くひのやちたひ　かなしきと　おほしなげかん　すへの世を　おもひやるにも　とゝめえぬ　なみたはそでの　しがらみとなりぬることも　うらめしや　すゝりの水に　よもの海を　ほすともつきぬ　ことのはを　かきあつむべき　もじきへて　さたかにもなき　とりのあと　こゝろをとめてたれかさて　見るめなぎさの　はまちとり　ねにたてゝこそ」三十ォ　なくのみか　たゝ何事も　竹のはに　あられふるなり　さら〳〵に　おもひきるべき　たよりにも　一よ

のふしを　たのみぬるにぞ

〽我が文をわれさへ見ぬもいまはしきしはしなみたのほ
ともあれかし

△あひそふもなき、にうだうが、つく〳〵と、見ていたりしは、あわれとやおもひけん、何とかおもふ、しらずかし、めをしばらくふさいで、かんじてのちに、いひけるは

ひた物ほへたる此文は、さめがいまなこが、かきたるか」三十ウ、やれ〳〵、かわいひ事や

とて、うちうなづいて、つぶやきける、此とぶらいに入道も、うたを一しゆ、よむべしと、いたる所をたちさらず、百にちばかり、あんじて、やう〳〵のちに、つらねたり

〽六月のひてりまなこかにうたうはなけともなみたのひと
つゆもでぬ

〽おつれとてきもゆるされぬにうもじとなみたのくみの
まだらおほかめ

〽よく〳〵のびんぼうがみやにうたうがまなこたまにも
なみたさえなき」三十一オ

△さいつころ、神田の方へまかりしは、せんなべ丸が、もよほしにて、こともたちをも、友ないて、大明神へまいりける、これは、ことものうじかみにて、あがむるもなを、あまりあり、神事をつとめ、やくをなす、そのともからの、みやめぐり、しんりよもさぞと、おもふなり、にうだう、こともにかたりける

此明神のいにしへは、へいしんわうの、御れいじん、か丶るみやこの、しゆごじんに、なるへき事を、かねてより、はからひたまふは、よの」三十一ウ中の、あらゆる神の、中にても、おてがらなりと、おもふべし

〽明神のおめをかんだとおもふなよござり所をかんだと
ぞいふ

それよりゆしまの、みちすがら、たてならべたる、のりのかど、かねうちならし、きやうをよみ、だんぎをかたると、いふもあり、ぼうずのおるすと、見へたるは、小ぞうこと

もの、よりあいて、すまうをとつつ、まりをけつ、木のほりをする、所もあり、だんなのおかたの、寺まいり、よねんなそふに、さかづきの、めくる所は、おほかりし、こま」三十二オかに見れは、くびだるさに、あしをはやめて、ゆしまなる、天神どの丶、はいでんに、こどももあがり、我もいて、又、さかづきを、めぐらして、こどもの小哥に、入道も、しほから声にて、つけて見つ、ゑおひつかねは、ほめて見つ、けうにじようじて、いたりける

梅一丸が、たつねしは

天神さまは、いにしへの、たれと申と、とひけるを、しらぬといふも、むねんなり、くちにまかせて、かたりける

そのかみ、ゆしまのさとにして、太郎九郎兵へと申もの、大さけのふで」三十二ウ、ひるねして、よねんもなくて、ゐたりしを、こどもともの、あつまりて、ちいさきわら屋に、つくりこめ、所の神と、なれ〱と、いのりし事の、すへありて、今、天神となりたまふ

と、したりかほにて、いひければ、梅一丸が申ける

われらがおやの、物かたりには、天神さまは、かみつけの、はくうんざんより、とびいで丶、ふしみのさとに、ましますを、はじめて見たりし、御としは、六七さいのかしきなり、すがはら山に、宮をたて、いつきかしつき、申」三十三オせしに、ほどなく都へ、とびのぼり、大じん殿に、やしなはれ、ひゑいさんにて、がくもんし、うだいじんまて、なりのぼり、ときめきたまふ、おりふしに、しへいのおとゞの、ざんげんにて、こ丶ろつくしに、ながされて、ださいふにて、うせたまふ、そのれいこんの、き京して、北の丶神と、なりたまふ、一たいふんじん、まし〱て、国〱所に、やしろをたて、いづれも、北野の天神と、いわゐ申と、うけたまはる、た丶何事も、おし丶やうの、おほせにしたかふ、われらにて、太郎九郎兵へを、まことぞと」三十三ウ、おもひ申

と、いひけれは、此にうだうが、たび〱に、はぢをかくそと、おもひてや

〽あかはぢと天神さまやおほすらんしらぬむかしをかた
　るにうだう
梅一丸が、やさしくも
〽なに事もすゝぐゆしまのしんりよにはにごるもすむも
　かなふとそいふ
せんなべ丸がもてはやし、おさなこゝろの、やさしさに、
かへるさをさへ、わすれける
ゆしまをひがしへ、おり坂の、みちをすぐれは、しのはづ
の、いけのつゝみに、うちあがり、水のおもても、をもし
ろや、北に見ゆるは、善光寺」三十四オ、なみ木のさくら、花
さかり、みなしろたへに、見へたるは、ゆきのたかねも、
かくやらん
にしに木たちの、一むらは、でんぼうやつに、たつけふり、
あはれのかずの、いくつめに、あたるわが身と、おもひ
つゝ、よそのあわれも、とわれぬる
〽いつの日のけふりのばんにあたるらんでんぼうやつは
　すかぬおざいしよ

しのはづのいけのゆらいの、あるらんと、せんなべ丸がた
つねける
そのかみ、したやのさとにして、ある人、むすめをもちけ
るが、こゝろけたかく、やさしくて、かたちは、ならぶか
た」三十四ウ もなし、かくはあれとも、あしたゝず、ふたお
やながら、かなしめとも、こしゐになりて、いたりける、
月日やう〳〵、かさなりて、十三になる、としとかや、む
すめがをやに、いふやうは
あたらしき、うつわものに、よねをいれ、われにたまはれ、
ふるさとへ、みやげにせん
と、いひけるを、おやはふしぎに、おもへとも、のぞみの
ことく、こしらへて
かくぞ
と、むすめにいひければ、それをいたゝき、たちあかり
これに、しはしのゐんありて、おやことなりて、とし月の、
十三ねんに、はやなりぬ、そのゐんつきて、ふるさとへ、
たゝ今かへる

と、いひ」三十五オすて、、いでゆくほどに、ふたをやも、むすめのあとを、したひつ、、なりぬるはてを、見たりける、花のすがたも、たちまちに、かわるけしきは、おそろしや、いふにいわれぬ、ありさまにて、此いけなみに、いりしより、をやこのねんも、きれたりし、それよりここを、しのはづが、いけとはいふ

と、かたりける、せんなべまろが、やさしくも

〽たまて箱かけごのつらくしつむにはふたをやなからし
　のはづかいけ

万たつ丸が、おもひより

〽なさけなくしつむ柳のみとりこはち、は、なからしの
　はづのいけ」三十五ウ

いろ〳〵めぐる、さかづきに、月のころまて、いたりける、にうだうあしは、よろめいて、こどもたちに、てをひかれ、はる〳〵かへる、道すから、月にまなこを、さましてや、ひとりことに、おかしくも

〽よこくものたなひくころにいでしかど月をかへさのと
　もとこそすれ

△牛千代丸がさそひしは、また、初秋の七日にて、ほしあひ見にとて、いざなはれ、山のてまての、道すから、殿さまたちの、お屋かたは、おもひ〳〵の、すかし物、かなもの」三十六オ、まきへ、うるしぬり、ほり物ともの、さいしきは、見るにまなこも、をよばれず、いふにことばも、た、ぬなり、もみぢ山こそ、ありかたや、むそぢよこくの、ほかまでも、此おひかりを、あふぐなる、そのみなもとの宮所、あがむるもなを、あまりあり

か、るじせつに、あふ事の、かたしけなしと、おもひつ、、こどもも我も、ふしおがみ、山のてさして、ゆく道の、爰もかしこも、おもしろさに、日くれて出る、むさしの、、草よりいてし、月かげを、ゑならでこよひ、見るぞとて、小萩かもとに、なみいつ、、こどももわれも、うちまじり、しらぬ小哥の」三十六ウ、たかこゑも、きく人はなし、よりあひて、おどつつはねつ、さけたべて、ほしのまつりと、お

もふなり

牛ちよ丸か、しどけなく

〽はつ秋のたもとす丶しきほしあひを見る所さへむさしの丶はら

かめつる丸が、やさしくも

〽たなはたのおきわかれぬるそての露もれて草はにやとるむさしの

にうだう、こどもにまけじとて

〽ほしあひをくびだるきほどにらめつ丶あげくのはてにまなこいたたさよ」三十七オ

夜あけて、いへぢにかへりける、せんなべ丸が、もてはやし、心にか丶る事もなし

△ちよ菊丸が申ける

そのかずあまたの、こどもたち、おもひ〳〵の、したくにて、御いでならば、おともして、かまくらまでも、まからんと、みなよりあひて、す丶むれとも、何としてやら、出たまはぬ、けふは八月なかばにて、じぶんよければ、出たまへ、かへさに月をも、御らんじて、なぐさみたまへと、さそはれて、あたごのかたへ、ゆくみちの、あまたあれとも、いにしへの、たがさとのなを、今もいふ」三十七ウ、さくら田あたりの、屋かたども、ひかりか丶やき、みぎひだり、まはゆきほどに、ゆき過て、あたごの山へ、あがりける

ひかしおもての、うみつらを、ゆききの舟は、かずしらず、むかひに見ゆる、かづさなだ、あわのみなとの、山〳〵も、ほのかに見へて、おもしろき、かまくらなだより、みちしほに、つれてほかくる、舟もあり、うしろにひろき、むさしの丶、草のはずへも、なつかしと、みぬ人ごとに、おもふらん

しづが草屋の、かりふしも、しばのあみどの、あけくれに、みかげのうつる、ふじのねは、三国一の山なれは、むかしよりして、今までも、かだうをおもふ」三十八オともがらの、こくびをかたげて、あんじつ丶、ぜひとも一しゆ、よまん

とて、あけくれおもふ、ふじの雪、いながら見へて、おもしろや

あれに見ゆるは、しなのなる、あさまのだけに、たつけふり、こなたにつゞくは、かみつけの、くろかみ山や、しもつけの、日光山もあれぞかし、あたりにつゞく山もなく、こだかく見ゆるは、ひたちなる、つくばのみねとて、むかしより、しゆ〳〵さま〳〵の、ゆらいあり、いつれもをとらぬ、めいざんを、たんだひとめに、見る事は、われらごときの心なき、まなこにおしき所ぞ

と、入道、こどもにかたりける

しばのあたりの、いそづたひ」三十八ウ、なみのよせたる、うきみるや、しほにされたる、うつせがい、てごとにひろふ、こどもとも、おもしろそふなる、ありさまに、道のほどをも、うちわすれ、しな川よりも、あがりける

所〳〵の、もてはやし、ちよ菊丸がとりなしは、いづれにまさる、けふは又、もち月なれは、一しほの、夕べをまちて、かへりける

千代菊丸がつらねたる

〽名にたかき月をともなふかへるさはいへぢわするゝ心ちこそすれ

とら菊丸がおもひより、しばといふ所にて

〽もち月のさしとゝめぬるしばのとをあけていへぢにかへるへきかな

しるもしらぬも、をしなへて、月見」三十九オにまかる、舟どもは、みなともせばし、うみつらの、水のあひろも、見へさりし、しらぬ小哥の、てひようしに、たいこをたゝき、ふへをふき、かぶきあやつり、するもあり、つゝみをしらべ、しやみせんを、つれひきにする、舟もあり、れんがをするとて、よりあいて、そらねふりして、ゐるもあり、哥をよむとて、あんじつゝ、ながくみじかく、つゞりなし、人まねをする、ものもあり、おもひ〳〵の、あそびとも、何といふとも、つきまじき

中にすぐれて、おもしろき、花火をたつる、舟どもの、水にたく火の、ながるゝは、あるが中にも、すぐれたり、

かゝるあそびの、もよほしも」三十九ゥ、めでたき御代にあひ竹の、人の心のふしもなく、しかいなみかぜ、しづまりて、国土のうれひ、なきことも、君のめぐみの、あさからぬ、水のみなかみ、きよければ、ながれのすへの、うろくづまでも、ゆたかにすめる、月かげを、ながめてかへる、道すから、こともたちをも、友なひて、ほの〳〵明てかへりける

つく〳〵、物をあんずるに、此、にうだうが、いにしへも、それほどつらき、身にあらず、かくて一ごを、おくるとも、すみわびまじきと、おもひつゝ、かわるうき世の、ならひとは、しらざりけるよと、さきたゝぬ、くいのやちたび、かなしきは、かゝるうき身と、なりはつる、ちゝがゐんぶの、世さかりに、あまたことをも、ならへとて、しゝやうのかずも」四十オ、おほかりし、のちのためとも、をもわれず、心にしみて、ならわねは、ところまだらに、おぼへなし、ひとつも物には、ならぬなり、をさなき時の、寺のぼり、日かずふりぬる、ばかりにて、人かましくも、かゝざりし、いま、又、かわる事もなし、一もんはむもんのしとは、これならん、みなれき〳〵の、こどもたち、おとろへはてたる、にうだうを、おしゝやうさまとて、あけくれの、あらきかぜにも、あてじとぞ、をさな心の、うらもなく、たゝ一すぢに、おもふより、我が身をわけし、ごとくにて、いのちのための、やすければは、ともしきことも、いまはなし、すこしなれども、かくもじの、つきぬたからと、なりぬると、おもふにつけて、てならひは、をさなき時に、ならはねば、おいてかならず、こうくわいの、たねとなるぞと、心へよ、たゝ何事も、うちすてゝ、おさなき時に、ならはせよ、かへす〳〵も、ならふべし〳〵

〽のこすべき物もなければなきあとのかたみにこれもならばなれかし

寛永弐年神無月末七日書之　　尾州牢人」四十ゥ

聚楽物語

（寛永十七年五月板、三巻三冊）

聚楽物語（題簽題）

（聚楽物語　上）

聚楽物語巻之上目録

（七行空白）」一ウ

聚楽物語巻之上

朝にさかへ。夕におとろふるは。みな是世間のならひ。国をおさめ天下をたもつも。其身の賢愚にあらず。天よりあたへ給ふといひながら。君臣の礼義を失ひ。父子の慈孝なき時は。必其家ほろぶ。君臣に礼をなす時は。臣又君に忠を尽し。父は子に愛をなし。子は父に孝をなす時は。身治り家斉て。かならず其国さかふと見えたり。

爰に前の関白秀次公は。伯父大閤秀吉卿の重」二オ恩をわすれ給ひて。あまつさへ逆心をふくみ給ひしかば。天罰いかでのがれたまふべき。御身をほろぼし給ふのみならず。多くの人をうしなひ給ふ。御心の程こそあさましけれ

大閤秀吉西国発向の事

抑此秀吉卿と申は。君臣の礼儀をおもんじ。民をあはれみ給ひしゆへに。天下をおさめ給ふのみならず。高官高位にへあがり給ひ。末代までも御名をきよめ給ふとかや。」二ウ

そのかみ羽柴筑前の守にて。前の大将軍織田の信長公につかへ給ひ。東南西北の合戦に。御名を天下にあらはし給ひしかば。信長公の御代官として。西国御退治の為に。天正十年三月上旬に都を立て。備前備中の両国にて。あまたの城郭をせめやぶり。それより高松の城をとりかこみ。大河のす衛をせきとめて。水攻にしてこそおはしけれ

これたう謀叛の事

角て城中難きにをよひ。大将分五人切腹仕べ」三オし。残る者共は。すみやかに御たすけ候へとのかうさんしけれども。はじめより甲をぬゐで罷出ばこそ。此上にては一人も。のこさずせめほろぼし給ふべきむね仰ける処に。都よりはやうち来りて。日向守心がはり仕。大将軍信長信忠御父子共に。三条本能寺にて御腹めされ候由申上けれ

は。秀よし聞しめし。こは口惜き次第かな。かやうに一命をかろんじ。戦場にかばねをさらさんと思も。(ママ)此君の御ためぞかし。此上は敵のこうさんするこそさいはひなれ。いかやうにも」三ウ はからへと。杉原七郎左衛門の尉に仰ける。

内々毛利家より城中の大将。清水兄弟。又芸州より加勢に入たる。三人。以上。五人に腹きらせ。諸卒をたすけられ候はゞ。毛利分国の中。備中備後伯耆出雲石見五ケ国を。渡し申べきの内存なれば。右のごとくあつかひを調へ。其上に人じちを出し。御はたじたに付したがふべきとのせいしにて。大将五人の首実検ありて。先毛利家の陣所を引はらはせて後。方々の水をきりながし。城中の諸卒を出し。杉原七郎左衛門に」四オ 人数あまたさしそへ。高松の城へ入置給ひ。

秀吉はもとゞりをきり給て。いかさまにも主君の御かたきなれば。日向守を秀よしが手にかけてうちしたがへ。御けうやうにせざらんは。二度弓矢を。取まじきとのたまひて。

六月六日に備中を引とり。備前にて一日御逗留あつて。同き九日に。本国播州ひめぢの城に入給ふ。いまだ諸勢もそろはざれ共。半時ばかりの御用意にて。夜半過にはやうちたちて。明石兵庫の宿をすぎ。あまが崎をへて。十二日には津の国。たかつ」四ウ きの辺に付給ふ

山崎合戦の事

此所にしばらく御陣を立られ。八幡山愛宕山両所の峯を。伏拝み給ひて。願くは此度の合戦にうち勝て。日向守を秀吉が手にかけ。頭をはね。主君の御けうやうにそなへんと。一筋に祈り給へは。(ママ)誠に神慮にも叶ひけるにや。何く共なく山鳩二つ飛来。味方のはたがしらに付てぞかけりける。諸軍勢是を見て。いとたのもしく思ひ。いさみすゝんでをし寄せける。

角て山崎の峯を打越給ひて。駒をかけ」五オ すへ見まはし。此所いかにと仰ければ。御足軽の中に。此所案内よく存たる者すゝみ出て。是は馬づかと申候。又あれなるし

げみのあなたに。敵の馬じるしの見え候所は。ぬかづかにて候と申上ければ。秀吉きこしめし。ぬかは馬のはみものな。めでたし〳〵扨は此合戦は。はや打勝てあるぞ。馬のあしたちよからん所まで。しづ〳〵とをしよせて。一人ものこさずうちとれや。兵ともとぞ仰ける。

かゝりける所に。不思議なる事こそいできたれ。晴たる空俄」五ウに(ママ)かき曇り。愛宕山の峯より。唐笠ほどの黒雲一村出来り。次第にたつみの方へ行かとおもへば。辻風おびたゝしく吹来りて。かたきの陣へうづまひて。まくりけるが。立ならべたる。大ばた小ばた馬じるしを。ひし〳〵とぞ吹たをしける。

秀吉是を御らんじて。すはやかゝれと仰ければ。先手の大将中川瀬兵衛尉。高山右近大夫。五十きばかりにてかけ出し。ぎよりんがゝりにかゝりければ。日向守が郎等に。あけち左馬助。斎藤」六オ蔵助。藤田伝五を先として。くはくよくにひらいて。一人ももらすな。うちとれや者共と下知しけれ共。よせてはまつしぐらにせめかくる。明智が兵共は。後陣よりいろめきたつてくづれければ。たゞ一ささへも。とりあはせず。東をさして敗軍す。伏見深草木幡山へ。ちり〳〵になりて落行けるを。高山中川まつさきにかけて。雑兵の首とるな。うちずてにせよとて。さん〳〵に切乱ければ。明智が人数残ずくな」六ウにうちなされ。光秀もから〳〵そこをのがれて。山科までは落のびけれ共。運のきはめのあさましさは。がう人につきをとされけるを。郎等共首うちをとし。深田の中へ。かくしけるとそきこえし。家老の者共或はうたれ。或はいたでおひ。行方しらず落行けるを。後日に爰かしこよりさがし出して。討ける。因果の程こそうらめしけれ。

秀吉天下を治給ふ事 付 秀次養子に成給ふ事」七オ

角て秀吉卿の威勢。日ゝ夜ゝにまさりければ。信長につきしたがひし諸侍。皆ゝ此秀よし卿の御下知に付奉りて。をのづから天下。こと〴〵く治りけり。されどもいまだ御手にいらざる国ゝ。爰かしこにありけれ共。秀吉御馬をたに出されければ。木草の風になびくがごとくにて。三年かうちに天下一とうの御代となしたまふ。

かくて都にまし〳〵御門をしゆごし奉り給ひ。御所領をよせられ。御殿を造」七ウ立し。金銀其外宝をそろへて。さゝげたまひ。天子の御心なぐさめ給ひしかば。御門ゐいかんのあまりに。関白職をあつけ下されけるうへは。我朝は申におよはず。もろこしまでもなびきしたがい奉りける。

去程に御威光いやまさり。天正十六年四月十四日に。聚楽の御城へ行幸をなし給ふうへは。何事も御心にかなはずといふ事なし。され共秀義御代継の御子。一人もおはせざれば。御をい三好次兵衛(ママ)どのを御」八オ養子にしたまひて。大国あまたつかはされ。家老には中村式部少輔。田中兵部少輔を付給ひ。聚楽の御城を渡し給ひて。御てうあひは中〻に。かたりつくさんいとまなし。同十九年に関白をゆづり給へば。天下の諸大名皆此君に。おそれしたがひ奉る。

されば毎日芸能のすぐれたる者をめしあつめ。その道〻をたゞしたまひければ。乱舞延年は。四座の猿楽にもこえさせたまふ。御手跡尊円親王の御筆勢にも。をと」八ウりたまはしと申ける。或時は儒学の達者をめして。聖賢のみちをきこしめし。或は五山の智識をめされて。禅法の悟を御心にかけ。又公家門跡をしやうじ奉り。詩哥管絃の御ゆう。何事もすたれたる道をたゞし給へは。上下共に此公の。御代いくひさしかれとぞいのりける

淀殿の御事　付　若公御誕生の事

大閤秀吉卿は。大坂伏見の両城かけておはしけるが。其比近江の国の住人。浅井殿御息女。」九オ世にたぐひなき美人にてまします由。聞しめしおよび。忍びやかにむかへ給ひて。淀(ママ)のわたりに新造に御所をたてられ。一柳越後守しゆごし奉り。淀(ママ)の御所と申。いつきかしづき給ふ所に。いつとなく御心地れいならずおはしければ。名医典薬をめして。いれうさま〴〵なりしか共。更に其験しなし。

かかりける処に。をんやうのかみ。かんがへて申けるは。まつたく是は御病気にあらず。御懐妊とぞ申ける。大閤不斜御感まし〳〵て。」九ウ当座に黄金千両給はり。御産たいらかならんには。重て御ほうびあるべきとぞ仰ける。それより天台山をんじやうじのざす。僧正に仰付られ。御産平安の御祈念。様〻おこなはれける。かくて日数つもりければ。玉をのべたる若君御誕生ある。大閤御年過させ給ひての。御子にておはしければ。御寵愛あさからす。されば諸国の大名小名より。名物の御太刀かたな。金銀珠玉宝をつくしてさゝげ給ふ。御代長久のしるしとて。とひをん国の」十オしづの身まて。いさみさゞめきあひにけり

関白悪逆の事

かゝりける所に。秀次公おぼしめしけるは。大閤御実子なからん時こそ。我に天下をもゆづり給ふべけれ。まさしく実子をさしをき。いかでか我を許容し給ふべきと。思しめす御心出来けれ共。仰出す事もなく。御心のそこにとゞこほりけるにや。いつしか御きげんあらくならせ給ひて。御前ちかき人〻も。故なく御かんきをかうふり。或は御手う」十ウちにあふもあり。さればいつとなく。人を切事をすきいで給ひて。罪なき者をも切給ふ間。御前の人〻も。今日までは人を吊ひ。けふより後はいかなるうきめにかあはんと。皆人毎に心をくだかぬはなかりけり。

あるとき御膳あがりけるに。御歯に砂のさはりければ。御りやうり人をめして。汝がこのむ物成らんとて。庭前の白砂を口中にをし入させ。一粒ものこさず。かみくだけとてせめ給へば。さすがすてがたき命なれば。力なく氷をくだく」十一オごとくに。はら〳〵とかみければ。口中やぶれはのねもくだけて。眼もくらみうつぶしにふしけるを。又引たてゝ右のうでを打落させ。此うへにても命やをしき。助けばたすからんやと仰ければ。是にても御たすけあれかしと申を。又左のうで打落し。是にてはいかにと仰けれは。其時彼者眼を見出して。日本一のうつけ者かな。

左右のうでなくて。命いきてもかいやある。去にても過去の戒行つたなくて。なんぢを主と頼みし」十一ウ事の無念さよ。つね〱なんぢはあんかうといふ魚のごとくに。口をあけてゐるゆへに。すなはあるぞかし。此後も見よ。風のふかん時は。かならずすなはあるべきぞや。此上はいかやうにもせよ。命はかぎりある物ぞとさん〲に悪口しければ。それ物ないはせそとて。頓而首をはねられける。

其後中村式部少輔。田中兵部少輔参て。様〻にせいし奉れ共。人を切りたまはねば。弥〻御きげんあらくぞおはしける。さあらばざいくはふかき籠者共を。御手に」十二オかけ申せとて。毎日一人づゝ、ひき出し〱切給ふ間。京伏見大坂堺の籠者をもきりつくし。其後はかりそめのそせうつたへに出る者も。助る者はなかりけり。さればかりば。すなどりの道すがらにても。ふとりせめたるおのこ。懐妊の女などは。見合次第にとらはれける。

又何よりもあやうかりしは。有時秀次てんしゆへあがり給ひて。四方をながめておはしけるに。懐妊の女。いかにもくるしげにて。野辺の若菜をつみためて。其日」十二ウのかてをもとめんと。都をさしてあゆみ出きたるを御覧じて。是なる女のきはめて腹の大なるは。是ぞ二子など云物成らん。いそぎつれて参れ。あけて見ばやとぞ仰ける。御前の若殿原。承りさふらふとて。我さきにとはしりいで。あへなく引立て参ける所に。益庵法印何となく立迎ひ。もちたるせりなづなを。ふところへをし入させ。扨御前に参り。此女はくいにん（ママ）にては候はず。年老たる者にて候が。様〻の若菜をつみて。懐中へ入」十三オ都へうりに出る者にて候と。うちわらひ申ければ。それならんは。よし〱いそぎかへせと仰ける。此女わにの口を。のがれたる心地（ママ）してこそ帰りけれ。扨も此益庵法印は。智恵ふかく。又なきしびしんかなとて。諸人かんぜぬはなかりけり。

当君御即位の事

先帝正親町院の御宇には。諸国の兵乱いまだしづまらず。王城しゆごの武士共も。一とせがうちも在京せず。かなたこなたへうつ」十三ウりかはりけれは。国〻のみつき物もと〻こほり。天下のまつりごとも。かれ〱にて。庭前の花も色香をとろへ。雲井の秋の月影も。かすかになれる心地して。いとあさましき世の中にて。親王せんけの儀式もなく。御即位をなし給ふべきたよりもましまさねば。太子いたづらに。三十年四十年の春秋を。おくり給ふ事を口惜くやおぼしめしけん。いつしからう気をいたはり給ふ。大閣秀吉 卿御痛はしくおぼしめし。いかにもして御なふ平癒なし」十四オ奉り。御 位にた〻せ給ふやうにと。さま〱御心をつくし。典薬大医に 仰付られ。いれうをつくしけれ共。御戒 行やつたなくおはしけん。天正十四年七月下 旬に終にかくれさせ給ふ。

大閣本意なくおほしめし。せめての御事に。此君の王子を。いそぎ御位に付給ふべきとて。同十一月廿五日に。御即位をすゝめ奉り。諸国のかぢばんじやうをめし上せられ。禁中を四方へひろげ。数百のむねかずをたてならべ。金銀しつほうをちりばめ。御殿へうつし」十四ウ奉り。御所 領を付。様〻の珍宝をさゝけ奉り。諸 卿のたえて久敷家〻を。あらためたて給ひ。万すたれたる道を。たゞし給ふ事こそありがたけれ。

此君常に学窓に御 眼をさらし給ひて。時折〻のまつりごとをこたり給はず。ゑんぎのせいたひを。御心にこめておこなはせ給ふ。大閣は此よし聞し召。御まなびに御心をつくさせ給ふ事を。いたはりおぼしめし。いかさまにも。ゑいりよをなぐさめ給はんために。春は花見の御ゆふをなし。芸能すぐれたる者」十五オをめしあつめ。乱舞延年を始 友にけふしさせ給ふ。きう夏のてんには。かうろうをくみあげ。空吹風をまねき。庭前に 泉をたゝへ。船を浮へ納 涼もつはらなり。秋は千草の花の種をそろへ。夕部の露の更行ば。余多の虫の音をゑらひ。月の前には樽をいだき。詩哥管絃をなし。けん冬の 朝は。御たき火の御殿を作り。諸木の薬味あるをあつめ。林間に酒を 温めて。紅葉をたき給ふ。誠に有難かりし事共なり。

五十代以前はしらず。そ」十五ウれより此かたは。君臣の礼儀。かゝる目出度御代はよもあらじ。君きみたれば臣又しんとくありて。いよ〳〵天下泰平なり。され共此君御身のたのしみにもほこり給はず。御父陽光院。十善の御位にもれ給ひし事を。万〻本意なくおぼしめし。折〻は仰出されて。御涙をもよほし給ふ。又は先帝御齢のかたぶき給ひて。玉躰おとろへ給ふ事を痛はり思召。ゐいりよのほどこそありがたけれ

先帝崩御の事　付　落書の事

文禄元年中冬の比より。先帝正親町院御病気に成給ふ。」十六オ当君此よし聞し召。いそぎ行幸なされ。様〻痛はり給ひて。今一年成共延させ給ふやうにとの勅定なれば。典薬医術をつくし。諸寺諸山へ仰付。いのりかぢし給へ共。老後の御事なれば。次第に御なふおもらせ給ひて。明行年のむつきの初の五日に。終隠れさせ給ふ。

御門深くなげかせ給へは。諸卿諸友にうれへをなし。御心をつめてそおはしける。誠に一天の主万乗の君の御物いみに。」十六ウ月日の光も薄成。神慮もくるしひ給ふらん。王城守護の神〻。門戸をとぢて人の参詣をだにいとひ給へば。まして人間におゐてをや。貴も賤も。友にうれふるすがたなり。されは畿内近国は。浦〻のれうすなどりをだになさず去ば洛中にて魚鳥売買事をだにいましめける。

かやうに心なき者までも。世を憚るはならひ成るに。当時関白秀次公は。伯父大閤の御威光にて。下郎の身として。又なき官位をけがしながら。天命をも恐れず。人の嘲を」十七オもはぢ給はず。明暮酒宴乱舞をなし。あまつさへ北山西山辺にて。鷹狩鹿狩を初民の煩諸人の苦をも。厭はす。我意に任て振舞給へば。京わらんべ共さゝやきよつて。ぶたうしごくの事共かな。行末おそろしき事やとてつまはじきし。くちびるをぞかへしける。又何者かしたりけん。一条の辻に札をたてゝ

せんていの手向のためのかりなればこれやせつしやうくはんばくといふ」十七ウ

秀次かやうに。様〻悪逆をつくし給へども。恐奉り大閤の御耳にたつる者なかりければ弥〻我儘にふるまひ給ふを。中村式部少輔。田中兵部少輔。さいさん御いさめ申上けれ共。更に御承引なくて。あまつさへ後〻は両人御前遠に成て。若輩の御小性衆。又は筋なき者共しゆつとうして。直なる道をおこなふ者は。こうしふうのおのこぞなんどゝて。さゝやきあざはらひける間。おのづから人の心。あしきかたへぞひかれける」十八オ

木村常陸御謀叛すゝめ奉る事

中にも木村常陸の守は。御気相にて何事も。御内存ををしはかり申けるが。有時秀次ちと御しよらうにて。奥の御殿におはしけるに。常陸の守参りて。おんみつにて言上申度事の候。恐れながら御前の人〻を退られそれへ。召上られ候へかしと申上る。関白聞しめし。御前の女房達をも退られ。御そばちかくめされける。

常陸の守かしこまりて。かやうの御事申出すに付ても。おそれ入候。若御承引まし」十八ウまさずは。唯今御手にかけられ候へし大閤の御おんしやうをかうふり給ふ事は。海山にもたとへがたく候。しかりとは申せ共。先年若君出来させ給ひて後は。我等の存なしにて候か。何とやらん御前どをに。ならせ給ふやうに見えさせ給ひ候。貴も賤も。実子のなき時にこそ。養子をばてうあひ仕物にて候へ。此若君五歳に成給はゞ。先関白を御ゆづりあれと仰られ。西国か東国のはてにて。御所領を出され。後〻は流人のやうになしたまはん事は。目の前にて候はん。さあらん時」十九オは。何事をおぼしめしたち給ふ共。道往中事は候はじ。今御威光つよき時に。大名共にも内〻御情をかけられ候て。御心底を残さず御頼み候はゞ。何者か背き奉るべき。それ弓取は親を討子をがいしても。国を治め天下をたもつはならひにて候。此儀おぼしめしたち候はゞ。先異議なく。御味方に参候はん者共を指図仕候へし。みな大閤御取立の侍の中にも。過分のくんこうをなせし者共。少身にて罷有。又さまでの忠なき輩に。大分の御所

領くだされたる」十九ウ者おほく候へは。恨みをふくみける者共おほく候へ共。其身人数ならねば力なし。もし君のおぼしめしたつ御事あらば。恨をさんぜんと存る者共。かくといはぬ計にて候と。憚所なく申上ける。

関白御枕をしのけ。をきなをりたまひて。汝か申所もさる事なれ共。莫太の御恩しやうをかうふり。いかにとしてさる事のあるべきや。其上大坂伏見の御城は。日本一の名城ぞかし。又たとひ我にくみする共。諸大名の中三分一はよもあらじ。さあらばいかでか運をひらくべき。」二十オよしなき事な申そ。かべにみゝありといふ事のあるぞとのたまひける。

常陸の守かさねて申やう。御諚にて候へ共。人数をそろへ一戦に及び候はんだに。軍は人数の多少によらぬ物にて候。其上某城中へ忍び入。大殿の御命をうばい奉らん事は。何か子細の候べきと。こともなげに申ければ。関白聞しめし。誠に汝は聞る忍びの名をゐたるときけ共。それは時により折にしたがいての事ぞかしとぞおほせける。

木村承て。其儀にて候はゞ。三日の御いとまをくだされ候へ。大」二十ウ坂の御城へ忍び入。何にても御てんしゅに御座候御道具（「具」に濁点）を。一しゅ取て参り候べし。是をせうこに御覧じて。御心をさだめられ候へとて。御前をまかりたつ。秀次はたゞおぼつかなし。よし〳〵と仰けれ共。それよりしようとて出仕をやめ。いそぎ罷下けるが。其夜大閤は伏見へ御上洛にておはしければ。とりわき門〳〵のとのゐきびしかりつれ共。いとやすく忍び入。事のやうをぞうかゞひけるに。女房達のこゑにて。上様ははやひらかたまで。御のぼり候はんかなどいふ」二十一オを聞て。扨は御運つよき大将軍かな。此城に今夜ましまさば。御命をうばい奉らん物をと悔ながら。此儘帰りてはあしかりなんとおもひ。てんしゅへ忍び入。大閤御秘蔵の御水さしのふたをとりて。いそぎ罷上。秀次の御前に参り。件のやうをかたり奉る。関白是を御覧じければ。先年秀次より。御進上の水さしのふたなり。ふしぎ成事かな。ことなる物ならば。うたがはしくもおもふべきが。我が手なれたる物なれば。いかで見そんずべきとて。なのめならずかんじ」二十一ウ給ふ。此水さしは昔堺の浜にて。数寄者の持たる道具なりしを。宗益と申者求出して。秀次へさゝげ奉るを。頓而大閤へ進上とぞきこえし。其後大坂には是を尋させ給へ共。見えざれば。何者かあやまちして。かくしすてたるらんとて。かな細工の者に仰付られ。こがねをもつてうち物にさせ給ふ。後にじゆらくの御城けつしよの時。此御道具（「具」に濁点）出たるにより。此事おもひ合て。くはしくたづね給ひてぞあらはれける。

常陸の守かやうに。様〻にはからひ申ければ。」二十二オ秀次もをのづから御心をうつされ。内〻に御支度有て。大名小名によらず。御意にしたかふべきとおぼしめす者共には。御手前にて御茶を下され。あるひは御太刀かたな。御茶湯の道具（「具」に濁点）によらず。そのほど〲にしたがひ。金銀をつかはされける間。何事もあらば。一命を奉らんと存者共あまたなり。されども御家老。中村田中をば。御はだへ入させたまはで。よろづ木村がさしはからひ申けるが。つゐに天罰のかれがたくして。君をもうしなひ奉り。其身も跡なく」二十二ウほろびけり

聚楽へ御成のよし仰上らるゝ事

文禄四年二月中比。じゆらくより熊谷大膳をつかはされ。伏見の里の秋の月は。いにしへより哥人の言の葉に。よみつくしたる御事なれ共。年毎の御遊なり。又広沢の月も他に異なれは。来らん秋の月をば。北山にて御覧ぜられ候へかし。若君御慰めの為に。八瀬小原の奥にて。狩くらを初め。御遊をなし奉るべしとぞ仰上られける。

大閤斜ならず御感に」二十三オて。菟も角も関白の心にまかすべしと。御心地よげに打咲給ひて。汝心得て御返事申べしとて。大膳に御太刀一腰。御呉服余多下し給てかへし給ふ。大膳罷帰此由言上申けれは。それより御成のために御殿をいそぎ申せとて。かぢばんじやうをめしあつめ。夜を日につゐでいそがれける

御謀叛あらはる丶事

同五月廿五日の夜に入て。石田治部少輔が宿所へ。文箱持来り。是は聚楽より参り候。」二十三ウ 浅野弾正殿へ急ぎ御状参候間。帰りて御返事を給はるべしとて。急ぎ帰りける。番所の侍共。此状を石田に見せければ。文箱の上に。石田治部殿参と書て。誰共名をあらはさず。光成ふしぎにおもひ。披き見れは。おさなき者の筆のやうにて近き比大閤様。聚楽へ御成とて。御用意様〻御座候。中にも北山にて鹿狩の為とて。国〻より弓鉄炮の者をえらひすぐり。数万に及び召上せられ候。是はまつたく狩くら」二十四オ の御為ならず。御謀叛とこそ見えて候へ。対面にて申度候へ共。かへりちうの者といはれん事口惜候。又申さぬ時は重恩を蒙り(ママ)候。主君へ弓をひくべし。此旨を存我か名をかくしてかくのごとし

と書たり。石田驚き急ぎ御前に参り。此由言上申ければ。大閤聞召て。関白何の意根にて去事有べきぞ。それはうとめる者の仕態成べしと仰ければ。光成承て。いや〱存合せたる事共候へば。先田中兵部を召上せ。」二十四ウ 某色〻にすかして。見候べしと申けれは。菟も角も先隠密にてうかゞへとのたまふ

治部少輔田中をすかす事

其比田中は。津の国河内のつゝみ普請の奉行に。仰付られて居たりけるを。夜通しにめし上せ。先石田が宿所へよびよせ。おくの亭へしやうじ入。あたりに人一人もおかず。二人さしよりていかに田中殿御辺は千年も経させ給ふべきぞや。光成こそ御命をたすけ奉りて候へと申せば。兵部聞て大きに驚き。こはいかに夢ば」二十五オ かりも。存よらぬ事を承候者かな。何事なれば。事新敷は仰候ぞといひける。石田さればとよ。光成ほどのしたしみを持たまはずは。今度の御大事をいかでのがれさせ給ふべき。御首を光成がつぎ申て候と云けれは。田中事の外気色をそんじて。何と申そ石田殿。当代日本の侍の中に。田中が事なんど御前にて。あしさまに申さん人はおぼへ

ず。縦ざんげんしたり共。上にもちひさせ給ふまじ。御辺などが今時出頭して。御前近く参とて。首をつゐ」二十五ウだるは命たすけたるは。なんど丶いふべき事やある。いざや只今にても。御前へ参らん。無用の事して助けんよりは。罪あらば我が首討て参れとて。ひざをなをし。刀のつかに手をかけ。思きつたる有様なり。

石田小声に成てしづまり給へ田中殿。事の子細を申さで。御気に当りたるは（ママ）理りにて候。され共御心をしづめて聞しめせ。関白御謀叛おぼしめし立給ふ御事のあらはれければ。中村は病気にて出ざれば。しらぬ事もあるべきか。兵部はかねて知らぬ」二十六オ事よもあらじ。頼まじきは人の心ぞや。急ぎたばかりよせ。腹切らせよと仰られ。御いきどをりふかく仰候ひしを。光成罷出御諚にて候へ共。かほどのふかく成事をおぼしめし立程の御心様にて。いかでかれらに御心を免し給ふべき。其上此両人の者共。度〱御異見申けれ共。更に御承引なくて。常に参れども。御機嫌あしくし給ひて。御前どをに罷成たるとて。つね〱申候と。御身にかはりて申上候へば。それはさも有らんが。され共か程の事を」二十六ウ支度せば。何に付てもふしんのたつべきを。ともかくもいはざる事はいかにとの御諚にて候を。其儀にて候。内〱それがしに申つる事共候へ共。かやうの御やしんあらんとは。努〱存もよらで候ひしが。今存合て候。弥〱うかゞひ御ふる舞を。見はからひ候へとこそ申候はめとて罷立て候。いさ丶かもおぼしめしあわせらる丶事は候はずやと。言葉を尽しいひければ。田中聞て。是は存の外にて候。一大事と承候へは。それがしか身の上を。何者かざん」二十七オげん申つらんとこそ存て候へ。仰のごとく此比は。それがしなどは外座間者のやうに罷成候へば。さやうの大事をば。いかでしらせ給ふべきなれ共。上意に。にくしとおぼしめすは。御理なり。さりながら。存さる旨は罷出ても申披くへし。此上はいかやうにも心を付てうかゞひ申さんといふ。

光成聞て。さらば先御辺は普請場へいそぎ御出候へ。上意として是より使者にて申べしとて。田中は河内へぞかへしける。其後使者をもつて。其許つゝみの御普請」二十七ウ は。誰にても仰付らるべし。人こそおゝく候はんに。御成まへにて候に。いそぎ帰京あつて。聚楽の御殿などいそがせ給へとの御諚にて候と申つかひければ。「兵部少輔それより頓而聚楽へ参り。万に心を付てうかゞひ見けれ共。（「共」に濁点）是ぞさだかなる事とてはあらされとも。いかさまふしんなる事共おほかりければ。昨日は菟ありて。今日は角ありてと。毎日石田が許へしらせける間。光成大閤の御前に参り。御謀叛はやうたがひなく候。「兵部少輔方より」二十八オ 昨日はかく申て参候。今は又此儀を申てつかはし候と。此事きうに申上ける間。大閤聞召。其儀ならば。いそぎふみつぶすべしとの御諚なり。光成申けるは。先いかやうにもたばかりたまひて。かなはぬ時は御馬を出さるべし。只今洛中へ押し寄候はゞ。こと／＼くはつくは仕べし。さあらば禁中も火さいいかでのがれ給ふべき。天子への恐れ一つ。其上御命にかはり奉らんと存程の大名共は。

皆御いとま給はり。国〻へ罷下候。御馬まはりの者共。わづかに千騎にはよもすぎ候はじ。軍の」二十八ウ ならひにて。人数の多小にはよるへからず候へども。定て京都には。兼ての御支度なれば。洛中にたせいみち／＼てあるべく候。さあらばゆゝしき御大事にて候。先徳善院をつかはされ。いかやうにもすかし出し奉候はんこそ。ぶりやくの一つにてこそ候はんづれと申上ければ。御前の人〻。此儀しかるべく存候と一どうにぞ申ける

徳善院聚楽へ参る事

さあらば先法印参り。いかやうにもはからひ申」二十九オ せとの御諚にて七月八日に徳善院聚楽へまいり秀次の御前に参り。何共申出す事もなく。「涙にむせびければ。関白あやしみ給て。いかに／＼と仰ける。法印なみだをおさへて。その御事にて候。愚人はまさるをそねむならひにて候へば。君の御事をざんげん申者の候へばこそ。主なき文にさま／＼言上申候を。一度二度は御もちいなくおはせし

か共。度かさなりければ。扨は御野心もましますか。何の御意根ぞや。御齢のかたぶくに付ても。つゝえ」二十九ウはしら共頼みおぼしめすに。たのみたる木の下に雨もるとは是成らん。かゝるふしぎこそ出来たれと。御朦気千万にて。御涙せきあへさせたまはず候と。言葉をつくし誠にさるべきやうに申ければ。

関白驚き給ひて。こはそも何事ぞや。我まん〳〵の御恩賞を蒙。何の不足ありてか。野心をふくむべき。汝もよくおもふて見よ。我幼少より御寵愛有故に。日本国中の諸侍にかしづかれ。七珍万宝みち〳〵て。心のまゝにある事我力にあらず。」三十オ偏に大閤の御恩賞ぞかし。それになんぞ我逆心あり共。何者か我に組する者の有べきぞ。かほどの大事を一人しておもひたたんは。ひとへに狂人にてあるべし。其上なにゝ付ても此君に。野心をかまへば。日本国中の諸神は申に及ばす。上は梵天帝釈天。下は四大天王も。しやうらんあるべしと。御ちかいにてちんじ給ふ。

法印承て御諚のごとく。我等こどき（ママ）の者共存奉ればこそ。御前にてもをし計申上候へさりながら」三十ウ常〻御存候ごとくに。一たん御はらの立時は。矢たてもたまらず仰られ候へ共。又いつものごとく。若君達。御さきに立られ。あれへ御参りあつて。御心底を仰上られ候はゝ。頓て御機嫌は。なをらせ給ふべしと申けれ共。さすが御身にあやうき事やおはしけん。先〻汝まかり帰て。我がやしんなきむねを心得て申上よとて。法印を下し給ふ。徳善院罷帰て。此由委言上申ければ。いかやうにもはからひて。聚楽を出し奉れとて。重て」三十一オ幸蔵主をさしそへられつかはさる。

此こうざうすと申あまは女なれ共智恵深く。弁舌達しければ。御前を去らず。万の事をおしはかりけれ共。一度も御心にそむき奉らず。常に関白御参の時も。此あまならで御あひさつ申者なし。されば此両人かさねて参り。御諚のとをりさし心得て申上候へば。幸蔵主も罷出。さま〳〵御取成にて。御機嫌なをらせ給ひて。こしかた行す衛の事。誠ありがたき御諚共仰出され。御なみだをながし」三十一ゥ給ひて。初より浮世ぜつとおぼしめせばこそ。先法印めをばつかはされて候へ。され共さやうに諸人にうとまれ給ひて。ざんげんうけさせたまふも。御心にわたくしのましませばこそ。天下をたもち給ふ人は。万民を御子とあはれひ給ひてこそ。御代は弥〻長久なるへけれ。いさゝかも御心にわたくしなく。天の道をそむきたまはぬやうに。御はからひあれかしとおぼしめし候。此むねよく〳〵申上よとの御諚にて。かさねてかうざうすをつかはされ候。」三十二ォいそぎあれへ御参りなされ。御対面にて何事も仰上られ候はゝ。事のつゐでに。内〻の御そせうも叶ひ候べしと。徳善院はふるなのべんぜつをかりて申上。かうざうすは。しやりほつの智恵をとつて。さもありげに申上ければ。さらば汝等は御さきへ参れ。頓而御出あるべきよし仰られ。御輿をいだせと仰ける。両人さあらば御さきへ参候べし。あひかまへていつものごとく。君達をもぐし給ひて。御参り候へと申てこそは帰りけれ　」三十二ゥ

木村常陸参御諫奉る事

角て関白御しやうぞくをあらため出御なる所へ。木村罷出て。君はかほどまで。いひがひなき御所存にて。おはしける事こそ口をしけれ。唯今伏見へ御参り候共。御対面はおもひもよらず。二たび都へは返し給ふべからず。道にて雑兵の手にかゝり給ふか。さらずは遠国へ流され給ひて。つゐには御かいしやく申者もなき。御はらめされ候はん。迚ものがれ給ふまじき御命を。いつまでをしみ給ふぞや。いそぎ」三十三ォ伏見へをしよせ。戦場に御名をのこし給ふか。さらずは此城にたてごもり。京中を焼払。御門を是へ行幸なし奉り給ひて。一さゝへさゝへたまはゞ。いかで大閤も。天子へ御弓をひき給ふべき。さあらば御あつかいと仰候はん時は。十分の利を得させ給ふべし。先京中のひやうらうを。こと〳〵くめしよせられ候へと。ゐだけだかに成てそ申ける

阿波の木工御異見の事

かゝりける所に。阿波の木工の助すゝみ出て」三十三ウ申けるは。常陸の守申所もさる事にて候へ共。又しりぞき愚案をめぐらし候に。伏見の大殿は。御心はやき大将軍にて。ましませば。君の御謀叛秘定とおほしめし候はゝ。やわかかやうに事のび候まじ。即時にをしよせ給ふべし。唯筋なき事を取持て。石田がさま〳〵ざんげん申共。大閤御底意には御承引なきとこそ存候へ。さあらん時は。何心なく御参候はゝ。弥ゝ御心とけさせ給ふべし。又只今伏見殿へよせられ候共。かい〳〵しく理を得させ給ふ」三十四オ事は候はじ。あなたはふだひぢうおんの侍どもなれば。十騎か百騎にもむかひ候べし。こなたは大勢成共。諸国のかり武者にて。伏見に親をもち子をおきたる者。或はさいあひに心ひかれ。何の御ようにもたちがたし。又此城くはくに籠り給ふ共。よせてきびしく候はゞ。頓而じつふもきはまり候べきか。とをぜめにして兵粮をつくし候はゞ。みなしんるいゑんじやにつゐて。かうさんし。てきには力をつくる共。かい〳〵しく御ようにたつ者は」三十四ウ候はじ。かやうに申者共こそ。御内存はぞんじて候へ。何者かはくちやう申べきぞや。あやうき事は候はじ。たゞ此度はいそぎ御参りあつてしかるべく候と。理をせめて申ければ。いづれも此儀しかるべし。さあらばいかにもおむびんにしくべからずとて。御こし一ちやうにて。御道具（「具」に濁点）をもさしおき。かちだちにて御とも二三十人めしつれられ。ぶんろく四年七月八日にじゆらくのしろを出給ふは。御うんのすゑとぞおぼえける」三十五オ

（五行空白）

聚楽物語巻之上終

（四行空白）」三十五ウ

（聚楽物語　中）

聚楽物語巻中目録

（七行空白）」一ウ

聚楽物語巻之中

関白伏見へ出御の事

関白御こしをはやめ給へは。程なく五条の橋をうちわたり。大仏殿のまへをすぎさせたまふに。なにとやらん前後もさはがしく。ひしめきて。ゆきかふ人も。こゝかしこに立まよひければ。御供の人〻これははや。御うつての迎たるとおぼへて候。いやしきもの共の手にかゝりたまはん事。あまりにくちをしく候へば。東福寺へ御こしを入られ。あれに」二オ て御心しづかに。御はらめされ候へかしと申ければ。秀次きこしめし。さては法印めにたばかられつる事のむねんさよ。さらばこれよりひきかへし聚楽にて腹きらめと仰ける。

かゝりける所に。あとより参たるわかたうども。はや五条わたりのていを見候へば。敵まん〳〵と入まはりて候と覚え候。還御は思ひもよらず候と申ければ。関白きこしめしさるにても弓矢とるものゝ。かりそめにも。のるまじき物は輿車ぞかし。馬上ならば」二ウ 何もの成とも。やがてけちらしてとをるべき物を。いぬじにすべき事こそ口惜けれ。思ふ子細のある間。まづ藤濃森まで御こしをいそげとて。さらぬていにてすぎさせたまふ所へ。まし田右衛門尉参むかひ馬よりとんでをり。御こしの前にかしこまり。もつての外の御きげんにて御座候。ひとまづ高野山へしのばせ給ひて。れん〳〵もつて御やしんなきとをりを。仰ひらかれ候へと申ければ。

関白御こしをたてゝ。これまで出るより」三オ して。その学悟なれば。今更驚くべきにあらず。聚楽にありながら御理を申せば。おほそれおゝくおもひ。これまで出たるなり。唯今兎も角もならんずる命は。露ちりもをしからねども。むしつにてはてん事こそ何より口惜けれ。あいかまひて秀次程のものに。最後をしらせざる事あるべからず。じんじやうに腹きるへしとのたまへば。右衛門尉承て。いかで御はらめさるるまでは候べき。一段かやうに仰られ候共」三ウ れん〳〵に御じひつの御書をさゝげられ。御心底を仰上られ候はゝやがて御くはぼく有て。ざんげんのともがらを。御心のまゝに仰付らるべしと。やう〳〵に申すゝめ奉り。それよりものゝふ共前後をかごみ(ママ)。大和路にかゝり。伏見の城をよそに見て。いそかせ給ふ御心のうち。おもひやられていたはしさよ。かりそめの出御にも。馬上の御供。数百人めしつれられつるに。此度はわづかに。さふらひ四五人ならては御ゆ」四オ るしなければ。たゝ夢路をたどる御心地にて。南をさしておもむき給ふ事こそあわれなれ。

聚楽にのこりたる人〻は。ふし見との御たいめんもかなはせたまはで。我きみは高野へのぼらせ給ふよし聞えければ。皆あきれはてゝ。こはそもなにと成行世の中ぞや。かくあるへきと思ひなば。などかいづくまでも御とも申さであるべきぞ。たゞ天人の五すひ。目の前にさめぬる事こそ。あさましけれと。」四ウ 上下もろともに泣悲むこえ。しばしも止事なし。中にも御おんふかき人〻は。順礼修行者のすがたに身をやつし。いづくまでも御跡を。したひ参らんと心ざしぬれども。こゝかしこにて。きびしくあらためければ。かなはずしてそれより。諸国七道めぐるもあり。或は己々か住馴たる国〻へ。かへるもおほかりけり

関白高野へ入御の事

関白その夜は。いぶせきわらやの軒端もあ」五オ れたるに。御こしをとゞめ。いとおかしき御膳さゝげ奉りけれ共。御箸をだにとりたまはで。いざよふ月を御枕にて。しばしかたふき給へども。まどろみたまはねば。御夢をもむすびあへず。たゞうつりかはれる。御身のうへを。くはんじ給ひてかく

おもひきや雲井の秋の空ならてたけあむまどの月を見んとは

かやうにくちずざみ(ママ)。いとゞながきよをあかしかねておはしけるに。

漸〻八声をつぐ」五ウ る鳥の音も。まだしのゝめのそらくら

きに。御輿かき出しとく〳〵とすゝめ奉れば。いそがぬたびの道なから。御心ならずうかれつゝ。いての玉水ゆきすぎて。さほの川ぐまうちけふり。ならざかやかすがの森もほとちかくなる。ひごろの御参詣には。御輿くるまかずをしらず。金銀をちりばめ。御すゐ〳〵までも花やかにて。南都の衆徒達は出迎。みちをきよめ沙をしき。こゝかしこにひれふして。御めにかゝらん事を願つるに。」六オ いまひきかへたる御ありさまのいたはしさよ。行かふものもおそれ奉らす。しづ山がつにうちまじはりたまふ事こそ哀なれ。

かくてはんにやじのあたりに。しばし御輿をたてゝ。春日の大明神をふしおがみ給ひて

三笠山雲井の月はすみながらかはり行身のはてぞかなしき

かやうにうちながめ。御涙をなかさせたまへば。御供の人ゝしゆごのともからまて。皆〳〵袖をぬらさぬはなかりけり。それより行末」六ウ を見はたせば。しばやの里のしば〳〵も。とめ参らする人もなく。分行露の草村の。むしのこ衛だにおとろふる。身の行末やなげくらん。岡野ゝしゆくをすきゆけば。当麻の寺の鐘のこゑも。煩悩のねふりやさますらんとおぼしめしつゞけて

うたゝねの夢の浮世を出て行身の入あひのかねをこそ聞

かくてよもすがら。高野山へよぢのぼりたまひ。木食上人の方へ御案内ありければ上」七オ 人驚たまひ。いそぎしやうじ入奉り。扨唯今の御当山。おぼしめしよらざる御事かなとて。墨染袖をぬらしたまへば。関白何登おほせ出す事もなく。御袖を顔にをしあて。御涙にむせびたまひ。

やゝありて我かゝる事のあるべきとは。おもひもよらで。世にありし時心をつくる事もなくて。今更あさましうこそ候へ。みづからが露の命。はやきはまり候へば。唯今にも伏見よりけんしあらば。じがひすべし。なからん跡は誰」七ウ か頼み申べきと仰もあへず。又御なみだをながし給へば。木食上人承り。御諚にて候へ共。此山へ御登

りなされ候うへは。いかで御命にさはり候べき。たとひ大閤御いきどをりふかくましますとも。当山の衆徒一とうに申上候はゞ。よもきこしめしわけざらんと。たのもしげにぞ申されける

秀次入道し給ふ事 付 御最後之事

関白やがて御ぐしおろしたまひて。御戒名は道意禅門とぞ申ける。御供の人〻も」八オ 皆もとゝり切て。ひとへに後世菩提の以のりにて。上意の御使を。今や〳〵とまち給ふ所に。福嶋左衛門太夫。福原右馬助。池田伊与守。此人〻を大将として。つがう其勢五千余騎。文禄四年七月十三日の申の刻に伏見をたち。十四日の暮ほどに。高野山にぞつきにける。

木食上人の御庵室に参けれは。折ふし秀次入道殿。大師の御びやう所へ御参詣にて。おくのゐむにおはしけるを。上人より此由申上ら」八ウ れければ。やがて御下向あつて。三人の御使に御対面ある。

左衛門太輔おちゐんにかしこまり。御さまかはりたるを見奉り。涙をながしければ。入道殿御らんじて。いかに汝等は。入道がうつてに来りたるとな。此法師ひとりうたんとて。あまりにこと〳〵しき振舞かなと仰ければ。福原右馬助かしこまつて。さん候御はらめされ候はゞ。御かひしやく申せとの御諚にて候と申せは。扨は汝等我首うつべきとおもふか。いかなるつるぎをや」九オ 持たる。いで入道も腹きらば。くびうたせんためにかたのごとくの。太刀をもちたるに。なんぢらに見せんとて。三尺五寸こがねづくりの御はかせ。するりとぬき給ひて。これ見よと仰ける。是は右馬助若輩にて。推参申とおぼしめし。かさねて物申さば。御手にかけられんと思召。御しよぞんとぞ見えける。

三人の御小性衆は。御きしよくを見奉り。すこしもはたらくならば。中〻御手にはかくまじき物をとおもひ。目とめを」九ウ 見合せて。刀のつかに手をかけゐたる有様。いかなる天魔鬼神もしりぞくべきとぞおもはれける。入道殿

は如何おほしめしけん。御はかせをさやにおさめ給ひて。いかに汝等入道が今まで命ながらへたるを。さこそをくしたると思ふべし。伏見を出し時。其夜いかにもなるべきとおもひつるが。上意をもまたで腹をきるならば。すはや身にあやまりあればこそ。じがひをばいそぎつれとおぼしめさば。故なき者共の。おほくうし」十オなはれん事も。ふびんなる事とおもひ。いままでながらへしぞ。今は最後のよういすべし。あひかまひて面〻頼むぞ。我に仕へし者共を。よきやうに申上。いかにもして申たすけて。入道がけうようにせよ。よしなきざんげんにて。我こそかく成行共。一人もつみある者はあるまじきぞと宣ひしは。いとはかなき御心ざしとぞおもはれける。やがて御座をたゝせ給ひて。御ゆびかせたまひて。御最後の御用意」十ウなり。

かゝりける所に木食上人をはじめ。一山の老僧出あひたまひて。三人の御使にむかひ。当山七百余年此方。此山へ上り給ふ人の命を。がいしたまふ事其ためしなし。いかに天下の武将にてましませばとて。此由一たん言上申さては候はじと。老若一とうに申されける。御使の人〻。仰はさる事にて候へ共。菟ても角てもかなふまし幾。御そせうにて候と。さいさん申けれ共。此山の名をくたすにて候へは。如何様」十一オにも言上申べきとのせんぎなり。福嶋すすみ出て。衆徒の（ママ）おほせ尤さもあるべく候。さりながら此者共参て。若時刻遷候はゞ。迚もかんきをかうふり腹きれと仰らるべし。左思召候はゞ。先かく申者を衆徒達の御手にかけられ候て後。いかやうにも言上申され候へと。ゐだけだかに成て申ければ。さすがに長袖の事なれば。木食上人をはじめ。一山の衆徒達力およはずたち給ふ。

かやうの隙に少時遷。その夜は漸〻明」十一ウて。みの刻に御腹めされける。御最後の有様は。さもゆゝしくそ見えたまふ。御なごりの御さかづき取かはし給ひて後。是までつきしたかひ参たる人〻をめして。いかに汝等是までの心ざしこそ。返〻も神妙なれ。おほくの者の其中に。五人三人最後の供するも。前世のしゆくゑんなるべし。一度所領をもあたへ。人となさんとおもひつるに。いつとなくうち過て。一たんのたのしみもなく。今か丶るめを見する事のあさましさよ」十二オ とて。御涙をながし給ひつ丶。いかに面〻をあとにこそ。ぐすべきに。わかき者共なれば。最後の有様心もとなし。其上みづから腹きるときかば。雑兵共がみだれ入。事さはがしく見ぐるしかるべし。是にて腹きれとて。山本主殿に。国吉の御わきざしを下されける。

主殿承て。それがしは御かいしやく仕り。御跡にこそと存候へ共。御さきへ参。しで。三津(「津」に濁点)にてかしやく共に申付。道きよめさせ申べしと。につこと笑てたはふれ」十二ウ しは。さもゆ丶しく見えたれ誠に閻魔倶生神も。おそれぬべき振舞なり。彼御わきさしをいたゞき。西に迎ひ十念して。腹十文字にかきやぶり。五臓をくり出しけるを。御手にかけてうち給ふ。今年十九歳初花のや〻ほころぶる風情なるを。時ならぬ嵐の吹落したるごとくなり。

其次に山本三十郎をめして。汝もこれにてきれとて。安川藤四郎の九寸八分ありけるを下さる〻。承候とて。是も十九にて神妙に腹きり御手」十三オ にか丶る。三番に不破の満作には。しのぎ藤四郎をくだされ。おもふ子細のあれば。汝も我手にか丶れと仰せければ。いかにも御諚にしたがひ奉るべしとて。御脇指をちやうだひして。正年十七歳。雪よりしろくきよげなるはだへをさしひらき。ゆんでのちのうへにつき立て。めてのほそ腰まて。引さげたるを御覧じて。いしくも仕たりとて。御太刀をふりあげたまふかとおもへば。首はさきへぞとんだりける。かれらは常に御なさけふかき者共」十三ウ なれば。人手にかけじとおほしめす。御契の程こそあさからね。

かくて入道殿は御てうずうがひしたまひて。後りう西堂をめして。其身は出家の事なれば。誰かとがむべき。いそぎ都へ上り(ママ)。我が後世吊ひ候へと仰ければ。口惜き御諚にて候。是まて御供申。唯今御暇給り。都へのぼり候共。何のたのしみ候べき。そのうへ御恩深き者共は。出家とていかでゆるされ候はん。わづかの命ながらへて。

都まで上り。人手にかゝり候はん」十四オ事。思ひもよらず候と申きつて。是も御供にきはまりける。此僧は内でん外でん。くらからず。べんぜつ人にすぐれければ。御前をさらずつかへしが。いかなる事にやしゆつけの身として。御最後の御供申さるゝこそ。不思議なれ。

かくて入道殿は。両眼をふさき観念して。本来無東西何所有南北と観じて後。篠部淡路守をめされて。なんぢ此度あとをしたひ。是まで参たる心ざし。生ゝ世ゝまで。はうじがたき忠ぞかし。」十四ウとても事に。我かいしやくして供せよと仰ける。淡路かしこまつて。此度御跡をしたひ参らんと心ざし候者共。いかばかりあるべき中に。それがし武運に叶ひ。御最後の御供申のみならず。御かいしやくまで仰付らるゝ事。今生の望み何事か是に過候へきと申せば。御心地よげに打ゑみたまひて。さらば御こしの物と仰ける時。四方ざまのくぎやうに。一尺三寸の正宗の御わきざしの。中まきしたるを参らせあ」十五オぐるを。右の御手に取給ひて。左の御手にて。御心もとを。もみさげて。ゆんでの脇につきたて。めてへきつと引まはし給へば。御こしぼね少かゝると見えしを。淡路御後へまはりければ。しばらくまてと宣ひて。又取なをしむなさきよりをし下給ふ所を。やがて御首うち奉る。惜べき御としかな。三十一を一期として。あらしにもろき露のごとくきえ給ふ。

りう西堂参て。御しがひおさめ奉り。是も御供申」十五ウける。淡路守我からうどうを。ちかつけて。手水うがひして。秀次の御首を拝し奉りて後。けんしの人ゝにむかひ。それがし身ふしやうに候へ共。此度御跡をしたひまい利たる御恩に。御かいしやく仰付らるゝは。弓矢取てのめんぼくと存候。あわれみ給ふかた〴〵は。念仏申てたび候へと。いひもあへず一尺三寸ひら作の脇指を。ふとばらに二刀さしけるが。きつさき五寸計うしろへ。つき通して又取直し首に押当。左右」十六オの手をかけて。前へふつとをしおとしければ。首をひざにいたきて。むくろはうへにかさなりける。見る人目を驚かし。あはれ大かうの者か

な。腹きる者は世におほかるべきが。かゝるためしは伝へても聞ずとて諸人一度にあつとそ感じける

秀次君達の御事

去程に此関白殿は。御思ひ人多き中にも若君三人おはします。御ちやくしは。仙千代丸と申て五歳に成たまふ。次をば御百丸」十六ウ とて四歳。三男は御十丸。何れも玉をみがきたるごとくにて。父ごの御てうあひあさからず。片時もはなれたまはでおはしける。常には伏見どのへ御参りの時も。同御車にておはしける。

此たびは何とて。われ〳〵をばめしつれたまはぬぞ。父はいづくへ御わたり候ぞや。急ぎ父のおはします方へ。我をぐして参れ。我さきに行ん。我も行んと。こゑ〳〵になきさけび給へば。母うへ達は落る泪を押へつゝ。大殿は西方浄土と申」十七オ て。めでたき所へわたらせたまひ候。若君たちをも。やがて御むかへ参さふらふべし。しばらく御待あれと。いひもあへず。泪にかきくれ給へば。中ゐ（ママ）すゑ〳〵の女房。わらはにいたるまで。ふしまろびてそなきさけびける。

若君達は此由聞しめして。さらば御むかへ参らずとも。急ぎその西方浄土とやらんへ。我を具じ（ママ）て行たまへ。唯今行ん御車こしらへよ。御馬に鞍をけよとてせめたまへは。いとゞやるかたなき御身共の。をき所な」十七ウ くてたゝ伏沈。なきしづみ給ふ有様。哀共中〳〵に。たとへていはんかたもなし。

むかし平治年中に。たいけんもんの軍に。うちまけ給ふ義朝のおもひ人。ときは御前は三人のわかぎみを引ぐして。大和路さしておちたまふもかくやとおもひしられたり。されはそれはかたきの手をものがれつれは。少は頼もありぬべし。此人ゝは籠の中の鳥のごとくにて。いかほどあこがれ給ふ共。露のたのみもあらばこそと。見る人聞人袖をぬらさぬは」十八オ なかりけり

秀次入道殿御首じつけんの事

おなしき七月十七日に。入道殿御首。ならびに御供申せしともがらのくび共を。伏見へさしのぼせ。大閤の御目にかけ奉れは。さしも御いとをしみふかくおほしめしつる。御養君にておはしけるに。いま引かへて御いきとをりふかくおほしめし。さるにても天罰とうけたる者のなれるはてのあさましさよ。後代のためしなれば。急ぎ都へのぼせ。三条の橋」十八ウ にて七日さらすべしとの御諚にて。三条川原にかけ奉る。

京中の貴賤群集して御有様を見奉り。哀人の身のうへほど定なきものはなし。けふ此ごろまて。諸国の大名に。いつきかしづかれたまひて。何事も御心のまゝにふるまひ給ひつるに。かやうにあさましく成行たまはんとは。誰かおもひよるべきぞ。しらぬは人の行末のそらとよみおきしこそ誠なれと。いひかたらひ。諸人涙をながしける所に。

としのほど八十におよびたるらん」十九オ と見えて。いろくろくせいたかく。あら〳〵しき禅門。ゆがみたるつえを引ずり。あせ水になりて。あしばやにあゆみより。あまたの人をし分てはゞり出て。大のこゑにて。から〳〵とうちはらひ。さても〳〵人はげんざいの有様にて。過去未来をもしるといへば。前生の戒力にて。一たんはゑいぐはにほこるといへ共。かやうに目の前にてあさましきていに成りはてゝ。さこそ来世は修羅道に落て。ながくうかむましき人のなれるはてや。我八十に成。」十九ウ つえはしら共頼みつる子を。故もなくうしなはれ。兎にも角にも成べきとおもひつれ共。孫共のいとけなくて。世になし者とならんをふびんさに。つれなく命ながらへて。今又かゝるふしぎを見る事よ。あらつらにくやと。おもふ心地にて。はぎりしてぞのゝしりける。

諸人こはいかなる物ぐるひぞやと。あやしみけるに。此禅門は都のかた辺土にて。田畠多く持てとめるたみなるが。一とせそせうありて。かれがちやくし奉行所へ参りける。」二十オ よにすぐれて。ふとりせめて。大の男なるを。

何者か申上たりけん。故なくからめとりそせうつたへのさたもなく。やがて其夜にきられけるとなり。是はいかなる事ぞといへば。其比関東より。かぢの上手をめしのぼせられ。あまたの太刀かたなをうたせ給ふ中にも。三尺五寸の太刀をうちたて、参らせければ。此太刀のかねを。ためし心見給はんとて。大のおとこのふとりたる者もがな。いづくにても見いだしたらば。ひそかにめしつれ」二十ウ参れと。内〻仰けるを。わかとのばら承はり。おりにさいわいと申上けるとぞ聞えける

木村常陸父子最後之事

木村ひたちのかみ定光は。関白殿伏見へ御参りの時も。色〻申とゝめ奉れ共。あわの木工の助か中に付給ひて出御なる。常陸力およばてゐたりけるが。猶御心許なく存ければ。御跡をしたひ。五条の橋まで見えがくれに参けるが。さき〱のやうを見ばやとおもひ。それより道をかへて。竹田へすぐに」二十一オうつて出けるに。竹田の宿はづれには。くらをきたる馬共。爰かしこに。引立〱物の具したる兵なみゐたり。すはやあやうし。我きみをはや道にてうち奉るとおぼゆるなり。いつまで命をなからふべきぞ。いかに汝等みなかちだちにてかなふまじけれ共。我に命をしからぬものは。むかふかたきを一さゝへさゝへよ。我はその隙にかけとをりて。石田めがかけまはるらんに。ふみをとし首取て後腹きるべしとて。すてにかけ出んとしける所」二十一ウに。野中清六とて十九になるわつは。馬の口に取付しばらく待たまへ。たとひ鬼神のはたらきをいたし候共。此分にていかでかけぬけ給べき。さき〱に人数をふせて。待て候とこそ見えて候へ。さあらば雑兵の手にかゝり。犬死にしたまふべし。先是より山崎に打こえ給ひて。夜に入てしのび入。いかさまにもはからひ給へかし。さらずは一度北国へ下り給ひて。城にたてこもりたまはゞ。国〻へ下りたるみかた共。はせあつまり候べし。其時一かせんして主君の為」二十二オに命をすてさせたまはゞ。御名を残し給べし

と。おとなしくいひければ。残る者ども。此儀然るべきとて。それより東寺を。西へ。むかふの明神へかゝり。あゆませ山崎たから寺に。日比よしみある僧のもとへ忍び入。伏見のやうを聞ゐたりしに。関白殿は高野へわたり給ふと聞て。さてはいまだ御命にさかいなし。いかにもして御跡をしたひ参らんと思ふうちに。下人共皆おちうせければ。唯羽ぬけ鳥のごとくにて。あきれはてゝそゐ」二十二ウ たりける。さればしゆくの者共。此由を聞。此人〻をかくしをきたるなどゝ聞しめしては一大事とて。やがて伏見へ申上ければ。それよりけんしたつて。七月十五日に腹をきりける。子息木村志磨の助は。北山に忍びゐたるが。父の最後の由聞て。頓て其日寺町 正行寺にて。じがいしてこそはてたりけれ

熊谷最後之事 付 下人追腹切事

熊谷大膳は嵯峨二尊院にゐたりけるを。徳善院 承 にて。同七月十五日に。松田勝右衛門」二十三オ とゆふ。家老の者をつかはしける。松田は先釈迦堂まで来り。それより人をつかはし。秀次今日高野にて。御腹めされ候。急ぎ御供あるべきとの上 意を徳善院 承 て。松田これまで参りて候。日比御懇志にあづかり候へば。何事もおぼしめしをかるゝ事の候はゞ。承り候へと申つかひければ。大膳 使に出あひて。上意の御使にて候へば。それまで 罷出対面申度候へ共。御きづかひもあるべければ。是へ御入候へかし。最後の御いとまごひをも申。又頼み申」二十三ウ 度事の候由。返事しければ。松田やがて内へ入。

大膳出あひ。是まで御越満足申候。左候へば我等めしつかひ候者共。最後の供 仕 べき由申候を。いろ〳〵申とゞめ候。もしそれがしはて申候跡にて。一人成共此旨そむきたる者は。来世までかんたうたるへく候。其上その者の一るいを。五畿内近国を御はらひ候てたび候へ。返〻も二世までのかんだうたるべしとて。様〻のちかひにて。其後最後の御さかづき持て参れとて。松田と最後のさかづき取」二十四オ かはしける隙に。大膳が郎等共。御最後の御供申さばこそ。

かんだうをもかうふり候はめ。御さきへ参り候うへはとて。三人一所にて。腹切てぞしんだりける。残る者共是を見て。尤是は理りとて。我も〳〵と心さしけるを。松田が郎等。又は寺中の僧たち出あひて。一人には五人三人つゝ取つきて。先太刀かたなを。うばひとる。

大膳是を見て。ふかく成もの共哉。まことの心ざしあらば。命ながらへて。熊谷後世を弔ひてくれよかし。却てよみぢ」二十四ウのさはりとならんとおもふかや。此世にてこそ。主の為に命をすつべけれ。御たすけあらば。此大膳は只今にても出家して。主君の御菩提を弔ひ奉るべけれ共。御免しなければ。力なしとて。涙にむせびければ。此うへは力なしとて。皆かみをそり。あるじの御房の御弟子になり。跡をは念比に弔ひ奉るべし。御心安思召て御最後の御用意候へと申。

熊谷なのめによろこび。やがて行水して。仏前に向礼し。客殿の前に。たゝみうらかへして。かさね。」二十五オそのうへにて。水さかづきとりかはし。くぎやうにのせたる脇指を取。西にむかひたちながら。腹十文字にきつて。首をのべてぞうたせける。松田も日比ふかき契なれば。涙にむせびつゝ。あるじの御房に申あはせ。百ケ日までの弔。かたのごとくにつとめける。さるにても熊谷はせうしんなれ共。日比の情やふかゝりけん。又は其身大かうの者なれば。した〳〵までも心まさりつらん。誠にせんだんの林に生る木なりとて諸人かんじける」二十五ウ

白井備後阿波の木工最後の事

白井備後。阿波の木工は。くらまのおくまで立のき。上意いかゞと待所に。徳善院のかたより。小池清左衛門を。つかはして。関白殿の御事。北のまん所より仰られ。御命ばかり申たすけ奉らんとて。さま〳〵に仰上られけれども。いかにも叶ふまじき由御返事にて。けんしの為に福嶋左衛門大輔福原右馬助池田伊与の守。此三人をつかはされ候。いそぎ最後の御ようい候べし。又おほしめしをく事候はゝ。此者」二十六オに仰きけられ候へ。跡の御けうよう

は。ねん比にさたし申べしと。いひつかはれける。両人清左衛門に対面して。法印の御心付過分に候。迚の御事に。日比頼みつる上人の方へ召つれられ候事は。御へんの心得として。成まじきかとたのまれければ。清左衛門聞て。いとやすき御事にて候。法印も其趣申付候とて。ふるきつりごしにのせ。白井は大雲院の御寺にて腹きる。木工の助はあはた口のとりのこうしといふ者のかたにて。時をもかへずはて」二十六ウ たりけり

備後が女房最後の事 付 幽霊之事

白井か女房は。北山辺に忍びてありけるが。妻の最後のありさまを聞て。少もさはがす。それ弓取の妻は。昔よりかゝるためしのあるぞかし。みづから十二歳にて。見えそめてより此方。一日片時もはなれすして。此度跡に残る共。いく程のよはひをたもち。いかなるゐいぐはにほこるべきぞや。其上此人ゝの妻や子は。いかにしのぶ共。終にはさがし出され」二十七オ て。うしなはれん事はうたがひなしと。おもひさだめければ。めしつかひつる。女わらはにも。それ〴〵にかたみをつかはし。ゆかり共のかたへかへしつかはし。二さいになるひめをめのとにいだかせ。大雲院貞庵上人の御寺へ参り。是は備後が妻や子にて候。頼むかたなき身と成さふらへは。妻の跡をしたひ参候べし。なからん跡を。御とふらひ候てたび候へと申けれは。上人は聞しめし。ていぢよりやうふにま見えずとは。かやうの人を申らめ。」二十七ウ かくれなき人の妻なれは。言上申さではかなふまじ。先是へ入らせ給へとて。しやうじ入。頓て徳善院へ申されける。

法印此由言上申されければ。大閤あはれにやおほしめしけん。おのこの子あらばがいすべし。女は法印がはからひにて。たすけよとの御諚なり。法印方より此よし貞庵へ申されければ。上人よろこび御命は申請て候へは。御心やすくおほしめせと仰ける。女房聞て。ありかたき上人の御しひにて候へ共。命ながらへさふらふとも。」二十八オ 誰を頼み。いづくに身をかくし候はん。たゞ〳〵妻のあとを。

したひ申べし。又これに候姫二さいにて候。上人の御じひには。いかなる者にもあづけ給ひて。もし人となりさふらはゞ。みづからが。跡とふらはせてたび候へとて。正宗のまもり刀に。黄金三百両そへ。上人に渡し給ふ。

ていあんきこしめし。仰はさる事にて候へ共。先御命をながらへたまひて。妻の後世菩提をもとひたまはんこそ。まことの道にて候はめと。いろ〳〵にとゝめ給へば。さらば」二十八ウ さまかへてたび候へとて。みどりのかみをそりこぼし。すみぞめの衣きて。よもすがら念仏申ておはしけるが。あかつきがたに。めのとは姫をいだき。すこしまとろみける隙に。まもり刀をとり出し。こゝろもとにさしあて。うつぶしに成てむなしくなる。めのとおどろき上人へ此由申せば。ていあんも涙と共に。けうやう念比にし給ひて。彼姫をば。五条あたりに。人あまたつけてそだてさせ。十五のとしよきさいはいありて。とみさかへけり」二十九オ

備後夫婦夢に見ゆる事

又何よりも哀ふかき事こそあれ。此姫いとけなき時より。よみかく事に心をそめ。あまたのさうしをあつめ見るにも。是は誰人の御子。父はそのなにかし。母はたれ人のむすめとあるに。われはいかなる身なれば。父とも母ともいふ人のなきこそ。ふしぎなれとおもひくらしけるが。ある時めのとにむかひ。あの鳥るいちくるいもおや子のみちはあるときく。まして我は人間にて。父共」二十九ウ 母共しらさる事こそあさましけれと。かきくどきければ。

めのと涙にむせびけるが。ややありてとくにもかくと。申たくはさふらひつれども。いとけなき御心ひとつにて。なげきたまはん事をいたはしくおもひ。うちすぐしつるぞや。此上は力なし。父ごは白井備後の守殿と申て。あめがしたの大名小名にしられさせたまひしが。前関白秀次御むほん。おほしめしたちし事あらはれ。高野山にて御腹めされ候。その御内にて人にもしられ」三十オ 給ひし人なれは。いかでのがれ給ふべき。文禄四年七月十五日に。今の

大雲院の御房にて御腹めされ候ぞや。母うへは此よし聞しめし。さはかりの人のつまにておはしければさがし出されて。人手にはかゝらじとおほしめしていあん上人を頼み給ひ。御ぐしおろし。やがて御しがいしたまひしぞかし。御身をはみづからにあづけ給ひしを。上人の御じひにて。年月をあかしくらしさふらふぞや。しかもことしは十三年にもあたりさふらへば。なを〳〵上人を」三十ウ 頼み給ひて。父母の菩提をとひ給へと。いひもあへずなきしづみける。姫は此よし聞しめし。あらつれなの人濃心やな。とはずはいつまでつゝむべきぞ。たとひ父こそしゆくんの為に。はかなくなり給ふ共。などか母うへは我をすてをき給ひて。今かゝるうきめを見せたまふぞや。二歳の時いかにも成るならは。いまかゝる思ひはよもあらじ。うらめしの浮身やとて。人めもはぢずなき給ふ。めのとは涙をおさへて。なげき給ふは御ことはりにてさふらへども。」三十一オ それ女は五しやう三しやうとて。ざいごうふかき事海山にもたとへがたし。其上つるぎのさきにかゝりはて給へば。猶しもつみふかくおぼしめし。後の世とふらはれ給はんとて。御身を浮世にのこしたまへば。いかやうにも父母の。御けうやうし給ひ。御身の後の世をも。仏にいのりたまはんこそは。かう〳〵のみちにておはしませ。かく申事をもちいたまはずは。今より後はみづからも。すてまいらせて。いづかたへも参りさふらはんと。かきくどき」三十一ウ ければ。姫君聞もあへず。うらめしのいひ事や。二歳にて父母におくれ。今又めのとにすてられば。何をたよりにうき草の。波にたゞよふありさまにて。よるべをいづくとさだむべき。菟も角もはからひのなどあしかるべし。殊更おやの菩提をとふらはんに。いかでおろかのあるべきぞとて。それより明暮念仏申経をよみ。偏に後世菩提のほかは。心にかくる事もなし。

かくて春暮夏たけて。五月の末つかたより。大雲院にて四十八夜のべつじの」三十二オ 念仏をはじめ。結願を。めい日にあたるやうにこゝろざして。さま〳〵に吊ひけるか。七月十四日の夜。明結願の日なれは。いとなごりをしくおもひ。仏の御まへにつや申。殊更うらぼんの事なれば。万のまうじやも。娑婆世界に来るなれば。三界平等利益と廻向して。すこしまとろみける夢に。其年四十あまりと見えし人の。からあやのしやうぞくに。かふりをちやくし。しやくとりなをし仏壇におはします。又三そぢあまりと見えたる」三十二ウ に。こうむらさきのうすぎぬに。すみぞめの衣きて。右の座になをり給ふ。

夢ごゝろにもふしぎに思ひ。あたりなる人にとひければ。あれこそ白井備後守殿夫婦にて候へとかたる。さては我父母にてましますぞや。是こそ姫にて候へといはんとおもふ所に。俄に千万のいかづちなりわたり。天地もくつかへすかと。おそろしくおもふに。たけ二ぢやうばかりにて。眼は日月の光り(ママ)のごとくなる。おにの五たいに朱をぬりたるやうにて。口にはほのほをふき出し」三十三オ て。いかにざい人片時のいとまと申つるに。何とておそきぞ。いそぎ帰れといかりをなしければ。こはそもかゝるうきめにあひ給ふぞやと。心うくおもひゐたるに。八しゆんにあまりたまふとおぼしき老僧。いづくともなく来り給ひて。仏の御まへなる百味のおんじきを取て。此かしやく共にあたへたまへば。その時鬼共いかりをやめ。かへつておそれをなしてたちさりければ。俄に紫雲たなびき。空よりをんがくひゞきて。いきやうくんじ。二人のおやと」三十三ウ 聞し人は。たちまち金色の仏とあらはれ。金の蓮に乗りて。天生したまふ。其時彼姫ゆめこゝろにありがたき事なれ共。あまり名残をしき事とおもひて。しはらくとて。もずそにすがると思へは。夢はさめて。仏前にかゝりたるはたのあしにとりつきてぞゐたりける。

あまりに有難くふしぎにおもひあたりを見れば。めのとも障子によりそひ。ねふりゐたるをおどろかしければ。有難き夢を見つるに。おどろかしたまふ物かなといふ。いとど」三十四オ ふしんにおもひ。いかなるゆめぞや。みづからもおそろしく又有難き夢のつげありとて。たがひに語りけるに。少もたかはず夜明て後も。しばし紫雲たなびき。虚空に。いきやうくんじける。末世とは云へ共。まことの心

ざしあれば。か、るきどくも有けるとて。きせんのともがら。みな歓喜してこそ帰りけれ

木村常陸が妻子の事

又何よりもいたはしきは。常陸の守か妻や」三十四ウ子の最後の有様なり。十三になるむすめのありしが。ならびなき美人なれば。関白聞召及び。たび〳〵めしけれ共。常陸いかゞおもひけん。ちといたはる事さふらふとて。母に付て越前に下しをきしが。最後の時に。野中清六といふわらはをちかづけ。汝最後の供せんとおもふ。心ざしはあさからね共。しばらく命ながらへて。北国へ下り。我老母妻子のあらんをともかくもはからへかしと。いひふくめければ。野中いかさまにも。御諚に」三十五オしたがひ候べしとて。いそぎ越前に下り。木村が母女房にむかひ。殿は都にて御腹めされ候。いそぎ何方へもしのばせたまへと申ければ。女房聞てさりとも。今一度見もし見えもして。ともかくもならばやとこそ願つるに。はやさきだち給ふ事のかなしさよ。心にまかせぬうき世とはいひながら。あさましき我身かな。今は少も命ながらへても。せんなし。いそぎがいせよ。しでの山にてまち給ふらんとかこちける。野中おもひけるやうは。三人の」三十五ウ人〻をがいせんとせば。おろかなる女わらはども。取付すがりつきかなしむならは。思ふやうにはなくて。わびしくあさましき事の有べし。た、それがし腹切て。見せはやとおもひ。はや只今都より御むかひ参り候べし。さあらばいやしき者の手にか、りたまひて。一門の御名をくたし給ふへし。いそかせ給へ。それがしは殿の御待候はんに。まづ御供に参り候と。いひもはてず。腹十文字にかき、つてぞしにける。

女房此よしを見て。さてはわら」三十六オはが最後をいそげと。常陸の守いひふくめつらん。いざや父のあとをしたへとて。十三になるひめをかいせんとしければ。めのとの女房すがりつきて。引のくる。ありあふ者はみな女わらはなれば。当座のうきめを見じと。おもふばかりにて。我も〳〵といだきつきすがりつきて。引のくる。木村が女房は

力及はてたちのき。あさましのめのとか心や。たとひみづからが手にかけず共。のがれはつへき命かや。たかきもいやしきも。わりなく命を惜めば。かなら」三十六ウずはぢをさらすものぞやとて。木村が老母にむかひ。いそぎ最後の御用意候へかし。みづからは御さきへ参候とて。まもり刀取出し。かひ〳〵しく。じがいしてはてられたり。老母は日比頼みつるちしきを。しやうじ。奉り。身にふれたるこそで共に。金を取そへ参らせ。一門の後世吊ひてたび候へと。くはしくいひをき。是もじがいしてはてられける。

其後めのとは。姫をいだき出けれ共。女心のはかなさは。いつくをさし。誰を頼む共なく。う」三十七オかれ出。みねにのぼり。谷へ下り。足にまかせてまよひけれ共。いつならはしの事ならねば。あしよりながる丶血は。もずそも草木も染わたす。たどり〳〵ゆきめぐりて。けはしきがんぜきにふみまよひ。一足ゆきてはた丶ずみ。二足あゆみてはやすらひつ丶。夜もすがら涙と露にしほれつ丶。せんかたなさのあまりに。いかなるけだ物も出て。我命を取てゆけよかし。あらうらめしのめのとや。母もろともにゆくならば。しでの山をこえ。三津の河を渡る共。」三十七ウかほどうきめはよもあらじ。いづくにも深き淵河のあらんかたへ出て。身を沈んと思ひ。谷に丶(ママ)ゐて下りければ。やう〳〵しの丶めの空も明わたり。山田守しづが家路に帰るに行逢て。道にふみ迷たるぞ。道しるべせよといへば。それがし参り候方へ出させ給へとて。先にたちて歩ける。いとうれしくて此者を。見はなざじ(ママ)ところびたふれて。したひ出られければ。本の在所へ出来り。都よりたづねに来りたる者共にゆきあひ。都にのぼり。三条河原にてがい」三十八オせられて。後までしがいをさらされける。因果の程こそあさましけれ

秀次老母の御事

関白の御は丶上は。大閣御あね御前にておはしければ。諸国の大名に。あふぎかしづかれてまし〳〵けるに。此度

不思議の出き。御心をくだき給ふ処に。はや高野にて御腹めされたるよし聞しめし。是は夢かうつゝか。ゆめならばさめての後はいかならんと。いひもあへず御心地。とりうしなひ給ふを。あまたの女」三十八ウ房たち。御くすりまいらせ。さま〲してよびいけ奉れば。すこし心つき給ひて。扨も世には神も仏もましまさぬかや。我此程いのりつるは。いかにもして此度の。なんをてんじたまはゞ。伊勢大神宮をはじめ奉り。日本国中の大社を。さうりうし奉るべし。其外の神がみへも。ほうへいをさゝげ。御かぐらをそうし。しんりよをすゞしめ奉らん。神も仏も昔はぼんぶにておはしませば。おんあひのあはれはしろしめさるべし。若此願かなはずは。我命を」三十九オとり給へといのりつるに。せめて一方はなと叶へ給はぬぞと。かきくどきなけきたまふは。ことはりなり。

誠に人の親のならひにて。いやしき者のあまたある子の中に。独りかけたるをだになげくぞかし。ましてやたぐひなき一人の御子にて。あめが下を御心のまゝにはからひ給ふ。御身の心にまかせぬ世のならひこそかなしけれ。見るもの聞もの。涙をなかさぬはなかりけり。かくては命ながらへじとおぼしめし。じがいを心がけ給へ共。つきしたが」三十九ウふ人ゝ守りゐければ。それも叶はずして。いつしか御心きやうらんし給ふ。

大閤此由聞しめし。さすがれんじの御事なれば。いたはしくおぼしめし。かうざうすをつかはされ。御なげきはさる事にて侍れ共。それは先世のごうゐんをしろしめされさるゆへにて候。たゞ何事も夢の中とおぼしめし。後世をとふらひたまはんこそ。誠のみちにて候はんづれ。あしく心えたまはゞ。友に又来世までもあさましくこそおぼえ候へと。さま〲なぐさ」四十オめたまひ。やかて都のうちに。村雲の御所と申て。しんざうを立られ。明暮法華妙典をとくじゆし。釈迦多宝の両尊に。秀次（ルビママ）の御ゑいをすへ。御供申せし人ゝの。いはひをならべ給ひて。りんじうしやうねん南無妙法蓮華経と。一心におこなひすまし。七十三にて成仏の。そくわひをとげ給ふ。されば今の世

迄も其跡をたれうれへ深き旁〻は此寺に入給ひ行住座臥に只妙法蓮花をふくみりんぢうの夕部を待給ふこそありかたけれ

聚楽中終」四十ウ

（聚楽物語　下）

聚楽物語巻下目録

（六行空白）」一オ

（空　白）」一ウ

聚楽物語巻之下

若君并卅余人の女房達洛中被レ渡事 付 最後事

秀次公はかくれなき。いろごのみにて。あまたの御おもひ人。をはしける。其比遠国えん里のはてまでも。たづねたまひて見めかたちすぐれたるをば。大名小名のむすめによらず。召聚られ。百地の人の中よりも。ゑらひすぐりし事なれば。卅余人の内は。何れをいかにといはんかたなき美人たちにてぞおはしける。

玉の簾れ錦の帳のうちに。金銀をちりばめ。いろをつくしたるかさねのき」二オぬを身にまとひ。つねは源氏伊勢物がたりの。あふぎをもてあそび。こきんまんようの。うたをまなび。あるときは琵琶をたんじ。ある時は琴をしらべ。あけくれゑいぐわにほこり。日の影をだに見たまはねは。まして人の見奉る事もなかりつるに。なさけなくも。いぶせきざうぐるまに。とりのせ参らする事のいたはしさよとて。いやしきしづのめ。たけきもののふも。なみだをながさぬはなかりけり。

されば秀次公五人の御子をまうけ給ひし。ひめ」二ウ君は。摂津の国こばまのてらの御坊のむすめ。中なごんのつぼねの御はらにいでき給ひし。仙千代丸は。おはりの国の住人。日比野しもつけのかみがむすめのはら。御百丸は。山口松雲がむすめのはら。御つち丸と申せしは。おちや〳〵の御かたうみ給ふ。御十丸のはゝうへは。北野の別当松梅院むすめなり。此人ゝはとりわき。御てうあいにておはしけれは。御くしおろし給ふ。其外も皆もとどりよりきりはらひ。日比たのみ給ひし。寺〳〵へつかはし。或はかうやの山へ。あげらるゝもあ」三オり。

おもひ〳〵の。さいごのいてたちにて。かみしも京を引めぐり。一条二条をひきさげて。ひつちのあゆみちかづき。三条のはしへ引わたす事のいたはしさよ。けんしには。石田治部少輔。まし田右衛門尉などをさきとして。はしよりにしの。どてのかたはらに。しきがは敷てなみゐたりけるが。車の前後にたちむかひ。まづわかぎみたちを。がいし奉れと下知しければ。うけたまはりさぶらふとて。わかとのばら。ざうしきなど。はしりより。玉をのべたるやうに。見えさせ給ふ。わかぎみ」三ウたちを。御車よりいだきおろし奉り。仙千代丸は。おとなしくて。しばらく御らんじて。こは何とならせ給ふ御事そやとて。わつとなかせ給ひつゝ。はしりよらんとしたまへは。はゝうへたちは申におよばす。きせんのけんぶつ。しゆごのものゝふ。太刀どりにいたるまで。みななみだにくれて。ぜんごをわきまへざるが。心よはくてはかなふまじきとおもひ。まなこをふさき。御こゝろもとを一かたなつゝにかいし奉れは。はゝうへたちは人」四オめをも。はぢもわすれはてゝ。我をは何しにはやくがいせぬぞ。しでの山三づの川を。誰かは御かいしやく申べきぞ。いそぎ我をころせ。われをがいせよとてむなしき御しがいをいだきつゝ。ふしまろび給ふ御ありさまは。やけ野ゝきゞすの身をすてゝ。けふりにむせぶにことならず。しばしもおくれ給はぬ御さいご共を。いそがれけるこそあはれなれ。

それより御もくろくにて。次第〳〵に。がいしたてまつる。一ばんには。上らうの御かた。一のたいの御つぼね。」四ウ前の大納言殿御むすめ御としはみそぢにあまり給へ共御かたちすぐれゆふにやさしくおはしけれは。いまだはたちばかりにぞ見え給ふ。ちゝ大なごんどの。御いとをしみふかくおぼしめし。いかにもして。御命ばかりを。申たすけ給はんとて。北のまん所につゐて。さま〳〵に申させ給へどもよのうらみもありとおぼしめしければ。つゐにかなはずして。うしなはれ給ふ。

又御めのとの。しきぶといふ女房。御さいごの御供申さんとて。これまでつき」五オしたひ参りけるをめして。是までの心ざしこそ。かへす〳〵も。たのもしう嬉しけれ。我身かく成ゆく事も。さきの世のしゆくゐんぞかし。今更なげくべき事にあらず。たゞ父ごの御なげきと聞こそ心くるしけれ。まことの心ざしあらばいそぎ帰りて。我か成行やうを申べし。おやこは一世の契りとは申せ共。たのみ奉りし。ほとけの御じひにて。のちの世は。おなじはちすのゑんと成べければ。たのもしくこそおもひはんべれ。」五ウ 此世はかりのやどりなれば。何事も前世のむくひぞと。おぼしめしすてさせ給ひて。御心をなぐさめ給へと。よく〳〵申へしとて。さいごの御ふみのはしに。かくゑいじてかきつけたまふ

なからへてありふるほどを浮世ぞとおもへはのこることのはもなし

と。うちながめてうたれたまふ。

めのとは是までしたひまいりさぶらふも。しでの山路のみちすから御手をも。引参らせんためにてこそさぶら」六オ へ。我をもがいしてたび候へとて。たちどりに手をすりて申せ共。御もくろくのほかは。いかてかなふべきとて。あらけなくいひてかへしけれども。たゞひれふしてなきくどきければ。たけきものゝふも。なく〳〵手をとり引たてゝ。こしにたすけのせて。をくりかへしければ。心ならずかへり参り。御さいごのありさま。こま〳〵と申あげ。それより物をもくはずして。七日にあたる日。むなしくなる。

父大なごんどの。きたの御かた。此よしをきゝもあへず。しばし」六ウ たえ入給ひしを。御かほに水うちそゝぎなどして。よびいけ奉り。きんだち御手に取付給ひて。こはいかにならせ給ふぞや。此度のなけきに。誰かおとりまさりのあるへ幾。され共叶はぬみちは力なし。のこるもの共は。御子とはおほしめし。さふらはずやとて。かきくどきかなしみたまへは。すこし御心地とりなをし給ひて。さしも頼みをかけつる人ゝは。いかにいひなされけるぞや。とてもかくても叶はぬ道と知るならば。さいごのきはに。今一度見もし」七オ 見えもせば。其おもかげをわすれがたみ共。なぐさむべぎ(ママ)に。さてもいひかいなきたのみをかけつるくやしさよと。ふししづみなきしづみ。あこがれ給ふぞあはれなる。それより御かざりおろし。ひとへに後世ほだひをいのり給ひけるか。やるかたなきおもひつもりて。ほどなくかくれさせ給ひけり。

二番には小上らうの御かた御つま御前是も三位中将にて時めき給ふ人の御むすめなり。御年は十六歳になり給ふ。何れもおとりはあらね」七ウ共。ことにすぐれて。やさしき御かたちなり。ふゆ木のむめの。にほひふかき心地にて。さこそ御さかりには。いかはかりたほやかにおひたち給はんと。おもひやられていたはしさよ。みどりのくろかみを。なかばきりすて。かたのまはりに。ゆら〱とかゝり。ふようのまなじりにこぼるゝなみだは。たまをつらぬくにことならず。まことにゐにかく共。いかで筆にはおよぶべき。むらさきに柳いろのうすぎぬかさね。しろきはかまひきしめ。ねりぬきのひとへぎぬうちかけ。秀次入道の御くびを。三度」八オらいしてかくゐいじ給ふ

　朝がほの日かげまつ間のはなにをくつゆよりもろき身を
　　ばをしまじ

かやうによみ給ひて。にしにむかひ十ねんしたまふを。太刀どり御うしろへまはるかとおもへは。御くびはまへにころびける

三番には中なごんのつぼね。御かめ御ぜんと申せし。ひめきみのはゝうへ津の国小ばまの御坊のむすめとぞきこえし。御年はさかり過けれ共。心さまやさしくおはしければ。とりわき御てうあ」八ウひあさからずおはしければ。ゆかりのすゑ〱までも。とみさかへしに。きのふのたのしみけふのかなしみとなる。天人の五すいめのまへに見えて•あさましかりし事どもなり•御じせいに

　たのみつるみだのをしへのたがはずはみちびき給へおろ
　　かなる身を

とうちつらね西にむかひ。なむさいはう極楽世界のけうしゆ。あみだほとけと一しんにねんじ•卌三にて露とひとしくきえ給ふ

四番には仙千代丸のはゝうへ。日比野下野の守」九オがむすめ。おわこのまへ。十八歳に成給ふ。ねりぬきに経かたびらかさね。しらあやのはかまきて若君の御しがひをいだき。すいしやうのしゆずをもちて出給ふ。此ほどの御なげきのつもりに。又若君の御さいごのありさま。ひとかたな

らぬ御事なれば。村雨にうちみだれたる。いとはぎの露を
きあまるふぜいにて。中〻目もあてられぬありさまなり。
ていあん上人参り十ねんさづけ給ふ。心しづかにゑかうし
て。のちかくぞよみたまふ

　後の世をかけしえにしのさかりなくあとしたひゆくしで」九ウ
　　の山みち

五番には御百丸のは丶うへ。十九歳おはりの国の住人。山
口松雲かむすめ。しろきしやうぞくに・すみぞめのころ
もうちかけ。わかぎみの御しがいを。ふところにいだき・
くれなゐのふさつけたるじゆずもちて。是もていあんの御
まへにて。十ねんうけ心しづかにゑかうして

　つまや子にさそはれてゆく道なれは何をかあとにおもひ
　　のこさん」十オ

とよみて。にしにむかひたなこ丶ろをあわせ。両眼をふさ
ぎ。くはんねんして。おはしけるを。水もたまらず御くび
をうちおとす

六番には御つち丸と申せしわか君のは丶上なり。是もしろ
きしやうぞくに。すみぞめのころもきて。物かろ〳〵しく
出給ふ。此御かたは。せんのちしきに御ゆかりありて。つ
ね〳〵さんがくに心をかけて。ちるはなおつるこのはにつ
けても・うき世のあだに。はかなき事をくわんじ給ひしが。
此時もいさ丶かさはぎ給ふ。けしきもなくて

　うつ丶とはさらに思はぬ世の中を一夜のゆめや今さめぬ」十ウ
　　らむ

七ばんには御十丸のは丶うへ。北野の松梅院のむすめ。
おさごのまへ。是も御子のおやなれば御ぐしおろし給ひて。
しらあやにねりぬきのひとへきぬかさねしろきはかまひき
しめ。もじのころもうちかけ。ひだりにはたたうがみに。
御きやうをもちそへ。右にはおもひのたまのをくりかへし
て。足たゆくあゆみいで。にしにむかひ御きやうのひぼを
とき。法花経のふもんほん」十一オを。どくじゆして。入
道とのならびに。わかぎみ我か身のごしやうぜんしよと。
心しづかにゑかうしたまひてのち

　一すじに大慈大悲のかげたのむ心の月のいかでくもらん

八番にはあふみの国の住人。しがらきの多羅尾彦七むすめ。おまん御せんとて廿三に成給ふ。たけとひとしきくろかみを。もとどりよりきりはらひ。ねりぬきにおなじく。しろきはかまひきしめ。むらさきに秋の花づくしすりたる」十一ウ小袖うちかけ出給ふ・此比わらはやみをいたはり折しもおこり日なれば。たゞふようの花の夜の間の雨に。いたくうたれたるやうにて。見るめもいとかなしく。心もきえ入やうに。おぼえけるが。是も上人の十念うけて。

いづくともしらぬやみぢにまよふ身をみちびき給へなむあみだぶつ

かやうによみて。たなこゝろをあはせたまへばつるぎのひかりかゝやくと見えて。くびをいだきてふし給ふ」十二オ九ばんにはおよめの御かたとて。おはりの国の住人堀田次郎右衛門むすめ廿六。これもしろきしやうぞくにて。しろふさのじゆずに。あふぎもちそへ。めのとに手をひかれ出て。にしにむかひ十ねんゑかうしてのち

ときをける法のをしへのみちなればひとりゆくともまよふべきかは

かやうにゑいじて又ねんぶつ申て。くびをのべてうたれ給ふ

十番におあこの御かたと申せしは。みめかたち」十二ウになをまさりたる心ばへにて。しひふかくにうわに。おはせしが。まいにちほけきやうどくじゆし給ふ。まして此程は。少もおこたり給ふ事なし。さればさいごの哥にも。めうほうれんげの心をよめる

たえなれやのりのはちすのはなのえんにひかれ行身はたのもしきかな

十一番においま御ぜん。出羽の国もがみどの丶御むすめ十五歳なり。いまだつぼめる花のごとし。此御かたは両国一のびじんたるよし聞しめし」十三オおよび。さま〲におほせ。去ぬる七月はしめつかた召上せられけるが。はる〲のたびづかれとて。いまだ御げんざんもなかりつるうちに。此事出来ければ。いかにもして申うけ参らせんとて。様〻に心をくだき申させ給へ共更に御免なかりけるを。

よどの御かたさまより。去がたく仰られ。度〻御文をまいらせられければ。大閤もだしがたくや。おぼしめしけん。さらば命ばかりをたすくべし。かまくらへつかはし。あまになせと仰出されける。それよりはや馬にて伏見より」十三ウもみにまふでうたせけれ共。死のゑんにてやおはしける。いま一町ばかりつかざるうちに。がいしけるこそあはれもふかく。いたはしけれ。いまだおさなかりつれども。さいごのきはもさすがに。おとなしやかにてじせいのうたに

　つみをきるみだのつるぎにかゝる身の何か五つのさはりあるべき

此哥を聞し召て。大閤相国もいたはしくおほしめし。御なみだをながさせ給ふとそ

十二番はあぜちの御かた。これは上京の住人に秋羽」十四オといふもの丶むすめなり。年三十にあまりければ。長月すへの白菊の。蘺にあまるまで咲乱たるごとくにて。さすがに京わらはの子なれば物なれて。時折〻の御心にしたがひみやづかひける。月農まへ花のもとの御酒宴の折柄も此人参らざれば。御さかづ支も数そはず。さればめいどにておぼしめし出すらん。此程打つゞきあぜち。参れ〳〵と宣ふと夢に見奉るとて

　めいどにてきみや待らんうつゝとも夢ともわかずおもかげにたつ」十四ウ

かやうによみけるとぞ。さればさいごの時も。前をあらそひけれ共。御目録にて十二ばんめなり。又じせいのうたに

　みだたのむ心の月をしるべにてゆかばいつちにまよひあるべ幾

十三ばんは少将殿とて。ひぜんの国本郷主膳むすめなり。此人は秀次御しやうぞくを。うけたまはりし人なれば。とりはき御をんふかくかうふりし人なり。これもじせいのうたに

　なからへば猶もうき目を三津瀬川」十五オわたりをいそげきみやまつらん

十四番には左衛門のかうとの三十に成給ふ。岡本といふ人の後室なり。父は河内の国たかやすの桜井といふ人なる

が。よのつねならず。やさしき心さまなり。月の夕雪のあしたなどは。びはをたんじ。琴をしらべ。又は源氏物語などよみて•おさなき人ゝにをしへし人なり。さいごの時もおもひまふけたるけしきにて

しば〳〵の憂世の夢のさめはてゝこれぞうつゝのほとけとはなる

十五番は右衛門のかうとのとて。卅五になり給ふ。村井善」十五ウ右衛門といふものゝむすめなるが。廿一にて村瀬のなにがしといひし。おつとにはなれて。みやづかへ申せしが。ようがんすぐれければ。御てうあいにておはしける。此御かたはほけきやう一ぶよみおぼえて。つねにどくじゆして心をすまし給ふが。さいごのうたにも

火の家になにか心のとまるべきすゝしきみちにいざやいそがん

かやうによみて後一ぜうめうでんのくりきにて。女」十六オ人成仏うたがひあるべからず。一さいきやうわうさいゐだい一。なむめうほうれんげきやうとゝなへ。たなこゝろをあわせてうたれ給ふ

十六ばんはめうしんといふ老女なり。秀次の御内にいしん。ふしん。ゑきあんとて。三人のどうぼうなりしが。此うばふしんにはなれし時も。しがひせむとしたりつるを。さま〳〵仰とゞめ給ひて。御まへをさらずめしつかはれける。おのこにもまさりて。ちゑふかきものとて。何事の御ないだんをも。このうばにしらせ給はぬ事はなかりけり。されば」十六ウさいごの御とも申事をよろこびて

さきだちし人をしるべにゆくみちのまよひをてらせ山の端の月

とうちながめて。是もていあん上人の十念をうけ。心しづかにねんぶつ申。奉行の人ゝにも。さいごのいとまごひしてうたれける

十七番はおみやごぜん。十三に成給ふ。これは一のたいどのゝ御むすめなりしを。聞し召および。わりなくおほせられて。めしむかへたまひしとなり。されば此よし大閤相国きこしめし。あるまじき」十七オ事のふるまひかな。よに

又人もなげに。おやこの人をめし上げられたる事。たゞちくるいにことならずとて。いよ〳〵御いきどをりふかくおぼしめしければ。さま〳〵にたよりて。御さまかへいのちばかりをと申させ給へども。御ゆるしなきとそきこえし。
此ひめぎみの御じせいに
秋といへばまだいろならぬうらばまでさそひ行らんしでの山風
かくよみたまひて。おとなしやかに。ねんぶつ申給ふ。御さいごのありさま。あわれを尽せし事共也」十七ウ
十八ばんに。おきく御ぜん。これは津の国いたみのなにがしといふ人のむすめ。十四さいにておはしける。さきだち給ふ人〻の。あへなきさいごのありさまを見て。をのづからきえ入やうに見え給ふを。ていあん上人まいり。ちかづきて。御十念をすゝめたまへば。そのとき心をとりなをし。しづかに十ねんさづかりてのちかくよみ給ふ
秋風にさそはれてちる露よりももろきいのちをおしみやはせん

十九番にかつしきとて。おはりの国の住人坪内」十八オ 市右衛門むすめ十五さい。此御かたは心さまさへ〳〵しくて。おのこすがたありて。さながらたほやかにして。いふはかりなくやさしきさまなればとて。名をもかつしきとよばせ給ふ。もえぎにねりぬきの一ゑぎぬかさね。しろきはかまひきしめ。しづ〳〵とあゆみいで。入道どの御くびの前にむかひて
やみぢをもまよはでゆかんしでの山すめる心の月をしるべに
かやうによみて。のこり給ふ人〻に。むかひ。御さきへ」十八ウ こそ参さふらへ。いそがせ給へみつせ川にて。まちつれ参らせんとて。にしにむかひ手をあはせたまふありさま。まことにたゞしきさいごかなと見る人。しばしなみだをとゞめてかんじける
二十ばんにはおまつ御ぜんとて十二歳。右衛門のかうどのゝむすめ。これはまだいとけなくおはしければ。はだにはからくれなゐに。秋のはなつぐしぬふたるうすぎぬに。

ねりぬきをうちかけ。はかまのすそをかいとりて。は丶うへのしがひをらいしてかくよめる

のこるともながらへはてんうき世(よ)かはつゐにはこゆるし」十九オでの山みち

二十一ばんにおさいとて。べつしよ豊後(ぶんご)の守内(かみうち)に。きやくじんといふもの丶むすめなりしが。十五の夏(なつ)のころ。はじめて参りつかへしに。あだしなさけの手枕(まくら)の。まどろむほどもなつの夜(よ)の。あけてくやしき。たまてばこ。ふた丶びかくとも。のたまはされば。たゞつたなき身(み)をうらみて。あかしくらしけるに。あるとき雨夜(あまよ)の御つれ〳〵とて。御しゆゐんありしに。御しやくに参られしを。それ」十九ウ〳〵何にても。御さかなにとおほせければとりあへず

きみやこし我(われ)やゆきけんおもほえず夢かうつ丶かねてかさめてか

といとほそくたほやかなるこゑにて。いまやうにうたひければ。関白(くわんばく)きこしめして。彼(かの)さいこ中将(ちうしやう)かりのつかひにて。伊勢(いせ)の国(くに)に。ゐませしときのさまおぼしめしやらせたまひて。いたはしくあはれにやおほしけん。御さかつき二たびほし給ひて。此女房(にようばう)にくだされければ。おもはゆげに。かほうち」二十オあかめて。うちそばみければ。そばなる人〻それ〳〵いそぎ。御さかづきとり給へと。せめられてたまはりければ。関白(くわんばく)御らんじて。みづからも御さかな申さんと。たはふれ給ひて

かきくらす心のやみにまよひにきゆめうつ丶とはこよひさだめよ

とかれうびんの御こゑにて。うたはせたまへば。御まへの女房(にようばう)たちも。みななみだをぞもよほされけるに。かくてその夜(よ)は御しん所(じよ)へめして。さま〳〵御なさけふかく仰(おほせ)られ。のち〳〵もたび〳〵めし」二十ウけれども。いかゞはおもひけん。いたはる事さふらふとて。その後(のち)は参(まい)らさりしが。御さいごの御あとをしたひまいるこそふしぎなれ

すゐの露(つゆ)もとのしづくもきえかへりおなじながれの波のうたかた

車(くるま)にのりし時(とき)。此(この)うたをたんざくにかきて。たもとに入。

さいごのときは。めうほけきやうどくじゆのほかは。物をもいはずはてられけり

二十二ばんにはおこぼの御かた十九さい。あふみの国の住人。なまつえ権之介といふ人のむすめなり。」二十一オ 十五の年めし出され。それより此かた御をんふかくかうふり。しんるいのすゑ〴〵までも。人となし其身はさながら宮女のごとくにて。四五年がほどは。月にむかひ。花にたはふれて。あかしくらし後の世のいとなみなどは。おもひもよらでありつるが。此期にのぞみて。大雲院貞庵上人の御をしへをうけ。十念ゑかうしてかくそ

さとれるもまよひある身もへだてなきみだのをしへをふかくたのまん

二十三番おかな御ぜん十七さい。越前の国より」二十一ウ 木村常陸の守か。あげたりし女房なり。此人はすくれて心さかしく。よのつねのにうばうには。かはりたりければ。ことに御てうあいとぞきこえし。じせいのうたにも。あだなりし世の中をくはんじてよめる

夢とのみおもふがうちにまぼろしの身はきえてゆくあはれ世の中

二十四ばんにはおすて御前。これは一条のあたりにて。さる者のひろひたる子なりしが。たぐひなきかたちに。おひたちけれは。召あげられて」二十二オ いつきかしづき給ひけるが。三とせあまりが程たのしみさかへ。今又か丶るうきめにあふ事。皆さきの世のむくひとは。いひながらあさましかりし事どもなり

きたりつるかたもなけれは行すゑもしらぬ心のほとけとぞなる

二十五ばんはおあい御前二十三ざい。古川主膳といふ人のむすめなり。此人は法花の信者にて。八巻の御経を転読して。つね〴〵に人をもしめしす丶められしが。最後の哥にも。草木成仏」二十二ウ の心をよめる

草も木もみな仏ぞと聞ときはおろかなる身もたのもしき哉

二十六番は大屋三河守かむすめ。正年廿五さい。是も大

雲院の御坊の御前にて。十念をうけしばらくくわんねんして

　たづね行仏の御名をしるへなるみちのまよひのはれわたる空

二十七番はおまきの御かた十六に成給ふ。斎藤平兵衛むすめなり。これもていあん上人をた」二十三オ のみたてまつり。御十念給はりてのち。にしにむかひ手をあわせ。くわんねんして

　いそげたゞ御法のふねの出ぬ間に乗おくれなはたれかたのまん

二十八番にはおくま御前大嶋次郎左衛門むすめ廿二歳。はだにはしろきかたびらに。山ぶきいろのうすぎぬをかさね。ねりぬきに。あじのぼんじすへたるを。うちかけて。すそをとりあしたゆく。あゆみより。入道殿御くび。わかぎみたちの御しがいをらいして」二十三ウ

　名ばかりをしばし此世に残しつゝ身はかへりゆくもとの雲水

かやうによみて。秀次御くびに。むかひて。なをり給ふを。たちどり参りて。西にむかはせ給へといへば。本来無東西ぞかし。いそぎうてとて其まゝきられ給ふ

二十九番はおすぎ御前十九さいに成給ふ。此方はとりわき。御てうあいおはせしが。去ぬる年らうきをいたはりたまへば。それより御前とをざかりければ。若くましませ共。ひとへに後の世を」二十四オ いのりいかにもして。御いとま給はり。浮世をいとはゞやとねがひ給ひつるが。かなはずして今最後の御供し給ふこそふしぎなれ

　すてられし身にもえにしや残るらむあとしたひ行しでの山ごえ

三十番はおあやとて御すへの人

　一声に心の月の雲はるゝ仏の御名をとなへてそ行

卅一ばんはひがしとて。六十一さい中ゐ御すへ女房をあづかりければ。人にかしづかれ。とみさか」二十四ウ へつるに。老のなみのたちかへり。よるべきなき身と成て。おつとは七十五にて。三日さきに相国寺にて。しがひしはてける

こそあはれなれ
卅二ばんにおさんこれも御すへの女房
卅三番はつぼみ
卅四ばんちぼ

かやうに心〻のさまをよみつらね給へは。見る人きく人。涙（なみだ）にむせび。さてもやさしの人〻かな。いやしき身ならば。命のをしき事をこそ。なげきかなしむべけれ。此期（ご）にのぞみて。哥詠（うたゑい）ずべきと」二十五オ は。よもおもはじ。あはれ上郎（らう）たちやとて。しるもしらぬも。袖（そで）をぬらしてかんじける。文禄（ぶんろく）四年八月二日午（むま）の刻（こく）ばかりより。申（さる）のおはりまで。草（くさ）の葉（は）をなぐやうに。引出（ひきいだ）し〳〵御くびふつ〳〵と。うちおとし〳〵大なるあなをほりて。その中へ四つの手（て）あしをとり。なげ入〳〵したる有様（さま）。まことにめいどにて閻（ゑん）魔王（まわう）の御前にて。倶生神阿放羅刹（くしやうじんあはうらせつ）どもが。罪人（ざいにん）あつめて。かしやくするらんも。中〳〵これにはよもまさるべきとて。見る人きもをけし。たましゐをうしなふ計なり。」二十五ウ 誠（まこと）につみある者（もの）を。がいするはつねの事なれども。かくまでなさけなく。いたはしき事の有べきか。秀次入道どのこそ。大あくぎやくの人なれば。にくしとおぼしめすは。御ことはりなれ共。此人〻のいかで。ゆめ計もしろしめさるべき。罪（つみ）ある者（もの）はゆかりをあらため。しやうがいするもならひなれども。おのこのほかはたすかるならひぞかし。たとひ命（いのち）をこそたすけ給（たま）はずとも。せめては此人〻のしがひをば。日比（ひごろ）たのみ給ふ僧（そう）ひじりをも召出（めしいだ）して。いかさまにもとぶらはせ給ふか。さらずは此」二十六オ 人〻のしんるい。ゆかりにもとらせたまはらで。かほどまであさましけに。いやしきもの〻手にかけさせ。しがひのはちまで。さらし給ふ事のいたはしさよとて。心あるものは。あら行すゑおそろしとて。小声（こごゑ）になり。したをふりてぞ帰（かへり）（ママ）ける

聚楽物語巻之下終

寛永拾七年五月日
杉田勘兵衛開板
」二十六ウ

死霊解脱物語聞書

（元禄三年板、二巻二冊）

死霊解脱物語聞書上

累が最後之事

過にし寛文十二年の春。下総国岡田郡羽生村と云里に。与右衛門と聞ゆる濃民の一子。菊と申娘に。かさねといへる先母の死霊とりつき。因果の理を顕し。天下の人口におちて。万民の耳おどろかす事侍りしか。その由来をくわしく尋るに彼の累と云女房。顔かたち類ひなき悪女にして剰へ心ばへまでも。かだましきゑせもの也。しかるに、親のゆづりとして田畑少ゝ貯持故に、与右衛門と云貧き男。彼が家に入聟して住けり。哀れ成哉、賤きもの〻渡世ほど」一オ恥がましき事はなし。此女を守りて一生を送らん事。隣家の見る目、朋友のおもわく、あまりほひなきわざに思ひけるか。本より因果を弁ふるほどの身にしあらねば。何とぞ此妻を害し。異女をむかゑんとおもひ究めて。有日の事なるに。夫婦もろともはたけに出て。かりまめと云物をぬく。ぬきおわつて、認めからげ。彼の女におほくおふせ。其身も少ゝ背負ひ、暮近くなるま〻に。家地をさして帰る時。かさねがいふやう。わらわが負たるははなはだ重し。ちと取わけて持給へ、とあれば。男のいわく、今少し絹川辺まで負ひ行。彼こより我かわり持べし、とあるゆへに。是非なく苦しげ」一ウながらやう〳〵。絹川辺にいたるとひとしく。なさけなくも、女を川中へつきこみ。男もつゞゐてとび入り。女のむないたをふまへ。口へは水底の砂をおし込。眼をつつき、咽をしめ。忽ちせめころしてけり。すなはち死骸を川にてあらひ。同村の浄土宗法蔵寺といふ菩提所に負ひ行き。頓死とことはり、土葬し畢ぬ、戒名は妙林信女。正保四年八月十一日、と。慥に彼寺の過去帳に見へたり。さて、其時同村の者共一両輩。累か最後の有様。ひそかに是を見るといへども。すがたかたちの見にくきのみならず。心ばへまで人にうとまる〻ほど成ければ。実にもことわり、さこそあらめとのみ。い〻て」二オあながちに男をとがむるわざ

なかりけり

累が怨霊来て菊に入替る事

夫より彼の邪見成る与右衛門。心にあきはてたる妻を。思ひのまゝにしめ殺し。本より累が親類兄弟なきものなれば。跡訪ふわざもせず。彼れが所帯の田地等を一向に押領し。扨、女房を持つ事。段〻六人也。前の五人は何れも子なくして死せり。第六人目の女房に。娘一人出来き。其名を菊と云。此娘十三の年、八月中旬に其母も終に死去せり。さてしも有べきならねば。其歳の暮十二月に。金五郎と云聟を取。此きくにあわせて。与右衛門が老のたつ木にせん」二ウとす。しかる所に、菊が十四の春。子の正月四日より。例ならず煩ひ付く。其さま常ならぬきしよくなるが。果して、其正月廿三日にいたつて。たちまち床にたふれ、口より泡をふき。両眼に泪をながし、あゝくるしや、たえがたや。是たすけよ、誰はなきかと。泣さけび、苦痛逼迫して、既に絶入ぬ。時に父も夫も肝を冷し、おどろき騒ひで。菊よ〳〵と呼返すに。やゝありて。息出で、眼をいからかし。与右衛門をはたとにらみ。詞をいらで、云やう。おのれ我に近付け。かみころさんぞ、といへり。父がいわく、汝菊は狂乱するやと。娘のいわく、我は菊にあらず汝が妻の累なり。廿」三オ六年以前、絹川にてよくも〳〵。我に重荷をかけ、むたひに責殺しけるぞや。其時やがてとりころさんと思ひしかども。我さへ昼夜地獄の呵責に逢て隙なきゆへに。直に来る事かなわず。然共、我が怨念の報ふ所。果して汝がかわゆしと思ふ妻。六人をとりころす。その上我数〳〵の妄念、虫と成て。年来、汝が耕作の実をはむゆへに。他人の田畑よりも不作する事、今思ひ知るや否や。我今地獄の中にして。少の隙をうるゆへに。直に来て菊がからだに入替り。最後の苦患をあらはし。まづかくのごとく。おのれを絹川にてせめころさん物を、といゝ。」三ウすでにつかみつかんとする時。父も夫も大きにおどろき、跡をもかへり見ず、与右衛門は法蔵寺へ逃行ば。聟は親の本に走り帰り。ふるひわなゝひて、かくれ居たり。其時しも、隣家の若き男共。二十三夜待と称し。一所にあまた集り居けるが。此あらましを伝へ聞き。さもあれ、不思議なる事かな。いざ行ひて、直に見んとて。彼方此方もよほすほどこそあれ。村中の者共。悉く与右衛門が所に集り。かの女子を守り見けるに。その苦みのありさま。いか成衆合叫喚の罪人も是にはまさらじと。苦痛顚倒して。絶入事度〻也。其時、村人、菊よ〳〵、とよばわれは。しばらく有て」四オ いふやう。何事をのたまふぞや人〻。我はきくにてはなし、与右衛門がいにしへの妻に累と申女なり。我姿の見にくき事をきらひて。情なくも此絹川へ押ひて、くびりころせし。其怨念をはらさんために来れり。今、与右衛門、法蔵寺に隠れ居るぞ。急ひで彼をよびよせ。我に逢せて、此事を決断し。各〻、因果の理りを信じ。わが流転のくるしみを。たすけてたべ。あらくるしや、うらめしや、といふ時。村人の中に心さかしきもの有ていふやう。今の詞の次第、中〳〵菊が心より出たる言葉にはあらず。いか様、怨念霊鬼の所以と聞えたり。所詮彼が望にまかせて。与右衛門を引」四ウ あわせ。事の実否をたゞさん、とて。法蔵寺に行き、ひそかに与右衛門をよひ出し。かくと告れば、かの男ちんじて云やう。それは中〳〵跡かたもなき。虚言なり、此娘狂乱せるか。将又、狐狸の付そひて。あらぬ事を申すと聞へたり。よし其侭にて捨置給へ、と。色〳〵辞退するを。やう〳〵にこしらへ連帰り。菊にあわすれば。累が存生の詞つかひにて、上件のあらましは停らず云時。与右衛門そらうそふひて。かゝる狂人おのれが病にほうけ。ゆくゑもなきそらごとをつくり出て。父に恥辱をあたへんとす。ひらに人〻その侭捨置たまひ、皆〻帰らせられよ、といへば。かさねが」五オ いわく。やれ与右衛門、其方は此人〻の中には、その時の有様を。具に知るものなしと思ふて。かくあらそふかや。おろかなり。此村にも我が最後の様子をほゞしれる人、一両人も有ぞとよ。又隣村には。慥に見とめたる仁。一人今に存命せられしものを、と云時。村人問ていわく。それはたれ人そや、と。累がいわく、法恩寺村の清右衛門こそ。正しく此事を見られたり、といへば。さしも横道なる与右衛門も。既に証人を出されて。あらそふに所なく。泪をながし手を合せ。ひらにわび居たるばかり也、其時村の人〻。扨いかゞせん、と評議しけるが。詮ずる所、此かさねが怨みは。非道に彼を殺害し。わづかも其」五ウ跡をとふ事なく。剰さへ、かさねが田畑の所徳にて、恣に妻をもふけ。一人ならす、二人ならず、こりもやらで六人まで。つまをかさねし悪人なれば。其科、人はとがめざれとも。業の熟する所ありて。みづから是を顕せり。不便なる事なれば。与右衛門に発心させ。かさねがぼだいをとわせんには如じとて。頓て剃髪の身となれ共。道心いまた発らざれば。功徳のしるべもなきやらん菊が苦痛はやまざりき

羽生村名主年寄 累が霊に対し問答の事

爰に当村の名主三郎左衛門。同、年寄庄右衛門といふ二人の者、年来、内外の典に心を寄。いとさかしきもの」六オ ども成が。ある日の事なるに。打寄、ものかたりするやうは。今度かさねが怨霊顕われ。与右衛門が恥辱は。その身の業。菊が苦痛のふびん成に。いさとも〳〵わびことし。怨霊すかしなだめん、とて。名主、年寄を始として、少〻村中の男共。与右衛門が家にあつまりけり。先名主、泡吹出し、苦痛てんどうせるきくに向て、問ていわく。汝累がうらみは、ひとへに与右衛門にあるべし。何故ぞかくのごとく横さまに菊をせむるや。其時、菊がくるしみたちまち止んて。起なをり答へていわく、おゝせのごとく我与右衛門にとり付。則時にせめころさんはいとやすけれ共。彼をばさて置。きくをなやますには色〻の子細有。其故はまづ」六ウ さし当て与右衛門に。切成かなしみをかけ。其上、一生のちじよくをあたへ。是を以て我が怨念を少しはらし。又、各〻に菊が苦痛を見せて。あわれみの心をおこさせ。わらわがぼだいを訪れんため。次に、邪見成もの共の。長き見ごりにせんと思ひ。菊にとり付事かくのことし、といへば。名主また問ていわく、実に尤なり、しかるに汝が此

間のもの語を聞ば。地獄におちて昼夜呵責にあいしといふ、既に地獄の劫数久しき事は。娑婆の千万歳に尽べからす。何の暇ありてか纔に廿六年目に。奈落を出て爰に来るや。怨霊答ていわく。さればとよ、我いまだ地獄の業。悉く尽すといへども。少の隙をうかゝひ、菊に取付は」七オ別なる子細あり。をの〱が了簡にあたはじ、といふ時。年寄庄右衛門問ていわく。さては汝に尋ぬる事有り。惣じて、一切善悪の衆生皆死に帰す、尓者善人は来て。善所を語り。六親朋友を勧誡し。悪人は来て。悪所を知らせて、其身の苦患を脱れん事を願ふべし、何故ぞ死者尤も多きに。来る人甚だまれなるや。又いかなれば、汝一人爰に来て。今のことはりを述るぞや、怨霊答ていわく。能こそ問れたれ此事を。それ、善人悪人、怨讎執対有て。死する者多しといへ共。来て告る人少き事は。是皆、過去善悪の業決定して。任運に未来報応の果を感じ極むる故」七ウ爰に来る事能わざる歟。あるひは、宿世におゐてこゝに帰り告げんと思ふ。深き願ひのなきゆへか。又は最後の一念に。つよく執心をとめざるにもやあらん、他人の事はしばらくおく。我は最後の怨念に依て来りたり、といへば。名主、年寄をはじめ。村人、何も尤と感じ。さては怨霊退散の祈禱を頼んとて。当村の祈念者を呼よせ。仁王、法花、心経なんど読誦する時。怨霊がいわく、やみなん〱、よむべからず、縦ひ幾反功を積共。我に縁なし、うかぶべからず。只念仏をとなへて。与へたまへ、とあれば。其時、名主問ていわく、誦経と念仏と。何のかわり有てかくは」八オいふぞ、と。怨霊答ていわく。されば、念仏六字の内には、一切経巻の功徳を含める故に。万機得脱の利益有と。名主又問ていわく。尓者、汝すでに無上大利。名号の功徳を能知れり。何ぞみづから是をとなへて、抜苦受楽せざるや、と。怨霊答ていわく。おろかなりとよ名主殿。罪人みづから念仏せば。地獄の劇苦を身にうけて。劫数をふるばかりもの。一人もあらんや。尓るに堕獄の衆生もさかんにして、受苦もさかんにして、受苦の劫も久しき事は。あるひは、念仏の利益を自能しるといへ共、悪業のくるをしに引れて、是を唱ふる事かなわず。あるひは、生〻にかつて縁なきゆへに。是を」八ウ聞かず、しらざるたぐひのみ多し。我すでに念仏の利益をよくしるといへ共。ざいしやうのおゝふ所。みづから称ふる事かなわず。猶此ことばの疑がわしくは。各〻自分をかへり見て。能〻得心したまへかし。されば、此比は念仏の勧化広くして。浄土のめでたき事をうらやみ、地獄のすさまじさを、よくおそるゝといへ共。つとめやすき。極楽往生の念仏をば。けだいして。殺生、偸盗、邪淫等の地獄の業とさへいへば。身のつかるゝをも覚へず。ゆんでをおそれ、め手をはゞかり。心をつくしてこれをはげむに。あるひは親兄弟の異見をも用ひす。あるひは他人の見てあざけるをも」九オかへり見ず。ないし、罪業のかず〳〵増上して。終にそのあらため所へ引出され。科の軽重明白に決断せられて。只今断罪はつつけの場へ引居られても、尚念仏する事かなわざる。地獄の衆生の因果のほど。能〻わきまへたまひて。あわれみてたべ人〻よ、と。其身もなみだをうかべながら。いとねんころにぞ答へける。其時、名主をはじめ集り居たる者共。異口同音感じあひ。みな〳〵袖をぬらしけり。さて名主がいふやう。尓らば念仏を興行して汝が菩提を弔ふべし。怨をのこさず。菊が苦患をやめよ、といへば。怨霊がいわく。我だに成仏せば。何の遺恨かさらに残らん」九ウ只急ひで念仏を興行したまへ、とある故に。村人すなはち惣談し、正月廿六日の晩、ぽたい所法蔵寺を招対し。らうそく一挺のたつを限りに。念仏を勤行す、ゑかうの時にいたつて。累が怨霊たちまちさり。本の菊と成ければ。法蔵寺をはじめ。名主、年寄も安堵して。其上に村中のこゝろざしをあつめ。一飯の斎を行ひ、皆〻信心歓喜して、各〻我が屋に帰れば、菊が気色やう〳〵本ぶくす

菊本服して冥途物語の事

今度ふしぎ成事ありて。与右衛門が娘のきく。かさねと云もの、亡魂にさそはれ。地獄極楽見しなど云に。いざ」十オ

行ひて聞べしと。村中の男女あつまり。いろ〳〵の物語する中に。先、ある人問ていわく。菊に此比かさねにさそわれて。何国にか行きし。又、其かさねといふものゝ姿は。いかやうにか有し、といへば。菊答ていわく。されば累と云女は。まづ、いろ黒く、かた目くされ。鼻はひしげ。口のはゞ大きに。すべて顔の内には、もがさのあと。所せきまでひきつり。手もかゞまり、。あしもかたみぢかにして、世にたぐひなくおそろしき老婆成しが。折〻夢現に来り。我をさそひ行んとせしか共。あまりおそろしくて。いろ〳〵わびことし居たる所に。有時又来て、是非をいわせす。終に我身をひぢさげはしり」十ウ行しが。刀の葉の木かやのしげりたる山のふもとに我を捨ておき。其身はいづ地ともなくきへうせぬ、といへば。又、有人問ていわく。それは正しく劔山ぢごくとやらんにてあるべし。いかなる人やのぼりつらん、といへば。菊こたへていわく、さればとよ。おとこ女はいかほどゝいふ数かぎりなき其中に。たま〳〵法師なども。うちまじりて。見ゆめるが。ある女のうつくしく。やさしげなるかほつきし。色よき小そでをうちはをり。少し谷尾をへだてたる向ひのかたの山ぎわにて。うちわさしかざし。ゑもしれぬ事をいふてまねく時。老たる、若きおのこども、あるひは法師まじりに。心もうか〳〵しく。そらになりて。我さきに」十一オはしり行き。彼の女に近付んとあらそひ行に。林の切かぶ、さながらつるぎにて、足をつんざき。あるひは、ゆん手、め手の木かやの葉にさわれば。はだへをやぶり。しゝむらをけづる、また空よりは風のそよふくに。劔の木の葉はたへずおちかゝつて。首をくだき、なづきをとをすゆへ。五体より血を流す事。いづみのわき出るごとく。道も木草も血しほにそみ。谷の流れもそのまゝ。あかねをひたせるに同じ。かくからくしてやう〳〵行付くと見れば。あらぬ野山の刀の木の梢にうそぶき。さきのごとく。人をまねき、たぶらかす。かやうに、男は女にばかされ。おふなはおのこにたぼらかされて、たがひに身を刃にかけ。かばねに」十一ウ血をそゝくを見れば。かはゆくもあり、又おかしくも有し、といへば。又問ていわく、さて其剱刃は。汝が身にはたゝざるや。其外には何事か有し、といへば。菊こたへていわく、さればにや。彼つるぎ我身にかつてあたらず。しげれる中をわけて行くに。道の木かやも外になびき、空よりふる刃も。我か身にはかゝらず。すべていかなる故やらん。おそろしき事少もなかりき。さて、其山を過て、びやう〳〵たる野原を行けば。向に当てけつかう成。門がまへの屋あり。番衆とおぼしき人、よき衣裳にてあまた居られしに近付き。事のやうをたづねければ、爰は極楽の東門と仰せられし。ゆかしさのまゝ。さし」十二オのぞき、ながめやれば。内より僧の有が出て、我が手を取て引入れ。所〳〵をことわけていゝきかせ給ひしが、中ゝ結構に奇麗なる事、かたらんとするに言葉をしらず、先地には白こがねなどの沙いさごを敷候て。所〳〵には。いろ〳〵にひかる玉などにて。垣をしわたし。さて其間ゝに。さま〳〵のうへ木、草花。うねなみ、よくうへそろへ。花も有、実も有、青葉も有、紅葉もあり。つぎほにつぎ穂をかさね。ゑもいわぬ香ひ、かうばしき樹どもいくらと云数かぎりなし。さて其次には。たからの玉にて堤を築たる池の中に、。蓮の花の色よく。赤く、白く、青く、黄色に。まん〳〵と咲みだれたる花のうへに。はだへも」十二ウすきとをりたる人のあそびたわむれ居られしなど。面白く、うら山しく。我ももろ共にあそびたくこそ思ひけめ、さて其次には。大き成屋の内に入て見れば。弘教寺の仏殿などよりも中〳〵すぐれたるかまへにて。黄げさ黄衣をめされたる御僧達のいくらともなく並居たまへるに。とり〳〵に名もしらぬかざり物共をならべたて。或は、仏事作善などやうの所もあり。あるひは、だんぎ法会のていに見へたる所もあり。あるひは、世にとうとげなる僧達のおゝく集り居て。何とも物をいわで、もく〳〵として居られし座敷も有。あるひは、かね、太鼓、笛、尺八や。其外いろ〳〵の鳴物共。拍子をそろへて舞ひあそ」十三オばるゝ座敷も有。此外いく間も有しかども、爰にてたとふる物なきゆへに。つぶさには語られず。さてまた空よりいろ〳〵の花ふるゆへに。是はと思ひ見あげたれば、塔とやらん、殿とやらん。光りかゝやく屋作りの。雲のごとくに立並ぶ。其間〻のきれとには、いろどりなせるかけ橋を。かなたこなたへ引はへて。其上をわたる人〻の。かず〱袖をつらねつゝ。行通ふ有様。あぶなげもなきていたらく、月日よりもあきらかに。つらなるほしの。ごとくにて。かぎりなき空の景色。何とも〱詞にはのべられず。かやうに、いつとなくこゝかしこを。見めぐれとも、夜昼昏暁の差別もなく、雨風雷電のさたも」十三ウせず。おして、何に付てもせわ〱しき事なく、世にたぐひなきゆたか成所にて。有しか、とぞかたりける。又問ていわく、其極楽にては。何をかてにはしけるぞや、と。きくこたへていわく、樹に成たるだんすのやう成ものを。あたへられしまゝ。たべたり、と。又問ていわく、その味はいか様にか有し、と。きく答へていわく。爰にてくらはぬ物なれば、何ともことばには語られぬが。今に其気味は口のうちにのこりたり、誠にたくさんに有しものを。いくらもひろひ来て。たれ〱にも一ツあて成共。

とらせんものを、とわきまへもなくかたりけり。其中にさかしきもの有ていふやうは、誠にごくらくの事は。阿弥陀如来、因位のむかし。大慈」十四オ大悲の真実智恵より。無量清浄、不思議の境を巧み顕せる御事なれば。いかで汝がかたりもつくさん。さて此方へは何として帰りけるぞ、と問ければ。菊答へていわく。去ば、先の一人の御僧。我に仰せらるゝは。汝はいまだ爰へ来るものにはあらねども。異成故有て、かりに此所へきたれり。今よりしやばに帰りなば。名を妙槃と付ひて魚鳥を喰はで。よく念仏申し、かさねてこゝに来よ。此外あまたおもしろき所どもを見せなんぞ。かまへて本の在所に行き。こゝの事めたと人にかたるな、とてじゆず一れんと、銭百文とをくれられ。門の外へおくり出されし時。彼かさね、此度は引かへ。うつくしき姿となり」十四ウ、色よき小袖をきて。我に向ひ。かす〱の礼をのべて云やう、わらわが、かほどの位に成事。ひとへに汝がとくによれり、今は汝を本の在所へ帰すなり。是よりさきは、地獄海道にして。世におそろしき道すがらぞ。かまへてわきひらを見るな。物をいふ事なかれ。そこを過(すぐ)れば。白き道有。それまでは我おくるぞ、とて。あたりを見れば、類(たぐ)ひなくけつかう成装束(しやうぞく)したる人。六人有が。御経(おきやう)かたひらをうりて居(ゐ)られしを、一衣(ゑ)かいとり。是をかさねが我身に打はをり。そのわきに我をかいこみ。かならず目をふたぎ。いきをもあらくなせそ、といふて。足(あし)ばやに過る時、わらわが思ふやう。いか成。事やらん、見てまし物を、と」十五オ、そでの内よりかいまみてければ。さても〳〵すさましや。有所には人をたはらに入れ。よく〳〵びり置(お)き。つらばかりを出させ。はゞひろく。さきとがりもろはのついたる。柄(ゑ)のながき刀にて。づふ〳〵とつらぬけば、血(ち)けふりたつとひとしく。わつとなきさけぶ声(こゑ)。耳(みゝ)の底(そこ)に通りて。今に其声(そのこゑ)あるやうにおぼへたり。又有所には。人をあまたくろがねの臼(うす)に入れて。かみひげもそらさまにはへのぼり。牛(うし)のつらのごとく成ものどもが。大勢(ぜい)あつまりくろがねのきねにて。ゑい声(こゑ)出してつきはたけば。多くのからだ。手足(てあし)五体(たい)もみぢんに成、麦粉(むぎこ)のごとくに成を。くろかねの箕(み)にうつし。何か一口ものをいふて簸(ひ)けれ」十五ウば。そくじに本の人となり。泪(なみだ)をながして居るも有。又有所を見れば。大き成池(いけ)の中に。くろがねの湯(ゆ)の。くら〳〵とわきかへりたる両方の山の岩のはなに。縄(なわ)を引渡(わた)し。人のせなかに、すりぬか俵(だはら)ほど成石をせおわせ。其外つゞら椀櫃(わんひつ)ふくろ荷桶(におけ)の類(たぐ)ひまで。つむりにさゝへ、肩(かた)にかけさせ、彼の縄(なわ)のうへを。いくらも〳〵追(おひ)わたせば。よろめきながらやう〳〵中ば過るまで。渡(わた)るかとみれば。ぼたり〳〵と池の中におつるとひとしく。白くされたるかうべ。つがひばなれたる。しら骨(ぼね)ばかりわきかへり、汀(みぎわ)によるを、またおそろしきもの共が。鉄(てつ)のぼうを以て彼ほね共をかきあつめ。何とかいふて、一うち二うちうてば」十六オ、そのまゝもとの姿(すがた)となり。なきさけんで居(ゐ)るも有。その外いろ〳〵の責(せめ)ともを見侍りしが。思ひいづるも心うく。かたれば胸(むね)もふさがりて。さのみは、ことばに述(のべ)られず。されども世にも希有(けう)ときせめの。かず〳〵多き其中に、をかしくもあり。又いとおしくもありしは。

ある僧の左右の足にかねのくさりをからげつけ。門ばしらのかさ木に引はたけてつなぎ置き。さかさまにぶらめかし。彼わきかへるねつ鉄を。柄のながき口のあるひしやくにて。後門よりつきこめば。腹の中に煮とをりて。へそのまわり、むね喉目口鼻耳。てへんより。くろがねの湯の。ふり〳〵とわき出る時、彼僧声をあげて。あらあつやたへがたや」十六ウ、か丶る事の有るべしと。かねて仏のときおかれしを知ながら。つくりし罪のくやしさよ〳〵、と。さけぶ声とひとしく。くされごものおつるやうに。ほね〴〵、ふし〴〵、つぎめ〳〵、皆はなれて。めそ〳〵と地におちつき。なをもへあがる有様。いとふしかりし事共なり、と。泪くみてぞかたりける。聞居たるものともも、倶に涙をながしけり。さて地獄海道を悉く行過ぎ。約束のごとく白き道に出たる時、かさね我を脇よりかい出し。是より一人ゆけ、とい丶て、うせけるが。いつしかわれは爰にふせり居たるに。人ゝ大勢あつまり。念仏廻向したまひて。やれ怨霊はさりたるぞ、とて。たちさわがれし時成とぞ。思ひ出し〳〵来る日も来る夜も」十七オ寄合て。只此事のみにて有しか。いとめつらしき事共也、さても此度菊が地獄極楽の物かたり。かれこれをといきわめらるれば。あるひは。浄土の依正二報。五妙境界の快楽等。あるひは地獄の器界有情。三悪火坑の苦患等。其名をしらず。その事をわきまへずといへども。あるひはなれし村里の器によそへ。あるひは近き寺院の厳にたぐゑて。しどろもどろにかたりしをつたへ聞ば、皆経論の実説に契ゑりとぞ。誠成かな、いんぐわ必然の理り、恐るべし信ずべし、仏種は縁より生ずとあれば。此聞書、あわれ廃悪修善のいんゑん共ならんかし、と沙門受苦の所に至ては。恵心先徳、往生要集の」十七ウ意を少ゝ書加へて。筆者某甲残寿罪障懺悔のため、彼の菊が見し所の僧の呵責に因んて野僧が身に取て。破戒無慚。不浄説法。虚受信施、放逸邪見の当果をのぶるゆへ、恐ゝ名を記すものなり。仰願は、此ものがたり一覧の人ゝ。彼堕獄の僧の業因いかにとならば。全く是他の事にあらず。筆者が罪科成と見取したまひて性具大悲の方便法

施必ずあいまつものなり

累が霊魂再来して菊に取付事

此比、累が怨霊あらはれ。因果の理りを示し。与右衛門か恥辱ならびに村中のさわぎなりし所に。ほどなく他」十八オ力本願の称名ゐかうによつて、亡魂すみやかにさり、人〻安堵の思ひをなすのみぎり、又明る二月廿六日の早朝より。彼霊来て、菊に取付。責る事前のごとし、時に父も夫も大きにさわぎ。早〻名主、年寄にかくと告れは。両人おどろき、すなはち彼か家に来て、三郎左衛門問ていわく。汝かさねが怨霊なるが。すでに其方が望にまかせ、菩提所の住持を請し。其他、地下中打寄念仏をつとめ、其上惣村のあわれみを以て五銭三銭の志をあわせ。一飯の斎を僧に施し。重苦抜済、頓証菩提のゐかうすでに畢て、聖霊得脱するゆへに、菊まさに本復せり。今何の子細有てか」十八ウ妙林爰に来らんや。恐らくは累が霊魂にあらじ、狐狸の所以成るべし、とあら〻かにいへば。菊か苦痛たちまち止むで。起直りいふやう。いかに名主との、此間の念仏興行、斎の善根。村中の志。慥に請取悦ひ入て候、去ながら。仏果はいまだ成せず。その上一ツの望有て来る事かくのごとし、といへば。年寄問ていわく。汝実のかさねならば。心をしづめて能聞け。夫本願の称名は。一念十念の功徳によつて。いかなる三従五障の女人もすみやかに成仏し。其外、八逆謗法、無間堕獄の衆生も。必ず往生す、と。智者学匠達の勧化にもたしかに聞伝へたり。しかるに先日一挺ぎりの」十九オ念仏は。村中挙て、異口同音に称名する事。幾千万といふその数を知らす。併、是汝がためにゐかうす、此上に何の不足有てかふた〻び来て菊をなやまさん。但し一ツの願ひ有て来れりといふ。既に成仏得脱の所におゐて。娑婆の願ひ有べしとも覚ず、能〻此理りをわきまへてすみやかに去れ、といへば。かさねこたへていわく、庄右衛門殿、今の教化。近比うけたまはり事、甘心せられ候、去ながら。先日きくにもことわるごとく。我地獄のくるしみを脱れ。位をすこしのぼる事。各ゞ念仏の徳によるゆへなり。しかれども、成仏のいまだしき事は。よく案じても見たまへよ、目蓮」十九ウの神足、那律の道眼。其外、六通無碍の聖者達。直に来り、直に見てすくひたまふすら。まぬかれがたきは堕獄の罪人なり。しかる所に、念仏の功徳は能ゞ甚深微妙なればこそ、各ゞごとき三毒具足の凡夫達の廻向心によつて。我既に地獄の責を脱れ。少し位をすゝむ事を得たりき。さて又望みといふは別義にあらず、我がためにせきぶつ一躰建立して得させたまゝ、といへば名主がいわく。流転をいとひ、出離を欣ふて。念仏を乞もとむるは其道理至極せり。今石仏の望み、いさゝか以て心得られず。但し念仏の功徳より。石仏の利益すぐれたるゆへに。かくは願ふか、とたつぬれば。かさねが」二十オいわく、おろかにもとわせ給ふものかな。縦ひ百千の起立塔像も。もし功徳の浅深を論ぜば。何ぞ一念の称名に及ばんや。しかるに今石仏を乞もとむるはいろ〳〵の子細有。先一ツには、村中の人ゞ昼夜を分たず。我を介抱し、其上大念仏を興行して我に与へたまふ報恩のため、二には、往来遠近の道俗。当村に来り彼の石仏を拝見して。因果の道理を信し。称名懺悔せば。是すなわち永き結縁利益と思ふ。三つは、かゝる衆善の因縁により。広く念仏の功徳を受て。すみやかに成仏得脱せん事をねかふゆへにふたゝび爰に来れり、といへば。名主又問ていわく。後の二義は」二十ウさもあらんか。初の一義につゐて。大きにふしんあり。凡そ、恩を報ずといふは。親の恩、国主の恩。主の恩。衆生の恩、是皆報すべき重恩なり。しかるに、汝来てきくを責れば、親の与右衛門甚以めいわくす。さてこそきくは、大不孝ものよ、是はこれ、汝が与ふる不孝なれば、親の報恩にそむけり、次に国主の恩にそむく事は。一夫耕ざれば、其国飢を受け。一婦織ざれば、其国寒を受る。されば民一人にても飢寒の憂を蒙る事。尤国主のいたむ所也、しかるに汝菊をなやますゆへに。村中の男女。紡績のいとなみをわすれ。稼穡のはたらきをとゞめて、昼夜此事に隙をついやす。豈是飢寒のもとひにあらずや。さあ」二十一オらば、国主の恩にそむかん事必せり。又衆生の恩にそむく事は。汝来て菊を責る故に。我ゝ既に苦労す、かくのごとく。他人に苦をかくるを以て衆生恩を報ずとせんや。上ゝ件の三恩、正にそむけり。汝若主人あらは不忠ならん事疑ひなし。さては何を以てか報恩のしるべとせん。此道理を聞分、あらぬ願ひをふりすて。只一筋に極楽へ参らんと思ひ。すみやかに爰をはなれよ、とぞ教へける。かさねにつこと打わらひて云様は。誠にそなたは。他在所の人なれども。おさなきより器用なる仁と聞及び。しうとめ御せんのこい婿になり、当村の名主をもたるゝ甲斐ありて。只今一々の御教化実に」二十一ゥ以て、聞事なり。去ながら、其道理の赴く所。たゞ当前の少利をとつて、幽遠広博なる。深妙功徳の大報恩をかつて以てわきまへたまわず。我が報恩の所存をよく〳〵聞せられて。早〳〵石仏を建て。其上に念仏供養をとげられ。我に手向たまへ。其故は、若此石仏じやうじゆして、我ねがひのかなふならば。菊は亡母に孝をたて。其縁にもよほされ。与右衛門が後世をもたすくならば。これ真実の報恩なるべし。扨、当村の人ゝ、此しるしを見るごとに。我事を思ひ出し。一返の念仏をも。となへたまふものならは。みづから大利を得たまふべし、その上、此石仏のあらんかぎりは、当村の子ゝ孫ゝ」二十二オ、是ぞ因果をあらはす証拠よ、と見る時は。与右衛門ごときのあく人も。一念其心を改め。善心におもむかば、一念発起菩提心、勝於造立百千塔、豈是天下の重宝ならずや。しからば国主の大報恩。是に過たる事あらし。さはいへどかゝる広大無辺なる。仏法の深意は。各ゝことときの小智小見にては。聞ても中ゝ其理を信する事あたわじ、さあらばたち帰て、当前の利を見よ。すでに、此かさね、親のゆづりを得て。持来る田畑七石目あり。此たはたは、村中一番の上田なりし所に。与右衛門一念のあく心によつて。われを害せし故。先度も云ことく廿六年以来不作して。いま朝夕を送るにまづしく。余寒を甚しき春の」二十二ゥ空に。只一人あるむすめのわづらふにすら。くされかたびら一重のていたらく。是見たまへ、一念の悪心にて。ながく飢寒のうれひをかふむるにあらずや。さて又、菊に不孝の罪をあたふると云事。是猶与右衛門が自業自得のむくひなれば。あながち菊が不孝にあらず。そのうへ、与右衛門が当来のおもき業を。今此現世に苦をうけて。少もつくなふものならは。転重軽受のいわれゆへ。菊はかへつて親の苦をすくふ孝〻の子なるべし。又各〻も子孫のためをおぼしめさば。当分の苦労をかへり見ず。はやく〳〵我が願ひにまかせ。石仏をたてゝたび候へ、といゝければ。庄右衛門がいふやうは。汝がいふ所の道理。詞は」二十三オ至極に聞ゆれ共。願ふ所はかなひがたき望也。凡、起立塔像の事善を修するには。相応の財産なくては成就せず。与右衛門が家まづしくして。少分のたくわへなき事は。汝が知て今いふ所也。此上は名主殿の下知を以て。最前のとおり村中のこらず。五銭十銭のさしつらぬきをなさるゝとも。人のこゝろざし不同にして、あるひはおしみ、あるひは腹たち。あるひはめいわくに思ふものあらば。是清浄の善にあらず。しからば、汝が遠き慮も。おそらくは相違せんか。只おなじくは、まづはやく成仏して。一切満足の位を得。思ひのまゝに報恩し、心にまかせて人をも導びけ。自証もいまた埒あかて。い」二十三ウわれざる報恩化他の願望。せんなし〳〵、といひければ。怨霊こたへていわく。其事よ、庄右衛門どの、自証とくだつのためにこそ。かゝる化他の願ひもすれ。且又、貧者のかなわぬ望とは。心得られぬ仰かな。与右衛門こそひんじやなれ。かさねは、正しく七石目の田畑あり、これを代替。石仏領になしてたべ、といふ時。庄右衛門、息をもつがせず、さてこそよ、かさねどの。ほうおんしやとくは、違ひたり。汝已に地獄をのがれ出て、位を増進する事。ひとへに菊が恩ならずや。しからば菊をたすけおき。衣食を与へめぐむならば、報恩ともいゝつべし、其の上田畑資材は本より天地の物にして定れる主なし。時に」二十四オしたがつて、かりに名付ける我物なれば。汝が存生の時は汝が物、今は菊が物なり。しかるに、これを枯却して、汝が所用につかはん事。是に過たる横道なし。かたはらいたき望み事や、と。あざわらつてぞ教化しける。其時、怨霊気色かわつて。あゝ六ケ敷のりくつあらそひや。なにともいへ、我願のかなわぬ内は。こらへはせぬぞ、と云声の下よりも。あわふき出し、目を見はり。手あしをもがき。五たいをせめ。悶絶顚倒の有さまは。すさまじかりける次第なり。時に名主見るに忍びず。しばらく／＼苦痛をやめよ。汝が望にまかせ。石仏をたてゝ与たふべし。此間、三海道に。石仏の如意輪像。二尺あまりと見えたるが」二十四ウ其領をたづぬるに。金子弐分とかや答へたり。かほどなるにても堪忍するや、ととひければ。かさねこたへていふやう。大小に望みなし。只はやく立て得させたまへ、と云時。常使を呼寄せ。直に累が見る所にて。件の石塔をあつらへ畢て。さては汝が望み足ぬ。すみやかにされ、といへば。霊魂がいわく、石仏は外の望み。我か本意は念仏の功徳をうけて成仏せんと思ふなり。急ぎ念仏を興行し。我を極楽へ送りたまへ。さなくはいづくへも行所なし、といゝおわつて、本のごとくせめければ。名主、年寄、惣談して、此上は、村中へふれ廻し。一夜念仏興行して。大勢の男女異口同音に。真実にゑかうして。かさねが菩提をとむらはん、と」二十五オいふ時。一同に云けるは、名主、年寄へ申す。今夜、村中打寄、一夜の大念仏を興行し。かさねに手向たまはゞ。かれが成仏疑ひなし。しかるに、彼者廿六年流転して。冥途の事をよく知つらんなれば。我ゝが親兄弟の死果生所をも。たつね聞度侍る、とあれば、名主聞てよくこそいゝたれ此事。我等も聞度候へば。今日は、もはや日も暮ぬ。明日早ゝ寄合ん、と各ゝ約諾相究。みな我屋にぞ帰りける

羽生村の者とも親兄弟の後生をたつぬる事

去ほどに、二月廿七日。ひがんの入にあたりたる辰の上刻より、村中の男女とも。与右衛門が家に充満し。四方のかこひを」二十五ウ引はらひ。見物すもうの場のごとく。前後左右に打こぞり、亡魂の生所をたづねんと。一ゝ次第の問答は。前代未聞の珍事なり。其時、名主三郎左衛門すゝ

み出て。あわふき居たる菊にむかひ。かさね〳〵、とよばわれば。菊が苦痛たちまちしづまり。起きなをりひざまついてぞ居たりける。さて、名主のいふやうは。今日、村中あつまる事別義にあらず、昨晩やくそくの通り。今夕一夜別事の念仏を興行し。すみやかに汝をうかべん。しかるに廿六年このかた。当村の男女共。冥途におもむくあまたあり。だん〳〵にたつぬべし。くわしくかたりて聞せよ、といへば。霊魂答ていわく、地獄道も数おゝく、其外四生の九界無辺なれば。赴く衆生も」二十六オ むりやうなり。何そ是をこと〳〵く存じ申さんや。しかれとも、同国同所のよしみなるか。当村の人ゝとあらましは覚へたり。なを其中に知らぬもあらんか、といへは。名主がいわく、本より知らぬ人は其分。知りたるばかり答へよ。まづそれがしが。しうとふうふの人はいかに、とたづぬれは、かさねこたへていわく、かまへて腹ばしたゝせたまふな、御両人ながら、かやう〳〵の科にて。そこ〳〵の地獄におわす、と云。次に年寄問へば、此両親も、そのとがこのとがゆへ、かなたこなたの地獄、と答ふ、次にとへば、是も地獄、又とへば、それも地獄と、かくのごとく大方地獄ゝと答る中に。ある若き男腹を立て。おのれいつわりをたくみ出し。人ゝの親を。みなぢごく」二十六ウ の罪人といふて。子共のつらをよごす事きくわいなり。よしみな〳〵はともかくもあれ。我が親におゐては。かくれなき善人なり。かならず堕獄が定ならば。其科を出すへし。証拠もなきそらごとをいわば。おのれ聖霊口ひつさくぞ、といかりける。かさねがこたへていわく。まづ〳〵しづまりたまへ、さるほどに。今朝より腹ばし立なと理りおく。されば汝が親にかきらず。地獄へおつるほどの者。罪の証拠たゞしからぬはなきぞとよ、取分て最前より我こたふる所の罪人達のつみとが。みなこと〴〵く明白に、此座中にも知る人有て。互にそれぞとうちうなづく。本より汝が父にも。正しき罪の証拠あり。その人この人よく」二十七オ 是をしれり、とて。とがの品ゝ云あらはす時。さてはさにこそ、とて引退くもあり。惣じて、この日累が答る堕獄の者罪障のしな〳〵。其座に有し人を。証人にとりて。地獄の住所。受苦の数〻。あきらかに是を語るといへども。終日のもんどうなれば。具に覚へたる人なし。此外少〻かたり伝ふる事ありしかども。たゞその中に極善極悪の二人を出して。余はこと〴〵く是を略す。さて、ある若き者出て問ひける時、かさねひしといきつまり。汝が親は知らず、といへば。かのものいと腹だちて云やう。口おしき事かな。これほど村中の人〻みな〳〵親の生所をとへば。其責の有さままで今見るやうに答ふる所に。我か父一人しらぬ事や」二十七ウ はあるべき。いんきよ閑居の身となりて。久しく地下へもまじわらず。人かずならでおわりしをあなどり、かくいふと覚へたり。村中一同のせんさくに。贔屓偏頗はさせぬぞよ、是非我が親のぢごくをば。聞ぬかぎりは、ゆかさぬぞ、とまなこにかどをたて、ひぢをはりてぞ、いかりける。かさね聞て。おかしきものゝいひやうかな。人はみなさだまつて地ごくへはかりゆくものにあらず。いろ〳〵のゆき所あり、汝が父はよそへこそゆきつらめ。地ごくの中には居らぬ、と云に。かの男、いまだ腹をすへかねて、たとへいづくにてもあれかし。かほどおゝき人〻の。親の生所をしる中に。それがし一人聞ずしてあるべきか。是非〳〵かたれ、とつめかけたり。其時」二十八オ かさねしばし案して云やう。汝が父は大かた。ごくらくに在るべし。其ゆへは、其方が親の死たる年月と。其日限をかんかふるに。今日極楽まいりあるといふて、地獄中にみち〳〵たる。当村の罪人ども。昼夜六度のかしやくを。一日一夜ゆるされたりといふに付き。後にそのものゝ事を尋ぬれば。念仏杢之介と聞へて。昼夜、わらなわをよりながら。念仏をひやうしとして。年たけゐんきよの身となりては。朝ごとの送り膳を。中半さき分け、ちやわんに入れおき。たくはつの沙門にほどこすを。久しき行とし。念仏さうぞくにておはりたりとぞ聞へける。さてまた、年寄庄右衛門問ていわく。汝今朝よりこのかた答る所の罪人とも悪の 軽」二十八ウ 重ぢごくの在所そのせめの品〻まで、かくあきらかにしる事は、こと〳〵く其所へ行き。其人のありさまを直に見ていへるか、と聞ければ。

かさねこたへていわく。いなとよ、さにはあらず。我が住家は、地ごくの入口。とうくわつといふ所に在し故、堕獄の罪人をこと〳〵く見聞するなり。そのゆへは、まづはじめてぢごくへおつるものをは。火の車に乗て、おつる獄の名をかきしるしたる旗をさゝせ、牛頭馬頭あたりを払ひ。高声によばわり。つれ行おとを聞ば、あるひは此罪人、何なる国のなにがしといふもの。かやう〳〵の科により。只今黒縄地獄。あるひは衆合地ごく。あるひはせうねつぢごくなどゝ。いち〳〵ことわり」二十九オ 行ゆへに。すべて八大ぢごくへ、おち来るものみな、我がとうくわつにて見聞すれども、日ゝ夜ゝ引もきらずとをる事なれば。百分が一ツも覚る事あたはず。しかれども、同し里に住し。なじみにて有やらん。当村の罪人。大かたは覚へたり。又かしやくのしな〳〵は。互にうさをかたりあひ。或はあぼうらせつども。人をさいなむことばのはしにて。おのづから聞しりたり、といふ時。又あるものとふていわく。我が父は十六年以前何月何日に死せしと。いゝもきらせず、

それは無間とこたへたり。問者せきめんして。汝我がおやの人にすぐれて何たる罪のあれば。むけんとは告るぞ。あまりに口の聞すぎて、そさうなるいゝ事や。とがの次第を一ゝに」二十九ウ かたれきかん、とのゝしりけり。かさねこたへていふやう。さればとよ、此事は。汝が親のさんげめつざい。むげんの苦をかろめんため。此とがつぶさにかたるべし、聞伝ふる人ゝは。一反の念仏をも。かならずゑかうしたまふべし、と懇にことはり。さる比、此弘経寺に利山和尚と聞へし能化。御住職の時代に残雪と申所化。相馬村にてたくはつし。九月下旬の比をひ。安居の領を背負て。弘経寺さして帰らるゝを、汝が親見すまして。さゝはらよりはしりいで。かの僧物をはぎとれば。やう〳〵ころも一ゑにて。ふるひ〳〵逃られしを、たれ〳〵が見たるぞや。此一ツの罪にても。三宝物のぬす人なれば、無間の業はまぬかれず。それのみ」三十オ ならず、是成名主との。よき若衆にてありし比。しうとめ御ぜんのいとおしみ。あわせをぬふてきせんとて、嶋木綿を手織にし。さら

してほしおかれけるを、汝が親ぬすみとる。是をば、たれ〳〵見しかども。若告たらば、汝が親。火をつけそふなるふぜいゆへ、しらぬよしにて居けるとき、名主どの腹を立て。村中をやさがしせんと有ければ、そのおき所なきまゝに。名主のうらのみぞぼりへひそかにふみこみおきたるが。其後、日でり打つゞゐて。水の浅瀬にかの木綿。五寸ばかり見へたるを。引あげて見られければ。みなぼろ〳〵とくさりたり。是はむら中に。かくれなし。さてその外に人の知らぬつみとが。い」三十ウくらといふ数かぎりなし、と。又もいわんとする所に名主大声あげて。みな〳〵たわことせんなし。各〻も聞べからず、日も暮るに。念仏いざやはじめんとて。法蔵寺を請じ。一夜別時を開闢する時。きくが苦痛少しやみければ。人〻悦ひ、きくよかさねは帰れりや、と尋ぬるに。きくがいわく、いなとよ、そのまゝ我がむねに居たり、と答ふ。かくのごとく、折〳〵問ふに。其夜中は終にさらず。夜も明、ゐかうの時にいたつて。きくがいふやう、かさねはいづくへか行きし。見へず、といゝしが。しばらくありて又来り、わきにそふて居る、といへば。法蔵寺も名主年寄も。皆〻あきれて居られたる内に。麁菜の斎を出しけれとも、二人目と」三十一オ目を見合せ。はし取あくべきやうもなく。世にもぶきやうげなる時。きくふとかうべをもたげ、あれ〳〵かさねは出てゆくは、といゝて。そのまゝ起なおり。気色快気してければ。法蔵寺も二人の俗も。こゝろよく斎を行ひ、悦ひいさんでみな〳〵我が屋に帰らるれば。きくが気色、弥〳〵本復して。杖にすがり、村中の子共を引つれ、菩提所法蔵寺は申に及ばす。其外近里の寺道場へ日〻に参詣し。いつの間にならひ得たりけん。念仏鉦鼓のほどひやうし。あまりとうとく聞へければ、人〻不審しあへるは。誠に浄土の仏ぼさつ。尼になれとのおゝせにて。其守護にもやあるらん、と。皆〻きいのおもひをなし」三十一ウ、男女老少あつまり。此きくを先達にて。ひがん中の念仏。隣郷外郷にひゞきわたる。其外家〻にて修る事は。昼夜昏暁の差別なく。思ひ〳〵の仏事作善、心心の法事供養。日を追てさ

かんなれば、諸人得道の能因縁とぞ聞へける

（六行空白）」三十二オ

死霊解脱物語聞書下

累が霊亦来る事　附名主後悔之事

去る二月廿八日、斎の座席にて。累が霊魂忽はなれ。菊本復する故に。聖霊得脱疑ひなしと。人〻安堵の思ひをなし。みな〳〵信心歓喜する所に。亦明る三月十日の早朝より。累が霊来て。菊を責る事例のごとし。時に父も夫もあわてふためき。早〻名主年寄にかくと告れば。両人おどろき則来て。菊に向ひ、累は何くに在るぞ。亦何として来るといへば。菊がいわく。約束の石仏をもいまだ立てず。其上我に成仏をも遂させず。大勢打寄偽りを構へて亡者をたぶらかす、といふて。我を」一オ せめ申す、といへば名主。聞もあへず。是は思ひもよらぬ事哉、かさね能聞け。其石仏は明後十二日には。かならず出来する故に。我〻昨日弘経寺方丈様へ罷出。石塔開眼の事。両役者を以て申上る所に。方丈の仰せには。其石仏の因縁具に聞

伝へたり。出来次第に持来れ。かならず我開眼せん、と。直に仰せを蒙りし上は。縦ひ汝が心は変化して。石塔望は止むとても。方丈の御意重ければ。是非明後日は立る也。かほど決定したる事共を。汝知らぬ事あらじ。よく〳〵是は菊がからだの有故に。ゑ知れぬ者の寄添て。いろ〳〵の難題を懸け。所の者に迷惑させんためなるへし。此上は」一ゥ慈悲も善事も詮なし。只其侭に捨置き。かたく此事取持べからずと。名主年寄大きに立腹して、各〳〵家に帰れば。与右衛門も金五郎も。苦しむ菊をたゞひとり。其侭家に捨置き。野山のかせぎに出たるは。せんかたつきたるしわざなり。かゝりける所に、弘経寺の若党に権兵衛といふ男。山廻の次でに。名主が館に行けるが。三郎左衛門、常よりも顔色青ざめて。物あんじ姿なり。権兵衛、其故を問ければ。名主がいわく。さればこそ権兵衛殿。かゝる難儀成事、また今朝より出きたれ、其故は昨日貴方も聞給ふごとく。累が石仏十二日には出来する故に。御開眼の訴訟。首尾能かなふ所」二オ彼累は朝より来て。また菊を責る故。其子細を尋ぬれば。石仏をもたてず。我が本意をも叶へす、とてひたすら菊を責候也。此上は是非なき事とて。すて置帰り候へとも。つく〳〵此事を案じ候に。まづさし当明後日。石仏出来仕り。方丈様へ持参の上にて。何とか申上べき、すでに此間地下中打寄。一夜別事の念仏にて。聖霊得脱仕ると。昨日申上たる所に。また来り候とは。ことの始終をも見さだめず。あまりそさうなる申事と。思召もいかゞなり。そのうへ霊付しよりこのかた。村中の者共、親兄弟の悪事をかたられ。隣郷他郷の聞所、証拠たゞしきはぢをさらす。しかれども、今までは。死さりたる」二ゥものゝ悪事なれば。子孫の面をよごす分にして、当時させる難義なし。此うへにまたいかなる悪事をいゝ出し、生たるものゝ身のうへ、地頭代官へもれ聞え。一〻詮議に及ぶならば。村中滅亡のもとひならんもいさしらず、せんなき事に懸り合、村中へも苦労をかけ我等も難義を仕ると。くどきたてゝぞ後悔す。権兵衛つぶさに此事を聞居たるが。名主が後悔遠慮の段。一〻道理至極して、あいさつも出がたきほどなりしが。やう〳〵にもてなし。名主が所を立出て。すぐに菊が家に行き。そのありさまを見てあれば。たゞ一人あをさまにたをれ居て。苦痛をする事例のごとし。権兵衛も余りふびんに」三オ 思ひければ。庭に立ながら、名主が今のものがたり。石仏出来あらましまで。証拠たゞしく云聞すれども。いつわるものお、と時ゞ返答して。苦痛はさらに止ざれば。権兵衛もあきれつゝ。打捨て寺にそ帰りける

祐天和尚累を勧化し給ふ事

去程に権兵衛。弘経寺に帰る道すがら思ふやう。誠や祐天和尚、かの累が怨霊のありさま。直に見てましと仰られし。よき折から人もなきに。御供仕見参らせんと思ひ。帰りける所に。寺の門外に、意専、教伝、残応など聞えし。所化衆五六人、並居給るに。かく、といへば、よくこそ知らせたれ。祐天和尚の御」三ウ 出あらば、我〳〵も行ん、とて。みな〳〵用意をぞせられける。さて権兵衛は祐天和尚の寮に行き。かやう〳〵の次第にて。さいわい只今見る人も御座なく候に。門前に居られし所化衆をも。御つれあそばし。羽生へ御越なさるべうもやあらん、といへば。和尚聞もあへたまわず。よくこそ告たれ、いざ行へしとて。既に出んとしたまひしが。まてしばし、と案じたまひて仰らるゝは、いかなる八獄の罪人も。時機相応の願力を仰ぎ、一心に頼まんに。うかまずといふ事あるべからず。然る所に。再三念仏のくどくをうけて。得脱したる霊魂。たち帰り〳〵取付事は。何様、石仏ばかりの願ひならず。」四オ 外に子細の有ると見へたり。若又、外道天魔の障碍か。そのゆへは羽生村の者共。たま〳〵因果のことはりをわきまへ。菩提の道におもむくを。さゑんとて来れるか。さなくは狐狸のしわざにて。おゝくの人をたぶらかさんために。取つくにもやあらんに、せんなき事にかゝりあひ。我が一分はともかくも。師匠の名までくだしなば。宗門の瑕瑾なり。只そのまゝにすておき。所化共も行べからず、と。貞訓を加へたまへば、権兵衛も尤至極して。尓者、

所化衆をも留申さん、とて。門外さして出て行く。あとにて和尚おぼしめすは。既に此事は石塔開眼まで。方丈へ訴へ。其領定有上は」四ウ縦ひ我ゝ捨置とも。終には弘経寺が苦労に成べき事共也。そのうへ権兵衛がはなしのてい。村中の難義此事に究る、とあれば。いとふびんの次第なり。我行て弔はん。累が霊魂ならばいふに及はず。其外、天魔波旬のわざ。又は魑魅魍魎の所以にもせよ。大願業力の本誓、諸仏護念の加被力。一代経巻の金文虚しからじ。其上、和漢両朝の諸典に載る所。いか成三障四魔をもたゞちにしりぞけ。順次得脱の証拠数多あり。幸成哉、時機相応の他力本願、仏力、法力、伝授力。争以てしるしなからん。但し今まで両度の念仏にて。いまた埒あかで来る事。恐は」五オ疑心名利の失有て。弔ふ人のあやまりならんか。我仏説に眼をさらし。諸人にこれを教ふといへども。皆経論の伝説にて。直に現証を顕す事なし。善哉や、この次而に。経巻陀羅尼の徳をもためし。そのうへには我宗秘蹟の。本願念仏の功徳をもこゝろみん、もしそれ持経密呪のしるべもなく。また証誠の実言虚して。称名の大利も顕はれず。菊が苦痛もやまずんば。二度三衣は著せじものを、と。ひかふる衆をふりすて。守り本尊懐中し。行脚衣取て打かけ。門外さして出給ふは。常の人とは見えずとぞ。さて門前に居られたる。衆僧に向て宣ふは、六人は帰り。権兵衛」五ウ一人は。我を案内して。累が所につれ行、とあれば。六僧のいわく。我ゝも御供申行ん、といふに。和尚のたまわく。いなとよ、自分はふかき所存有故に覚悟して行也。汝等は止まれ、とあれは。意専のいわく。貴僧は何とも覚悟して行たまへ。我ゝは只見物にまからん、といわれしを。和尚打ゑみ給ひ。尤ゝいざさらば、とて。以上八人の連衆にて。羽生村さして行たまふ、いそぐにほどなく行つき。彼家を見たまへば。茅茨くづれては。日月霜露ももるべく、垣壁破れては、狼狗嵐風も凌ぎがたきに。土間にはおとるふるむしろの。目ごとにしげき蟣虱。尻ざしすべきやうもなく。各ゝ」六オすそをつまどり。あとやまくらにたゝずみて。菊が苦痛を見たまへば。のみしらみのおそれもなく。けがれふ浄もわすられて。みな〳〵座にぞつき給ふ。扨、導師枕に近寄たまへば。何とかしたりけん。菊が苦痛忽やみ。大息つゐてぞ居たりける。時に和尚問たまはく、汝は菊か。累なるか、と。病人答へ云やう。わらわは菊で御座有が。累は胸にのりかゝつて。我がつらをながめ居申、と。和尚又問たまわく。いか様にして汝を責るや、と。菊がいわく。水と沙とをくれて。息をつがせ申さぬ、と。和尚又問ひたまわく。累は何といふて。左のごとくせむるぞや、と。菊がいわく、はやくたすけよ〳〵といふて責」六ウ申す、と。いとあわれなる声根にてたえ〴〵しくぞ答へける、其時和尚、聞もあへたまわず。今さらば各ゝ年来所持の経陀羅尼。かゝる時の所用ぞと。まづ阿弥陀経三巻。中声に読誦し。廻向已て。扨累は、と問給へは、菊がいわく。そのまゝ胸に居申、と。次に四誓の偈文三反誦じ。ゑこうして又問たまへば、今度も同じやうにぞ答へける。扨、其次に心経三反誦じ已て。前のごとく尋ねたまへば、菊がいわく。さて〳〵くどき問ごとや。それさまたちの目にはかゝり申さぬか。それほどそれよ。我胸にのりけり、左右の手をとらへて。つらを詠めて居るものを、といふ時。和尚又すきまあらせず。光明真言七反くり。」七オ随求陀羅尼七反みてゝ。度ごとに右のことく問たまふに。、いつも同辺にぞ答へける。其時、和尚六人の衆僧に向てのたまわく。是見たまへよかた〳〵。今誦する所の経陀羅尼は。一代顕密の中におゐて。何れも甚深微妙なれ共。時機不相応なる故か。少分も顕益なし。此上は我宗の深秘。超世別願の称名ぞ。我に随て唱へよ、と。六字づめの念仏。七人一同の中音にて。半時ばかり唱へ畢て。さて累は、と問たまへば。また右のごとくに答へけり。其時、和尚興をさまし。前後をかへり見たまへば、いつのほどより集りけん。てん手に行灯ともしつれ。村中の者ども。稲麻竹葦と並居たるが。一人〳〵和尚」七ウに向ひ。何たれ、それがしはこれ、と。一ゝ名字をなのり。様ゝ時宜を述る事。いとかまびすしく聞へければ。和尚いらつてのたまはく。

あなかしがまし人〻、今此所にして汝等が名字を聞てせんなし。只其許を分けよ。我れ用事を弁ずるに、とてたちたまへば。ひぢをたをめ、座をそばだて。おめ〳〵しくぞ通しける。和尚すなはち外に出て。意地の領解を述られしは。物すさましくぞ聞えける。其詞にいわく。十劫正覚の阿弥陀仏。天眼天耳の通を以て。我がいふ事をよく聞れよ。五劫思惟の善巧にて。超世別願の名を顕し。極重悪人。無他方便。唯称名字。必生我界の本願は。たれがために」八オちかひけるそや。また、常在霊山の釈迦瞿曇も耳をそばたてたしかに聞け。弥陀の願意を顕すとて。是為甚難の説を演べ。我見是利のそらごとは。何の利益を見けるぞや。それさへ有に。十方恒沙の諸仏まで広長舌相の実言は。何を信ぜよとの証誠そや。か〻る不実なる仏教共が世に在るゆへ。あらぬそらごとの口まねし。誠の時に至ては現証少しもなきゆへに。かほどの大場て恥辱に及ぶ、口をしや。但し、此方にあやまり有て。そのりやく顕れずんば。仏をめり、法を謗る、急ひで守護神をつかはし。只今我身をけさくべし。それさなき物ならば、我爰にてげんぞくし、外道の法を学び」八ウて、仏法を破滅せんぞ、と。高声に呼わりたけつて。本の座敷になをり給ふ時は。いかなる怨霊執対人も、足をたむべきとは見へざりけり。されども、累は、と問給ふに。又もとのごとく答る時。和尚きつと思ひ付たまふは。実に〳〵、われらあやまりたり。その当人のなき時こそ我〻ばかりの称名廻向も。薫発直出の理にかなわめ。既に罪人爰に在り。彼にとなへさせて尓るべし。是ぞ観経に説所の十悪五逆のざい人。臨終知識の教化に値ひ。一声十念の功により決定往生と見へたるは。こ〻の事ぞ、とおもひきわめ。菊に向てのたまふは。汝我ことばにしたがひ、十たび念仏をとなふべし、とあれば。菊がいわく。いなとよ」九オ、さやうの事いわんとすれば。累我口をおさへ、となへさせず、といふ時。左右にひかへたる百姓共。ことはをそろへていふやう。それは御無用に候。その者念仏する事かなわぬ子細候。いつぞやも来りし時。是成三郎左衛門。今のごとくにす〻められ候へば。累が申やう。おろか成云事や。獄中にて念仏が申さるゝ物ならば。誰の罪人が地獄にして劫数をへんと申候、と。いゝもはてさせず和尚いらつてのたまわく。しづまれ〳〵汝等。口のさかしきに。其事も我よく聞けり。それはよな。累来て菊が身に。直に入替りしゆへにこそ唱ふる事かなわざらめ。今はしらず。累はすでに別に居て。我に向ひものをいふは菊なり。しかれば累が名」九ウ代に。菊にとなへさするぞ、とのたまへば。みな尤とうけにけり。さて、菊に向ひ、かくとのたまへば。菊がいわく。何と仰られても。念仏となへんとすれば。息ぐるしくて、といふとき。和尚、さては累が霊魂にあらず、狐狸のしわざなり、そのゆへは実のかさねが霊ならば。菊が唱ふる念仏にて、己れが成仏せん事のうれしさに。すゝめてもとなへさすべきが。おさゆるはくせものなり。所詮は菊かからだのあるゆへに。ゑ知れぬもの寄そひて。村中にも難義をかけ。我ゝにも恥辱をあたゑんとするぞ。よし此者を我にくれよ。たち所にせめころし。我も爰にていかにもなり。万人の苦労をやめん、とのたまひて。かしらかみを引のばし。弓」十オ手にくる〳〵打まとひ。首を取て引あげたまふ時。菊はわなゝく声を出し。あゝとなゑん〳〵、といふ時。和尚のいわく、さては累がしかととなへよといふか、と聞給へば。菊答て中〳〵さ申、といふ故に。尓者、とてかみふりほどき、手をゆるし、合掌叉手して十念を授け給へば。一〳〵に受おわんぬ。扨、累は、と問たまへば。菊がいわく只今我が胸よりおりて。右の手を取わきに侍る、と。又十念を授けて問給へは。今爰を去て。窓かうしに手をうちかけ。うしろ向ひてたてる、といふ。また十念をさづけて問たまへは。その時、菊起きなをり。四方上下を見めぐらし。よにもうれしげなるかほばせにて。累はもはや見え申さぬ、といへば。其時座中の者共。皆一同に声をあげ。近比御手」十ウから、と云ふ時。又菊いとわびしき音根を出し。それよ〳〵、それさまのうしろへ。累がまた来る物を、といふ時。和尚はやくも心へたまひ。守り本尊を取出し。扉を開き、菊に指向けて、累がつらはかやう成しか、と問たまへば。菊がいわく、いなとよ、かほをば見ざりしか、といふて。のびあがり。あなたこなたを見廻し、わかれいづちへか行きけん。たちまち見へず、といふ時。和尚、又菊に十念を授けたまひ。近所より叩かねを取よせ、念仏しばらく修め。廻向して帰らんとしたまひしが。名主年寄両人に向て宣ふは。此霊魂のさりやう。いさゝか心得がたき所有。併、実に累が霊魂ならは。もはや二度来るまじ。若又狐狸のわざならば。また」十一オ来る事も有べきか。そのやうだいを見たく思ふに。こよひ一夜番をすへて。替る事も有ならば。早ゝ我に知らせてたべ、と有ければ。名主年寄畏て。我ゝ両人直に罷有らん。御心易く思召、とかたく領定仕れば。悦びいさんで和尚を始め。以上八人の人ゝ。皆ゝ寺へぞ帰られける。是時いかなる日ぞや。寛文十二年三月十日の夜。亥の刻ばかりに。累が廿六年の怨執。悉く散じ。生死得脱の本懐を達せし事。併、是本願横帋をさくの利益。只恐は決定信心の。導師の手にあらんのみ

菊人ゝの憐を蒙る事

去程に祐天和尚余りの事のうれしさに。仮寝の夢も結」十一ウびたまはず。まだ夜ふかきに寮をたち。惣門さして出給ふ、門番あやしみ、夜もいまだ明ざるに。いづ地へかおはします、といへば和尚のたまわく。我は羽生へ行なり。夜中に何共左右やなかりしかと問たまへば。門守がいわく、されば夜前の仰により。随分心懸待候へ共。いまに何のたよりも御座なく候。羽生への道すがら。山狗もいで申さん。それがしも御供仕らん、とぞ申ける。和尚のたまはく、汝をつれゆけば跡の用心おぼつかなし。とかふせば。夜も明なんに、行さきは別義あらじ。かたく門を守り居れ、とて。只一人すご〳〵と羽生村に行着、件の所を見たまへば。菊を始め二人のばん衆、前後もしらず臥して有。和尚立ながら高声に」十二オ十念したまへば。二人の者目をさまし。是は御出候か、とておきなをる時。和尚のたまはく。各〳〵は何のための番ぞや。いねたるな、と仰せらるれば。

二人の者申やう。いかでしばしもやすみ申さん。宵のまゝにて菊も正体なくいね申候。其外何のかわたりたる義も御座なく。夜もいまだ明やらず候まゝ。しばしやすらひ御左右も申さまじ、など。かれこれいふ内に。菊も目さまし、うづくまり。ぼうぜんたるていなり、和尚其有様を見たまへは。嵐も寒きあけがたの。内もさながらそと成家に。かきかたびらのつゞれひとへ。目も当られぬていたらく。縦ひ死霊ものゝけははなれたり共、寒気はだへをとをすならば。何とて命のつゞくべき」十二ウ と思しめし。名主年寄を恥しめ。各〻は余り心づきなし。いかで此菊に古着ひとへはきせたまわぬ。かれが夫はいづくに在ぞ、とよびたまへば。金五郎よろをい出て。古むしろを打はたき。菊がうへゝ、おゝはんとすれば。菊がいわく、いやとよ、おもしきすべからず、といふ時。名主年寄申すやうは、そのぶんは。たつて御苦労になさるまじ。所のものゝならひにて生れなから。みなかくのことし、といへは。和尚のたまはく、それは達者にはたらくものゝ事よ、此女はまさしく正月はしめより煩付。ものもくらわでやせおとろへたるものなれば。とにかくに各〳〵が。めぐみなくてはそだつまじ、万事頼む、とのたまへば。二人の者畏て此上は。随分」十三オ 見づぎ申べしと。ことうけすれば。其時和尚もきげんよく、急ぎ寺に帰りつゝ。すぐに方丈へ行たまひ。納所教伝に近付、夜前の霊魂はいよ〳〵去。菊は本復したれとも、衣食倶に貧しければ。命をさそふるたよりなし。尓るに、かれを存命さするならば。多くの人の化益なるへし。なにとぞ命を扶けたく思ふに。先各〻も古着のあらば一ツあてとらせよ。我も一ツはおくるべし。さて方丈の御膳米をかまにたかせ、あたへたく思ふなどして、寮に帰り給ふ時、方丈はらうかにたちやすらひ。此事を聞し召、納所を近付仰せられしは。実にもかのものゝいふごとく。此女のいのちは大切なるぞや。それ〳〵の用意してつかはせ、さて是をは」十三ウ だにきせよ、とてかたしけなくも、上にめされしさやの御小袖を。ぬがせたまひ、下しつかはされける時。名主年寄両人を急度めし寄られ。直に仰らるゝは。汝らよく合点して。菊が命を守るべし。其ゆへは我ゝ経釈をつたへて。千万人度すれども。皆是道理至極の分にして。いまだ現証を顕さず。尓るに、此女は直に地獄極楽を見て、よく因果を顕す者なれば。万人化益の証拠なり。随分大切に介抱せよ。なをざりにもてなし、死なせたるなど聞ならば。此弘経寺が怨念汝らにかゝるべし。と、はげしく教訓したまへば。二人の者ども、なみだをながし。畏て御前を立。急き羽生へ帰りつゝ、方丈」十四オ の仰せとも。一ゝにかたりつたへ。扨、下しつかわされたる御小袖をきせんとすれば。菊がいわく。あらもつたいなし、何とてか。弘経寺様の御小袖を。我等が手にもふれられん、といへば。実尤なり、とて。後日に是を打敷にぬい。法蔵寺の仏殿にぞかけたりける。扨、祐天和尚の御ふるぎ、其外人ゝよりあたへられたる着物をも。いろ〳〵辞退をしがとも。かれこれとぬいなをし。さま〳〵に方便してこそきせたりけれ。さてまた。弘経寺より。下されたる食物は申に及ばす、其外の食事をも一円にくらわず。たま〳〵少も食せんとすれば、すなわち胸にみちふさがり。あるひはひふをそんさす。惣じて、此霊病を受し正月始の比より」十四ウ 三月中旬にいたるまて、大かた湯水のたくひのみにて。くらせしかども。さのみつよくやせおとろへもせざりければ。人ゝ是をふしんして問けるに。何とはしらず口中に味有て。外の食物に望なし、といへば。扨は極楽の飲食を。時ゝ食するにもやあらん、とて。さながら浄土より化来せる者かと。あやしみ、うやまひ、めぐむ事。かぎりなし

石仏開眼の事

同三月十二日、石仏すでに出来して飯沼弘経寺客殿にかきすゆれば、すなはち当方丈明誉檀通上人御出有。そのほか寺中のしよけ衆など。おもひ〳〵に入」十五オ 堂す。ときに方丈ふでとり給ひ。妙林をあらため。理屋杰貞とかいみやうし、少〳〵くやうをとけられ、終に。羽生村法蔵寺の庭にたてて。前代未聞のしやう跡を残す。永き代のしるし是なり。奇哉、此ものかたり、あるひは現在のゐ

んくわをあらはし。あるひは当来の苦楽をしらせ。あるひは誦経念仏の利益をあらそひ。あるひは四恩報謝の分斎をたゞす。かくのごとく段〻の事有て。終に、智恵、慈悲、方便。三種菩提の門に入り。能所相応して。機法一合の全躰立地に生死の囚獄を出離し。直に涅槃の浄刹に往詣する事。まつたく是。他力難思善巧。本願不」十五ウ共の方便也。しかりといへとも、願力不思議の現証を顕す事。且恐は導師決定心の発得によるものなるをや。しからば此決定信心の人、何れをか求めん、とならば。単直仰信。称名念仏の行者、是其人也、此人におゐていか成徳あるぞや、とならば。随順仏願。随順仏教。随順仏意。是其徳也。かくのごとく心得時は、道俗、貴賤、老若、男女によらす、唯一向に信心称名せば。現当の利益是より顕れんか

右此かさねが怨霊得脱の物語世間に流布して人の口に在といへとも前後次第意詞色〻に乱れ、其事慥かならす、爰に某甲彼死霊の」十六オ導師顕誉上人拝顔之砌、度〻懇望仕、直の御咄を深く耳の底にとゝむといへとも、本より愚痴蒙昧の身なれば、かく有難き現証不思議の事ともを、日を経んまゝ、あとなく廃忘せんほいなさに、詞のつたなきをかへり見ず、書記し置者也、猶此外にも累と村中との問答には聞落したる事あるべきか

（二行空白）」十六ウ

顕誉上人助か霊魂を弔給ふ事

比は寛文十二年、飯沼寿亀山弘経寺にて。四月中旬の結解より。大衆一同の法問。十七日に始り。三則目に当て。十九日の算題は。発迹入源の説破なれば、各〻真宗の利剱を提け。施化利生の陳頭におゐて。法戦場に火花をちらし。右往左往に勝負をあらそひ。単刀直入のはたき。互に隙なき折から。祐天和尚も今朝より数度かけ合に。勢力もつかれたまひ。しばらく息をやすめて。向ひを

きつと詠めたまへば。羽生村の庄右衛門。只今一大事の出来し。咽にせまる風情にて。祐天和尚の御顔をあからめもせず。守り居たり。和尚此よし御覧して。いかさま此者」十七オのつらつきは。今日妻子の死にのぞむか。さてはきわめたる一大事。出来せりと見へたり。何事にてもあれかし。この法席はたつまじものをと。見知らぬていにもてなし。確乎としてぞおわしける。庄右衛門が心の内。此日の法問過る事、千歳をまつに異ならじと。推量られて知られたり。扨、やう〳〵に法問はて。大衆もみな〳〵退散すれば、祐天和尚も所化寮さして帰り給ふに。庄右衛門、やがて後につき、そゞろあしふんで来る時。和尚、寮の木戸口にて。うしろをきつとかへり見たまひ。いかにぞや庄右衛門殿。用有げに見ゆるは何事にかあらん。おぼつかなし、とのたまへば。庄右衛門畏り、さればとよ和尚様。かさねが、またきたり、今朝よりせめ」十七ウ候が、もはや命はつゞくまし。急き御出有べし、と。所まだらにいゝちらす。和尚聞もあへたまわず。さては其方はさきへ行け。我も追付行べしと。しやうぞく召かへ出給ふが、何ともりやうけんしたまわず。門外の松原まで。只うか〳〵とゆき給ふを。庄右衛門待受申やう。何となさるゝぞや和尚様、はやく御越候ひて。十念さづけ給へ、といふに。和尚のたまはく、何とかさねが来るとや。其用所何事にかあらん。またせめのやうだいはいか様なるぞ、と問たまへば。庄右衛門申様、今朝の五ツ時より。かさねがまた参りたりとて。与右衛門も金五郎も。名主と我等に告しらせ候ゆへ。早ゝ両人参りて。そのありさまを見候に。まづくるしみのていたらく。日比には」十八オ百倍して。中にもみあげ、てんとうし。五体もあかくねつなふして。眼の玉もぬけ出しを。両人いろ〳〵介抱仕り。累よ菊よ、と呼れとも有無の。返事もならばこそ。只ひらぜめの苦痛なれば。大方命は御座あるまじ。せめての事に十念を。からだになり共さづけ給ひ。後生御たすけ候へ、と。なみだくみてぞかたりけり。和尚此よし聞しめし。いよ〳〵心おくれつゝ。たゞぼうぜんとあきれはて、夢路をたどる心地にて。あゆみかねてぞ見へたまふ。時に、庄右衛門、言葉(ことは)あらたにいふやう。こはきたなし祐天和尚、たとひ天魔(てんま)のしわざにて。菊が命をせめころし、貴僧(きそう)のちじよくに及びつゝ、身(み)をいかやうになしたまふとも。名主それ」十八ウがし両人は。命かぎりに御供せんと。約諾(やくだく)かたく相極(きわ)め、此物談決定(そうだんけつてう)して名主をあとにとめ置き。それがし一人御むかひにまいりたり。此上は貴僧いかやうに成給ふ共、我〻両人御供仕らんに。何のあやうき所かおわせん。はや〳〵いそぎ給へ、といへば。和尚あざわらつてのたまはく、おろか成庄右衛門。汝等(なんぢら)二人我が供(とも)とは。それ何のためそや。汝はいそぎさきへ行(ゆ)け。我はこゝにてしばらく祈願(きぐわん)するぞ、とのたまひて。心中に誓(ちかひ)たまわく。釈迦弥陀(しやかみだ)十方の諸仏達(しよぶつたち)、たとひ定業(でうごふ)かぎり有て。菊が命(いのち)は失(う)するとも、二度爰(こゝ)に押(おし)かへし。我教化(けうけ)にあわせてたべ。かれを捨置(すておき)給ひて。我を外道(げだう)に成し給ふな。仏法(ふつほう)の神力此度(しんりきこのたび)」十九オぞ、と。決定のちかひたておわつて。いさみすゝんで行(ゆき)給へば。庄右衛門も力(ちから)を得(ゑ)。ちどりあしをかけてぞいそぎける、やう〳〵近付、与右衛門が家を見渡せば。四方のかこひ。柱斗(はしらばかり)をのこしおき。こと〳〵く引払(ひきはら)ひ、屋敷中は尺地(せきぢ)もなく老若男女(らうにやくなんによ)みち〳〵たり。其外、大路(ち)のうへ木の枝(えだ)こゝかしこの大木(ぼく)まで。のぼりつれたる見物(けんぶつ)人。かくばかり此村に。人多くはなけれ共。前〻よりのふしぎなど。遠近(ゑんきん)にかくれなく。聞つたへし事なれば。又今朝よりせむるぞと。つげ渡(わた)るにやあるらん。道(みち)も田畑(たはた)も平(ひら)おしに。皆人とこそ見へたりけれ。かくて祐天和尚と庄右衛門は。いそぐにほどなく与右衛門が家近(ちか)く着(つき)給へとも。いづくをわけて入給ふべきやうもなく。人の」十九ウうへをのりこへ、ふみこへ、やう〳〵として。菊がまくらもとに近付(ちかつき)たまへば。されども、畳(たゝみ)一枚敷(まいじき)ほど。座を分(わけ)て待居(まちゐ)たるに、やかて着座(ちやくざ)し給ひ。あせおしのごひ、あふぎをつかひ。しばらくやすみ給ふ時。名主(なぬし)いと心せき顔(がほ)にて。まつ〳〵はやく菊に十念(しうねん)をさづけ給ひ。いとまをとらせ給ふべし、とくにもおち入る者にて候ひしが。貴僧(きそう)の御出(いで)を相待(あいまつ)と見へ申、と云時。和尚(おしやう)のたまわく、まてしばし。十念も授(さづく)まじ。ちと思ふ子細(しさい)有、とて。ながる、御あせを押拭(おしのごひ)〳〵、菊が苦痛(くつう)を見給へは。実(げ)にも道(みち)すがら庄右衛門がいふごとく。床より上へ一尺あまり。うきあがり〳〵。中にて五たいをもむこと。人道(だう)の中にして。かゝる苦患(くげん)の有べしとは。何れ」二十オ の経尺(きやうしやく)に見へけるぞや。是ぞ始(はじ)めの事ならん、と。見るに心も忍(しの)びす。かたるに言葉(ことば)もなかるべしと。あきれはてゝぞおわしける、いかなるつみのむくひにて。さやうの苦痛(くつう)をうけしぞと。伝(つた)へ聞さへあるものを。ましてその座(ざ)に居給ひて。まのあたり見られし人ゝの心の内。さぞやと思ひはかられて。筆(ふで)のたてどもわきまへず。其時名主(なぬし)こらへかね。和尚に向ていふやう。ひらに十念(じうねん)を授(さづ)け給ひ。はや〳〵いとまをとらせ給へ、といふに。和尚の給わく、何としてさは急(いそ)ぐぞ、とのたまへば。名主がいわく、和尚は御心つよし。我ゝはかゝる苦患(くげん)を見候ひては。きもたましゐもうせはつる心地して。中〳〵たへがたく候ふ、といへば。和尚(おしやう)の給わく、さのみ」二十ウ 機遣(きづかい)したまふな名主(なぬし)殿。何ほどに苦(くる)むとも。めたと死(し)するものにあらず。さて此責(せめ)るものは。しかと累(かさね)と申か、又何の望(のぞみ)有て来(きた)れりと申か、と問たまへば。名主答(こた)へていわく、されば今朝(けさ)より。いろ〳〵たづね候へ共。一言(こと)も物は申さず、只ひらぜめにて候といふ時。和尚(おしやう)、扨こそまづ其相手(あいて)を聞さだめ。子細(しさい)をよく〳〵問(とい)きわめずは。十念(ねん)は授(さづ)くまじ、とて。きくが耳(みゝ)のもとにより。汝(なんぢ)は菊(きく)か累なるか。また何のために来るそや。我は祐天(ゆうてん)なるが見しりたるか、と。高声(かうしやう)に二声三声(こゑ)すきまあらせで問給ふに。苦痛(くつう)は少しやみけれども。有無(うむ)の返事はなかりけり。しばらく有りて、また右のごとく問給へば。目(め)の玉(たま)」二十一オ のぬけ出たるも。引入(ひきいり)、色(いろ)のあかきもたちまちあをく成り、たゞまじ〳〵と和尚の御顔(かほ)をながめ。なみたをうかべたるはかりにて。いなせの返事はせざりけり。其時、和尚いかりを顕(あら)はし、左の御手をさしのべ。かしら髪(かみ)をかいつかみ。床の上におしつけ。おのれ第六天(だいろくてん)の魔王(まわう)め。人の物いふに何とて返事はせぬぞ。只今ねぢころすが。是非(ぜひ)いわざるや、と。しばししづめて聞(きゝ)たまへば。其時息(いき)の下にてたへ〳〵しく。何か一口物(くちもの)をいゝけるを。和尚の耳(みゝ)

へは、す、とばかり入けるに。名主はやくも聞つけ。すけと申すわつはしで御座ある、と申といふ時。とは何者の事そ、と問たまへば。名主がいわく、こゝもとにては。六ツ七ツばかり成男の子を。わつはしと申、と」二十一ウいゝければ、和尚菊に向てのたまはく。其助といふものは、死たるものか、生たる物か、と聞たまへば。また息の下にて答るやう。かてつみにゆくとて。松原の土手から絹川へさかさまにうちこふだ、といふを。和尚やう／＼聞うけたまひ。さては聞へたり、とて打あをのき。名主に向てのたまふは。いかに其方はいやなる所の名主哉。今の詞を聞たまひたるか。さては此わつはしは。大方親のわざにて。川中へ打こふだりと聞へたり。いそひで此おやをせんさくしたまへ、と有ければ。名主承り。尤仰せかしこまつて候へ共。かつて跡形もしれぬ事なれば。何とかせんぎ仕らん。只そのまゝにて御弔あれ、といふ時。和尚」二十二オのたまはく、よく合点し給へ名主殿、すでに此霊つく事は。その怨念をはらさんために。来るにはあらずや、しからば、かれが本望をもとげさせず。ぜひなく弔ふたればとて。何としてか、うかぶべき。早ゝせんぎしたまへ、と有れば。名主またいわく。御意もつともにては候へ共、今此大群の中にて。何者をとらゑ、いかやうにかせんぎ仕らんと。一向承引せざる時、和尚いかつてのたまはく。さてはその方は、我がいふ事をうけぬと見へたり。よし／＼、我今寺に帰り。弘経寺をおしかけ。地頭代官へつげしらせ、急度せんぎをとぐべきが。それにてもなを所の者をかばい。せんぎ成まじといわるゝか、と。あらゝかにのたまへ」二十二ウば。名主十方にくれ。さては何とかせんぎ仕らん。庄右衛門はいかゞ思はるゝぞ、といふ時。庄右衛門がいわく。とかくたゞ今和尚のたつね給御詞と。菊が答る言葉を。少ものこさず此大勢の中へ。だん／＼にふれ廻し。一ゝ人の返答を。きくより外の事あらじ、といゝければ。此義尤しかるべしとて。名主一ツの法言を出し。居長高にのびあがり。高声にふれまはすは。おこがましくはありながら、とふとかりけるせんぎなり。其ことばにいわく。只今祐天和尚。菊を責る者は何ものぞ、とたつね給へば、霊魂の答へには。すけといふわつはし成が。かてつみにゆくとて。松原の土手より。きぬ川へさかさまに。打こふだ」二十三オ とこたへたり。然るあひだ、その打こみたる人を御尋あるぞ。縦ひ親にても兄弟にても、其外親類けんぞくにても。ありのまゝにさんげせよ。若又、他人他門にてもあれ、此事におゐて。かすかに成共。見聞したる輩は。まつすぐに申出よ。当分にかくし置き。後日のせんぎにあらはれなば。急度六ヶ敷かるべし、と。段〻にいゝつぎ、一〻次第にふれ廻す。庄右衛門がことわりには。少も此義しる人あらば。早〻申出られよ。まづはその身の罪障懺悔、後生菩提のためなるべし。かつは亡者の怨念はらし。速に成仏させんとの御事にて。祐天和尚の御せんぎぞや。たのむぞ〳〵人〻、と。かなたこなた二三返告渡れ共。皆〻」二十三ウ しらず、といふ中に。東の方、四五間ばかり隔たる座中より。老婆のあるが、のびあがり。其事は八右衛門に。御尋あれ、とぞ訴へける。名主此よし聞よりも。それ八右衛門は何くにあるぞ、と呼はれば。今朝よりあれなる木の下に見えけるが。今は居らず、といふにより、常使にいゝ付、こゝかしこと尋出し。やう〳〵につれ来るを。名主ちかく召よせ。かくの次第と問ければ。八右衛門よこ手をはたと打。さては其助がまいりて候かや。是には長き物語の候ものお、と。泪をながしながら一〻次第にかたりけり。まづ、其すけと申わつはしを。川に打こみ捨たる事は。六十一年以前の事。それがしはことし丁六十にて。未生以前の事なれども。親どもの」二十四オ 因果はなしを。よく〳〵聞覚へたり。此度御弔なされたるかさねが実父、さきの与右衛門。やもめにて在し時。他村より妻をめとる。その女房男子一人つれきたれり。その子の形は、めつかいて、てつかいで。びつこにて候ひしを。与右衛門がいふやう。かくのごとくのかたわもの。養育して何かせん。急で誰にもくれよ、といへば。母親のいふやうは。親だてにあきし此子をば。たれの人かめくまんや、といへば。与右衛門か云様、扨はその方、共に出て行、と。折〻せめて云けるゆへ。母親が思ふやう。子を捨るふちはあれ共。身を捨る藪なしとて。只今かれが申通り、かてつみにつれ行、松原の土手より。川中へなげこみ。夫とにかくと語れは。与右衛門」二十四ウ もうちうなづき。それこそ女のはたらきよ、とて。中よく月日を送りしが。終に其年懐妊し。翌年娘を平産す。取あげ、そだて見てあれば。めつかい、てつかい、ちんばにて。おとこ女は替れども。姿は同しかたわもの。むかしの因果は手洗の縁をめぐると聞しが、今の因果は針の先をめぐるぞや、と。親ともの一ツはなしにいたせしを。たしかによく聞覚へたり。さてそのかたわ娘は、先与右衛門が実子なるゆへに。すてもやらて養育し。先度の霊魂かさねとは。此かたわ娘の事なるぞや。さて此かさね成長し。両親も死果て。孤となりしを。代ゝ百姓の家をつぶさしとて。親名主のあ」二十五オ われみにて。今の与右衛門に入むこさせて置給ひしが。終に与右衛門が手にかゝり。かのかさねも此絹川に沈み果しは、是も因果のむくひならん、と思ひ合せて見る時は。今の与右衛門もさのみはにくき事あらし、と。すすりなきをしながら。いと明白にかたれば。聞居たる人ゝも。みな尤と感しつゝ、各ゝなみだをながしけり。さて、此八右衛門がはなしにて。かさねが年の数と。すけが川へながされし。年代を考れば。先助が川のみくづと成しは慶長十七年壬子に当れり。また、かさねが年の数は。三十五の秋の中半。絹川にて殺されしとは見へたり。さて、八右衛門が物語畢て。祐天和尚きく」二十五ウ に向てのたまはく。汝すけがさいごの由来。つぶさにもつて聞届たり。尓るに、今菊に取付事。何ゆへ有てきたるぞや、と。きく息の下にて答るやう。累が成仏したるを見て、我も浦山しく思ひ来れり、と。和尚此よし聞し召、名主に向てのたまふは。これは人ゝの。ふしんをはらさんためなれば。我が問ふことばと、助が答る挨拶を。一ゝにふれたまへ、とあれば。名主、御尤と立あがり。大音声にて。先のごとく。云つたへければ、近くも遠くも一同に。声をあげてぞ泣にける。さて、其次に問たまふは。六十一年の間、何くいか成所に在て。何たるくげんをうけし、とあれば。助がいわく。川の中にて昼夜水をくろふて居申たり、と。又」二十六オ 此通りを名主ことはれば。若きもの共のさゝやくは、さてはこのわつはしは。霊山寺渕に年来住なる川伯ぞや。雨のそぼ降れば。川浪にさかふて。松原の土手にあがり、身をなぐる風情して。なきさけぶ有様を折〳〵見てしものを、とて。みな口〻にぞつぶやきける。さて、其次に祐天和尚問たまはく。しからば今朝より人〻の尋る時。右の通りを述ずして。何とてみな〳〵に。機遣をさせけるぞ、と。助答へていわく。さいふたればとて、たすけてくるゝ人あらじと思ひ。せんなきまゝにかたらず、と云へば。又此趣を先のごとく呼わる時。みなことわりとぞうけにけり。さて和尚問たまわく、しからばわれ本願の威力を頼み」二十六ウ 汝をたすけにきたりつゝ。いろ〳〵にどふ時。何とてものをいわさるや、と。助答へていわく、たすからふと思ふたれば。余りうれしさのまゝに。何とも物が申されぬを。むたひに引つめ給ひし、とあれば。其時和尚もふかくになみだをながしたまへば。名主年寄を始として。遠くも近くも、みな一同に声をあげ。なげき渡りしそのひゞき。天地もさらに感動し、草木までも哀嘆すとぞ見へにけり。これぞ誠に弥陀本願の威力を以て。父子相迎して大会に入り。一則六道のくげんを問給へば。宿命通の悟りにて。一〳〵昔を語る中に。地獄の劇苦隙なくして久しく。鬼畜は苦報おもくしていやしく。人間には八苦の煙」二十七オ たへず。天上には五衰の露乾かず。すべて三界皆苦なれば。何くかやすき処あらん、と。心憂げに申す時。弥陀を始めたてまつり。恒沙塵数の大衆達まで。皆一同になげき憐みたまふらんも。此会の儀式に替らじ、思ひ合て見る時は。其折のあはれさを、いか成ふでにかつくされん。さて、和尚やゝよく泣き給ひて。いざ成仏とげさせんと。名主方より料紙を取寄。単刀真入と戒名し。庄右衛門に仰せ付られ。西のはしらに押付んとて。起ツ時。前後左右に並居たる者共。一同にいふやうは。それよ〳〵庄右衛門殿。かのわつはしが袖にすがりゆくは、と云時。和尚を始め。名主年寄も。これ」二十七ウは、とおもひ見給へば。日もくれがたの事なるに。五六歳成わらんべ。影のごとくにちらり〳〵とひらめいて。今書たまへる戒名に。取付とぞ見へける。其時和尚不覚に十念したまへば。むらかり居たる老若男女。みな一同に南無阿弥陀仏と。唱ふる声の内に。四方の景色を見渡せば。何とは知らず、光りかゝやき。木ゞの梢にうつろふは。宝樹宝林と詠められ。人ゝの有様は。皆金色のよそほひにて。仏面菩薩形と変じ、木にのぼり居たる。おのこどもは。諸天影向の姿かとぞ見えけるとなん。是ぞ仏智の構ふなる。当所極楽とは聞へたり、さて此景色をおかむもの。名主年寄」二十八オを始め。其座にあつまる老若男女、百余人とこそ聞へけれ。其時、和尚戒名に向て。心中にきせいしたまはく、理屋性貞も単刀真入も。此菊が徳により。成仏したまふ事なれば。かならず此もの、命を守り。諸人のうたがひを散じ給へ、と。ふかく頼。十念廻向畢て。いそぎ寮に帰り給へば。同寮の人ゝ。心許なく待居られしが。いそぎたち向ひ。何事候や。おぼつかなく候に、と申せば、和尚いと心よげにて、かゝる事の有しそや。戒名は書置しぞ。心あらば諷経せよ、と仰らるれば。皆人ゝ感じあひつゝ。老たる、若き所化衆。思ひ〳〵に諷経にこそは行れにけり。さてまた、祐天和尚は。いそぎ近所の医」二十八ウ者をよびよせ。菊が療治をたのみ給へば、いしや、かしこまつていそぎ羽生村に行き。菊が脈をうかゞひ。すなはち、かへつて和尚に申やう。かれが脈の正体なく候へば。中〳〵療治はかなひ申さず。そのゆへ、くすりをもあたへず。罷帰り候、といへば。祐天和尚聞給ひ。何をかいふらん。菊が命をば。我諸仏へたのみおき。そのうへ単刀真入などへ能〳〵やくそくし置し物おと。思召しからば是非なし。其薬箱を開き、益気湯を七ふく調合し。我にあたへ給へ、とあれば。畏て候とて。すなはち調合して参らせ、御いとま申て帰られたり。和尚其跡にて、いそぎかの薬をせんじ給ひ。一番ばかりを持参にて。其夜中に羽生へ」二十九オ行き。きくにあたへたまひつゝ、名主年寄にたのみ置き。

寮に帰らせたまひしが。跡にて段〱薬をあたへ、あくる廿日に成しかば。益気湯二ふくにて。菊が気分本復して。次第にひふも調ひけり

菊が剃髪停止の事

去程に今度の助が霊病も頓而本復し。菊たつしやに成ければ。与右衛門、金五郎もろ共に。名主年寄かたへ行き。先此間の礼をのべ、さて、菊が願ふやう。我をば尼になして給われ。其故はいつぞやも申通り。極楽にて御僧様の仰せに、汝はしやばに帰りたらば、名を妙槃とつゐて。魚鳥を喰はで、よく念仏を申せ、とに」二十九ウて候ひしか。とてもの事にいづれも様の。御言葉をそへられ。祐天和尚様の御弟子になしてたまはれ、といへば。名主も年寄も実に是は尤也。よくこそ望みたれ、とて。すなはち此者共を引つれ弘経寺へ参りつゝ、まづ祐天和尚の寮にさんじ。此間の御礼をのべ。さて、きくが願ひのしゆつけを乞求る時。和尚のたまはく。菊が剃髪の事、さら〱もつて無用也。其故は。菊よく聞け。汝此度累と助が怨霊に取付れしゆへ、それ成与右衛門も金五郎も。世にたぐひなき苦労を受しなり。その上に、又その方出家せば。いよ〱二人の者に苦をかけんか。自今以後は其の身もそくさいにて。与右衛門」三十オにも孝をつくし。夫にも能したがひ。現世も安穏にくらし。後生には極楽へ参らんと思ひ。ずいぶん念仏をわするな、と。いとねんごろにしめしたまへば。其時に菊、名主年寄に向て申やう。只何とぞ御訴訟なされ、わらわを出家させてたべ、とぞ願ひける。時に両人詞をそろへ。和尚に向て又申やう。只今の仰せ御尤に候。さりながら親と夫と二人の事は。我ゝ何とぞ才覚仕り、いか様成よめをもむかへ。金五郎にあわせ候ひて。与右衛門をば介抱させ候はん。さて菊をば比丘尼に仕。少庵をもむすびあたへ、村中の斎坊主と定め申度候。其故は羽生村の者ども。年来因果の」三十ウ道理をも。わきまへず。邪見放逸にくらし候所に。此度菊が徳により。みな〱善心を起し、昼夜後世のいとなみを仕る事。これはひ

とへに此娘の大恩にて候へば。いかにも、かれが願ひのまゝに。剃髪なされ候はゝ。我〻の報恩と存じ奉らん、などゝ。詞をつくして申ける時、和尚のたまわく。あゝ事くどし、何といふ共。我は剃髪させざるに、先〻方丈へも礼にあがり。十念をもうけ候へ、と。寮をせりたて給へば。人〻是非なく畏て候、とて、すなはち方丈に罷出。両役者を以て申上れば。みな〳〵召出され。十念さづけたまひて。さて方丈の仰せには。菊よ、かまへて〳〵地獄極楽をわすれず。よく念仏して」三十一ォ後世たすかれ。さて〳〵名誉の女哉、と有し時。名主其御詞に取付申上るは。尊意のごとく、菊も何とぞ念仏相続のため、比丘尼を願ひ候故。拙者共も、かやう〳〵まで。祐天和尚へ申入候へ共。何と思召やらん、一円御承引なく候。あわれ願は尊前の御意を以て。菊が剃髪の儀仰渡され候はゝ、かたじけなくこそ候はめ、と申上れば。方丈つく〳〵聞しめされ仰せらるゝは。いか様、冥土より妙槃といふ名まて付来りしものを。出家無用といふは。何とぞ彼ものゝ所存あるらんか、とかく。此事におゐては、我がいろふ所にあらず、たゞ祐天次第にせよ、と仰せらるゝ時。みな〳〵畏て」三十一ゥ御前を立さり。又、顕誉上人の寮に来りて。名主和尚に向て申やう。只今、方丈様にて。きくが出家の事申上候へば。あなたにも御不審げに仰られ候。何とて剃髪をゆるしたまわず候や。御所存いかに、と尋ぬれば。和尚のたまはく。此者を俗におき。子孫もながくつゞくならば。末の世までのよき見せしめ、永代の利益、何事か是にしかん、と有ければ。名主が云やう。近比憚り多き申事に候へ共。只今の仰せは。ひとへに貴僧、私の御料簡、さし当ては。きくをめぐみ給はず。別しては、仏菩薩の仰せを背き給ふ所有。そのゆへは、すでに菊浄土にまいりし時」三十二ォ菩薩僧の仰にて、比丘尼の名まで下されしを、御もどきあそばさんや。是非〳〵出家させられ候へ、といへば。和尚打わらひたまひ。其方は、りくつを以て我をいゝふせんとな。いでさらば具さに返答すべきぞや。先さし当て菊をふびんに思ふゆへ。われ出家をゆるさぬなり。其子細は在家は在家のわざあり。出家は出家のわざあり。跡前しらぬ若輩者、修しもならはぬ比丘尼のわざ。いとふびんの事也。又、当来の成仏は、もとより在家出家によらず。願生西方の心にて。念仏だに申せば他力本願のふしぎゆへ。十則十生疑」三十二ウ ひなし。さてまた、浄土の菩薩の告により尼になれとの仰せをそむくとは。これもつともいたむ所也。去ながら、それは大かた時にしたかつて。菩薩方便の教化にもやあるらん。我がおさゆる心は。三世常住の仏勅によつて当るぞ、其故は。すでに此女、三毒具足の凡夫。散乱麁動の女人なり。いかでか常住の心あらん。縦ひ、一度いか成ふしぎの利益に預るとも。業事いまだ成弁せず。何ぞ不退の人ならん。しからば比丘尼修行。はなはだ以ておぼつかなし。その上、此菊剃髪して。袈裟衣を着しつゝ。此や彼こと徘徊せば。隣郷他郷の人までも。是ぞ地獄」三十三オ 極楽を。直に見たる。お比丘尼様よ。ありがたの人やとて。敬ひほめそやされば。本より愚痴の女人成ゆへ。我身のほどをもかゑり見ず。鼻の下ほゝめいて。あらぬ事をも。いゝちらし。少ゝ地獄極楽にて。見ぬ事までのうそをつき。人の心をとろかし、信施はかず〲身につみて。富貴栄花にくらすならば、厭離の心は出まじぞや。たま〲後世を思ふ時は。我が身一たび極楽へ参り。菩薩達に直に約束し置ぬれは。往生に疑ひなしと。後の世おそるゝ心もなく。三毒の引にまかせ。身のゆたかなるまゝに。けだい破戒の者ともなり。慚愧懺悔」三十三ウ の心もなくは。決定堕獄の人と成べし。此事、猶も疑はゝ、現に世間の人を見よ。或は、富士山、湯殿山、其外白山、立山などにて地獄や極楽の有様を。此身ながらて見し者も。家に帰りてほど経れば、いつの間にか忘れはて、あらぬ心も起りつゝ。地獄の業をも造るぞや。是も三毒具足ゆへ。定めなき凡夫の習ひ也。いわれぬ出家を好みつゝ。破戒念仏の機となりて、下中品に降らんより、在家十悪の念仏にて。下上品に昇りたまへ。かならず〲お菊どの。比丘尼好みをしたまふな、と。いとねんごろに教へ給へば。名主年寄を始として皆ゝ道理につめられ、菊が比丘尼はやめてけり。尓ば、せめての御事に、血脈なり共。授け」三十四オ給へ、とあれば。それは尤とて。すなはち方丈へ仰上られ。不生妙槃と道号をそへ下され。本の身がらを改めず、念仏相続せしが。累が怨念はれし故にや。其年より次第に。田畑も実のり。家も段〻にさかへ。子共も二人までもふけ。今に安全とぞ聞へける

右、此助が怨霊も同じ菊に取つき、あまつさへ先の累が成仏まで云顕せる事なれば、先問にそへて終に一具となさんと思ひ、顕誉上人直の御物語を再三聴聞仕り、其外羽生村の者共の咄しをも粗聞合せ、書記す者ならし

元禄三年午十一月廿三日

本石町三丁目山形屋吉兵衛開板」三十四ウ

女訓抄

（古活字版、寛永十四年三月刊、中巻欠、上下巻二冊存、柳沢昌紀氏所蔵）〈影印〉

（上巻　表紙）

女訓抄序

はしめてん地うんちやうよりさんやのゆきわけごりの
おうくれうろくげうふぎもんゐうにいたる迄子
をたりふ乃ふ海よりにといふ事なし夫れ聖人乃
きく法ハ色のうちのくんで恋いてきてのび乃ため
にかをこがしふやうかうれされをいやけるに子を
おしこそまうもやの中ほかおんかよふれ侍らハこ恋
思ひてあの内はなくこ志てよ乃ひらじハ世のわりの程
をたられ女のかく耶しみちらのとなしれいきをを
このりすゞめうつゞりにまむつらしめり候色をうく
婦まハとくをひをくんきう抄うしていふやしげる
物をかうちハこれを女れ共書きしをちのにさ候為し
いさんやんとしてりめてうお後のおしんちうるに

（上巻　一オ）

たゞのおんはそうくそうてんはそてんはちん十二ゐんに
乃へやちりゝ乃まゝをけのちうなこんをまおん三
十一字をあらはしきむし党今さきことにぶんくは
ゐきはといへ此思ひあれなしうはへまよをきてみそれ
うちをれのりかゝ里やう屋く於と後へ若れむされ本
とみ遠於こすゑわはよりよくひ六十に成とひとわ
の子を海うけいりたり禮らとも又奉りう三たう乃かな
ふミ残そなへ奉らずとかまわり老乃いれちおしりく
け遠をけうらん残きてた成までのおのこあけ遠そ
せめて思ひのせわなるまゝにきやうくうあるへまよ
あとをりをり紀ねりんともまさ又蛍雪(けいせつ)れてうあさ
くしで学れうゝをそことのすいるましきか那本り
あひみれためにうちをを法師のこふあてに拙思ひ

（上巻　一ウ）

を絶代にのこさんことをよろこひみさるをはうてあれ
らくどをおさむる王位名をまつごいのとくを太子
にゆづりへ給ふしやうらんたえまろどんあまりんい
りかてからは孫んの国よひをまうしふしつ世され
へまし仏法のもよおしにはまろせてをしへおくまつり
世人は上中下三つのしなあり上こんの人をはをしへ哉
まされしてさと御中こんの人をはをしへにしたかひ
てしる下こんのものはをしへ御礼にさとらぬときく
上らなることもをしにをよりは下ぐることをいふあはひ
時中こんなることてはりまなびてかなされをし
上ちかきところ縁にふかくいますはしるへからは
又下をきるとも縁さし孫んあるとも仏元法をし
ふり貴事は縁と説まへ女乃为としてしく

（上巻　二オ）

さしあたるよるまづやだいのくるしみをまぬかれ
あらりして世にしづかなる人にともかりんかのうち
ふせよと見ゆりのさく物をはなるゝ縁をえ侍せん
いろはこれまつり本をなさをうけさせくにおなし
みふきりさかをとくふよりてさうる事をえさせ給さ
のはしれよりきだためさるにおほれおもひあまるを
あと慕乃うらにそのなりゝうちゆる事なりらん
やうのうへひめむきにんれひさかく秋をまうし思
ふも孫らまずいかけなきおとハこくひやくれ二劫
をまられまへにふみいふ孫かゆふしけせいちやうせん
ふ侍ねてそれあと積りしく思ひいてん時かれあり
ごれやしるまもとめ出してめやさく見えきんとてこ
こゝけなきかう那まのきおく覧をかつけゝ女訓抄と云

（上巻　二ウ）

第一四たう八くの事　第二ふしやう三しうのこと
第三あいしへつりやうの事　第四しとよしやうのうち
の事　第五ちんごいをおさむへき事　第六三心
くんをたゝふへき事　第七とゝまれましきところへよき
事　第八けいのふあるへき事　第九こゝけれ心ほ
まいのこと　第十でしやうぜんしやうのこと

抑まつ四たうといふハてんたう、しやうハうらく
たうかへうたうしやうゑうせけしめ乃しやうたうとまさ三
くハをむしやうこしき国ぶんくにせうめつし
しんほうねんくにうつるうつれはうほうハ一心
として法こりわはましき二法ましうちやくして
いほをふさひかまへよ事なき悔よへふよ心く
てんかう空といふ也次みらくたうといふそらくと名

はかう人うつとこさおごそつ城えさむきこささち給を
城えさいしきんそくきうだ志さい金玉綾絹とう
をそそれらか西極楽と申人法之志乃まえをまりち
たりしいぬを人氏さめみうそのまへ妻子きんそくハ
ゑしやちやう里乃あとりわか様れわの様ちろい急を
わうくそのためにや極楽ハり人里て刹那しこ空
なるうりをむしすして極楽と思ふを同よひあ堂
次み於さうといふハおおんに王様なかしてわ堂
とすこいふをらやくしてわ堂とおのふ越して我と
思ふへこ比わん婦ハむしいら以滿うおをけざして
志うさ乃志うちんみのくして六乃心ちやうにぞんゑ
こ於あひさの様くのかくちに生滿くたひあとに
わの弟と於りふ志うちんみのしあ所ときれひさう

（上巻　三ウ）

ちんの八まんごうれいれらに生まれてわが身と思ひし
時もありきあるときはあしきに生まれ女となりしる
女ゆふれ身とむまれて我と思ひし時もあまたりく
のらく乃身にそをおりふしやうぢんのつくようふを
いふ也次にしやうたうといふそんの身れさうとなすき
事一さいの衆生ぶいにもちさうら大りんの水を
わつくあつぬれきよくゐへにせんたんをたゞよく
らんもともをかうはしり家ましきあるまうくれとくの
身にちやくしてきよし也思ふにゆよひせあま達をや
たうとむべし次ありし八くといふを八つれくあるそれ
八つ苦といふハらうをびやうくしやうくをさしあま達を
生老病死乃くるしみとふちみあひなれ里くおん扱う
ごすぐぬとく苦でしやうおん苦あらせて八苦と云へ

（上巻　四オ）

らしめれハしやうくとえハ生るゝ時乃くるしミちくちく
のしやくびやく二りのいん和合してたいないにうり
やどりて二百七十日に生まるゝ時母子ともにくを
うくる事たん死たん苦うこさん婦乃くるしミハ
かくいふハりこ十ゐのおんてんにのおいくをいはき
まいらうしのかもをもじくをと説れ中にあひ入ぶ
よりもたえりさくしてむまるゝ事はなしめてあく
老ハくなる刹那しく苦なくせきやくしやうらう
とてぜん生苦乃事ハりのどもさゝあかわをつあてと云也
次ぬらうくと云ハやしよゑて　一　しんなん
しんを三十二にしてらしめて白きりを二もてたひ
ふりをらうくれらしめともよそひさりんなる
さんをゆのしく男をもよくやうくやし乃つをる

（上巻　四ウ）

ふしさうひとあふるはあなたさへハうときておはし
うハあらくありちのけう務ねまをいろく縁をしく
むかう世ぬまハしをおもふこ私のあるりまさつるめ
よそくすちハこハくしてあしは縁いまなくをしく
なましあしをみくまて昔のかましまかはさハくわ
くひなくましとどうひをとがり思うりはるかこへ
ら縁く白うりしそハきだみうけわちるしお孫の
うへみうハをりのこまてをと縁へたてねまをたち
ぬにはぬてもくるしく日うすはをわうきなるまの
にいよくやさなるみなし老乃孫ありたやくさめ
てよ縁を乃こしあしうこ乃こ恋しくりすゑとてを
りあのまれをおをまるしこあ縁たやまれ事たひより
わくの乃か那しこをおしされをあるをひとのあり　そんを

（上巻　五オ）

桜それちりゝひくを鞭可ひらく乃こんといふなれ
みち隔りふかり　たゞのこまの前に　ありくみつ
君をはよせまし世の中みな可ひをいせりん人し
あけまゆえみをつきよぬかいそくむりしをあいらくの
はかやりなる君りく悪可里むい隔ハりふこみ行ら
ふまふる桜さなをあまゆ里を忘いしらまゆ可桜う
忘くたひれりふかしみふてすくをりさ張くしくうし
次まひやうをといふハやすのみれりうあくらうしこ
小　一二　みさうといふりのはりりんちんひたい
ちんあまえたとんをくさ木の鞭のとくりんのさう
をち衛三月まうの方ハひりしかゝちを木いろを行
そしあちたんへをせしまれこれとうのちんれ清うハ
夜三月まうをすれハこかみりくちを次いろをありし

（上巻　五ウ）

あちきひハめすしきるさにとうにひれはうハ四きよの
どようにようにかたハちうようかふちをはちいろそ
きなるあちきひハあましにまとうにもんのさうハ
あさ三月ようにすハあしかさちハつきをハ志らし
なちきひをつゝしきれにとうにだんれはうをふゆ
三月ようにすをきるくこちをみをきく[illegible]しなち
きひをきハをゆーかやうにふみわうりくふさハ[illegible]
たをりわうさうーしきうらうとてどこさみきるうひ
はうこくさう[illegible]はるあひくみさうのうちり二
さうゝかうにまつらひあるま一さうをまはくへんぶ
はうをにきところなーゆひ一をいるめをはうもん
みをあーむを四百四びやう四[illegible]に百一病はくある
ゆへにいゝこなきさ月日をハつにすふきくといふを

上　六

（上巻　六オ）

死にけるときさのくるしみあるまじしやうだやひつめけとて
しやうかはりのいのちならん志はらくひのつかなし
くはへ一や百やひやうこかあけまてたんまつ候
のぐとそか一段きつく病身をせめくさうしとくくを
なからんして右仏をてあはれんとは念たえさ候時
の病志ほひくるしいりんやちやうとて念之心
あはいう霧ぬ達をらもにめけすこやうをもとより立
つるいれちあて心付をつきさうを死とも臨終のちれ
たいをうくれぬしめて六道やしやうめぐりて又第の
くきちをりそせとも念を作くれハくくは心付ある乃
いのちされ後のひあれをいめあるくハたえかさく候
へまて次第あひ為にいまくをいとおもし身りのふ
わのはくあるくかしきれやいをおもしある子共乃これ

（上巻　六ウ）

さうもくもよめたのもしむすめくんはうひよきもん
そくしやうしやれむしやうきんむすめそうそんハしか
あまたなりしへてあしまかしき人やそわりの作くなる
むすこ一りにあらハねやハあまたどのはえにすの極
まて秘のりしき余を一でれり紀里あるなりひあれハ
あひ嘆るをさ花しかためしある女子ハとしまさりそく
りのみづいをでもまとゝもらう世う始ちやうれあけき
はりみみさいれしうひらうまてん里乃ちまさりあれはうえ
のそしなるわりの稽ありて琴ことのおん絃酒れともをたわく
あとの思ひてふなものまろハのとまれそれぬしを
見んことさりきこしやちやう里のなりひあれハあふりの
をさくめてわりあくこゝをいわ也次におん技うこく
空いふハうしこをなしてくくきふなる事一りよ

（上巻　七オ）

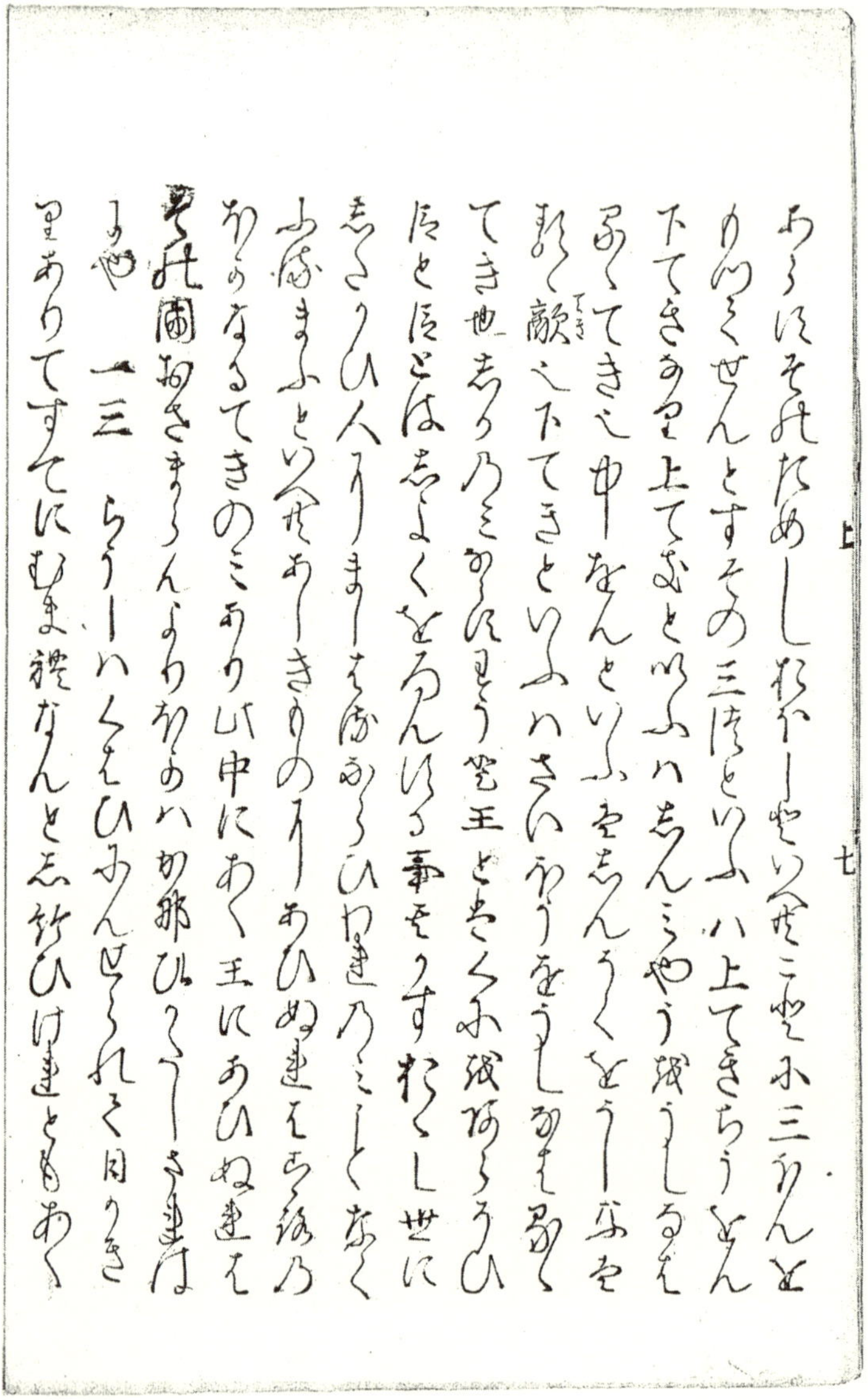

あるハそれためしなかりし也といへりこゝに又三かんと
いふくせんとすその三国といふハ上てきらうたん
下てきあり上てきといふハちんこうやう[illegible]
[illegible]てき之中なんといふを[illegible]
[illegible]敵（てき）之下てきといふハ[illegible]
てき也[illegible]王と[illegible]
[illegible]事をつす[illegible]し世に
[illegible]ひ人ありまし[illegible]
[illegible]あしきものあり[illegible]
[illegible]なるてきのこあり此中にあく王にあひぬまへを
[illegible]国おさまりん[illegible]
[illegible]　一三　らう[illegible]
[illegible]ありてすてに[illegible]

（上巻　七ウ）

けうに生禮あるしとてなにのうちに八才孫んおい
備しくれけう同うきよしおひくのちみせまおひ
うまれなにのうちみてなくなにみ歳のおひめあまを
あり子といりんとすまいなくなんの老人といりん
定まれそい夜むまれさわされそらうしやいなんとて
なひ業る子とうけ里志ん乃志くけう乃らんをのう
まそ家うさんにまなしきんおんをとうゐんあう
さりふ孫く里せん家う乃くけうこう乃回志ん見を
家うさんの中くうとかつくゐんれよ中きたいあう
なうなんあいさんりかくふ志うの代よきなくい
志内をせい志申やうさんみりく親漢れけいくけう
をこていさんみくれふおみ命あまおん様うなくれ
たえかくさきゆんへ次にぐ如とくといふをめとむま

（上巻　八オ）

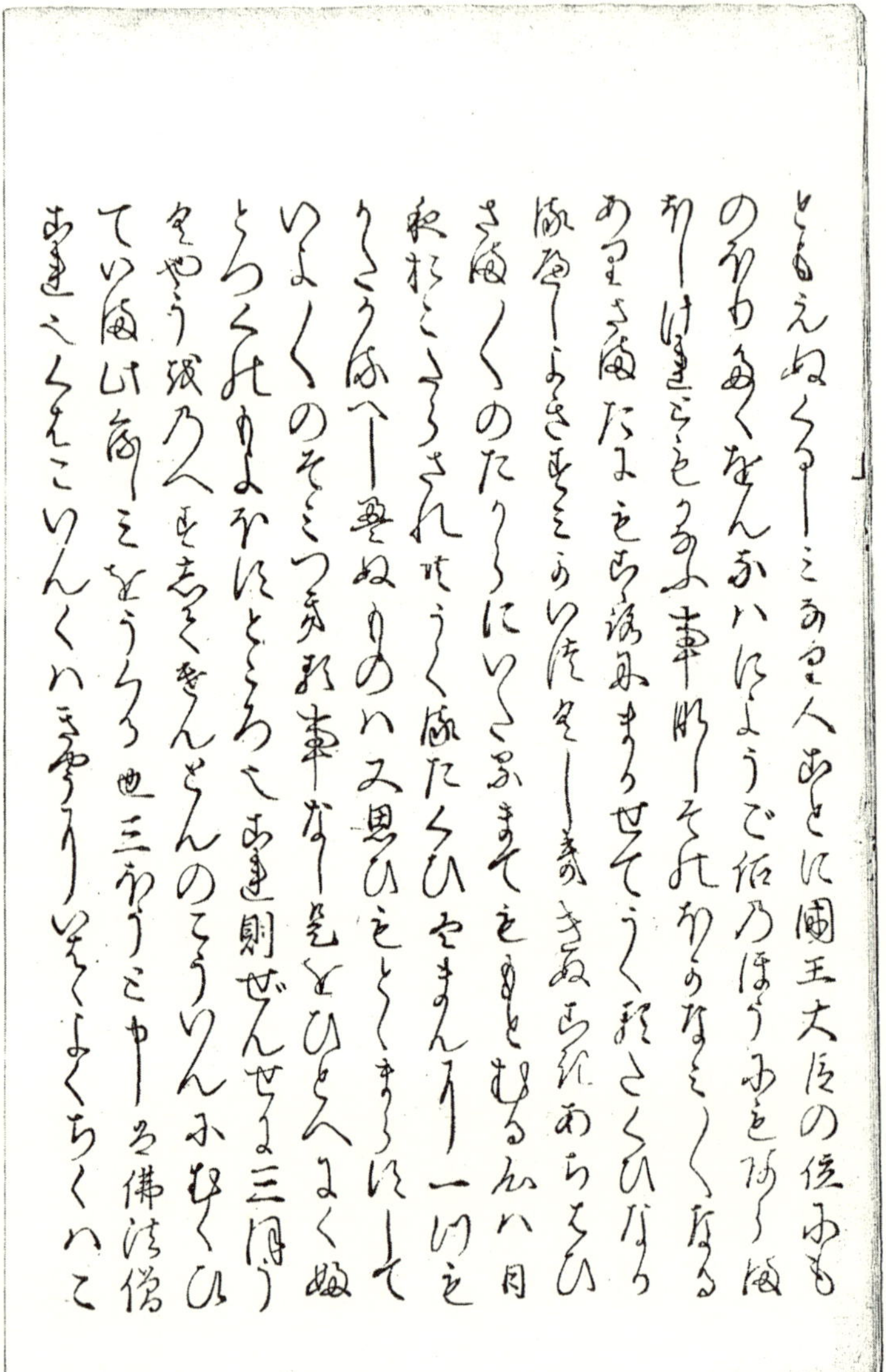

（上巻　八ウ）

りんぎんでぐんさいくハよく知らるハこれハくんで
くんさいりんあのんをくもこれいんを志らんと思
ちくそれくんさいハのくハ後見よこらひれくいを志
らんとおもちてそれくんさいれいんをみよといふ
かの堂海上にちうしぶか那され乃世れくとく
あけまえ山世りしまいしき男と生まれ今みぜん
もんをせすハみらいふとりかしくはへまをや次お
父母うをんく堂いふを男よろはのうまいくをたれ
お堂父をんるいもやう乃いり提為れハ力に心迷心に
はねこのゐくのく彼なれやたいまうつれかふち
ふて事としてまつりしくれといふうけなし此
男れう世さうんかとハくるしこをたゆへうつ次心
あくんおとハうれへをう務へうつれ此男といふを

上　九

（上巻　九オ）

ふ法法のたるしこをあつめて法く道理あまたに
やまと仏法の事也しては侍りしかれと天竺
なしいさみハ我のよりきくらんすいしんぶんに
なれともわけきをよそよるまて明したかれうち
よりおこりたりふとへをあしよ法ことひあまたれなれ
ほうみにさけりくらし為て原こにわつりふてとれいな
つまのとしこうんおやうのよろこひをてちやうのり那
ちやうなまはそれ又く人へまそかさとなる為し人君に
あの一みをぬつほうけ切那しみ也とみをかく也を
ほハ里ある也又ねんのなれところれ身ゝの為し也
をみんくんの八をと申しあり

第二又ちやう三ちやうの事

女人につきまて此たるしこあり又ちやうといふ也

（上巻　九ウ）

又いくれは八里也三しうといふを三つのしたかひ
あるはしめ又五しやうといふハ一つにはほんてん王
なりえす二つにはたいしやくとなりえす三つにはまわうと
なりえす四つにはてんりんしやうわうとなりえす五つには仏
となりえすかけさやにかんしふりかへし紀ふたいしやく
王なる故ハみやうなんの梅りにくらされすかんてん
しやうとなる故をいはゝかんてうしやうくゆるさる
わうせうかんしほんぬれくこゑのそかまえかんしやう
となる故を六よくてんの魔をそえていにてん
りんしやう王となる故ハしたかれりん王れの据ことを
く那りけとなる故をりんをとれまれて
おほくのはゝにてなる三しうと云をおさ
めまたくさをおやにしたかひおつにはおとこ

上

（上巻　十オ）

にしたかひやしよりぬまでも子にしたかふところなり
おさなきときはおやを心にまかせしまでをのかまん
ともれてふけうのとがをかうむらんなるとなる
おとうふにしたかふはをとこをさるゆゑなり
らうのときは子にしたかふはをたつるゆゑなりとそ
かれそれをみちのさまにかなふへししたかふるにこの
三したうことよく／＼こゝろえて一ごをくらさんにおなじく
なかれにさいはひさきをくはしくしよしを仏ほうにしたかへ
めてはんもへし　二一　まつおさな時よりや
しくうふをんのなき事あんをなしちくよりを
春をえなくふかきよくをえさころのうちに九月
ひきれうへに二三ねんしやねのむしろをくらし
ふしまゐを見せさりてはくへらまゐちくゝもは

（上巻　十ウ）

なにせ紀といふ名称をえうるゆへ也ちゝはおんの
山のたかき事をしゆみせんにたとへはゝのおんの深き
事をこくかいにたとへたりしゆみせんといふ山を
水のうへのたかさ八まんゆしゆん也一ゆしゆんといふは四
のみちや十里あるひは六十里や十里を八まんまでかさねて
たかさにたとへ父の事をたとへりそのきはめやこくは
といふをひろくふかきうみとしゆみせんにたとへけり
そこも八万れうすにくされこういやそこのふかさを
りきりをしらずあまりにたとへ父はたかくはおもむかし
さいはひはかんの中にはニらんのおんをくみたり二
しんれるにをたかくのおもむかりしかいへりけやなん
かいふハ一ゆしゆんをいふちうもニゆはちくたく三ゆしゆん
おちきおぞみやゆをあまたくおやいとふところ一

（上巻　十一オ）

上　十一

ゆゑ天地乃恩二にはこくわうのおん三にハぶもの
おん四にハしゆじやうのおんなり天ちのおんと申
ハ日月世ハしゆをまもりますれわきまへをてらしてご
くうのふ地ハちくさんらうらだんおりましてしゆ
じやうをそだて給ふ国王のおんと申ハこくこのおん
草木までハくさにいたるまて国土のおんになれと
いふ事明〻父母のおんと申ハさきにしるす所之
しゆじやうのおんと申ハしゆじやうといふさいくん
ぞくハ三がいまたゝのひとのおんとうふむうにといふ
事なしそれ中ニ女りのおんをうけまなし是を
わうざいりのハ万のとくとうふむまそてはぬみだやう
どふむまゐくしはうきぬりのハまさてひしきまみ
きこつきてちくくふおんつふし　二二　さいてんちく

（上巻　十一ウ）

にゐけうといふ国ありまつしき女あるさとにたくを
取しなふかさし孫ちく也わかおとろへて孫ハごく
まんに母よりあはれみあひさらさんと云や病承りて
なをも木孫ひ孫ひてたえてになめせんとはるかの国
のしやうりう志竹ひくらさんにきやうくうありけるの
女を見竹ふにてんくふあらひなをきびちんあるさとをて
あひしあひこみの山に入てふゆん孫とひ竹ふかたく
のためまたきさ木をひろうよしこゑ人名れいさしくめて
たきりの世とてそれ国の里をとしめてたるまふ
のせてくるあひおきかふそらまてい侍き竹ふ事
あくひ附しなんあくるびちんとはの孫うたうに
あと世けうやうのちゝ孫さしふるきにあわれて天の
あをまことをすきあふ成之みたくゆふと云りのあり

（上巻　十二オ）

上　十二

そのたくみをして子孫うる事たひしくせされねそ
いましめなく事なしそれによてい悔なき事ハ
要は出いふらくゆふこたへてくわつく出はまれ
ときさハうちのひしはえとみうり志としつを清なれ
わりわにおりしましては余をみてのか顔へすゑず
よ後こひしく今うら外ふはえ撰うしても也志こ
ちん西くは御也し乃はをわ清ちからのよたくなるを
あひぬるおとを志てまていけいくおとつれやとも
見るならんとつ那しく学してみくさとあらんけまいハ
たくときさまみくおそ聴よ思ひてそれのちうさはと
いんまたてへらんと云人たてをえりみをやしみんハ
父母のたく死て後をなをちり悲しくそ本ふそかゝうち
とおくまてあさ女ノ抄のむ事いきるわしとなれ

（上巻　十二ウ）

よしめつらしきもののごとを身づからそなへ給をかれ
めとあらせける女房達をそ給ひておほけなの御事八幡菩
薩あとにかれもくさうをうちくきそへ参りては
らん御かりて見をかへるにかなし給事ゆきを那し女房達
ちからしをよりにゆのしるけをゆうありめてたへ
みや給ふあるをとそめてきこえたり此ゆへに今も
おやにしたしまれたてまつることにそあてきこゆ　二三
又孟宗といふ人はおやははやうの志たつる時たゝん
なる孫のひとみは十二月の事なれはいふよしもなく
さむかりし雪はうちにふけのたゆしふみけ給ひとも
あるへきなくゆもたかう孫はもとめ侍くてむかあふき
てかなしむところに雪のうちより出てさかりのたかん
なをひいて参り女房達をゆうりておやゝを事かへり常う

（上巻　十三オ）

やうのんけしゆかきなみてん乃けうさへたまふ之
二つ　みかどすいちくを中しまふひんちやあり
りのちくさけよりおりの中をあのむ東　なしきつ禮
ともあひんみしてうハ里なし日あとみけめ川をと
いゑりは於ゑう山に入くたき木をきりくう四ゑて酒
をつふくちくふのきせ久保にあはと飯や雨をふこ
くけし堂るあとよりさけきれいそてけ分をすはこひ
てちく残おふてゆ爺てあま近を於りふれとれのませ
なり山東天下みなひ後うゐ久於國王みゆきあゑさく
はらんあ私みたあしきくなきありくく文事之とて
くふを孫りわけ分と也　二又　又あハ國ふくをもい
きよといふ人ちくを御しあひく孫んはある久保う
ちう〱つ飯てわう子をうしあひくちく残くをきん

（上巻　十三ウ）

とて山へ子をあひぐしてゆきてあなをほりて子供
うづまんとしけるに女か郷し見て子供わりの道なかり
おしけくともにや夜ハいりて子供よくへそいける里
久宗りちく室あな成か源女ハ子のなかりけり供おしきこ
て一とさきを経ハたやと思ひて今すあしはあ成あり
給へあさくハ乃ちふけざる母くひらゝさんをあさ
まし空いひくれそ祢みふつくかり久宗ふれとにりまし
か夜をほり出し久成けうれしさふ子をうつまんか
をわすき道しくり夜やうて久りたくをゆくりふ成し
みひ子をとうしかもさわ久わちんたいもつふを夜
かにうけてはへてそこかひ成かしさ成をくうの始
かさ子をさてみちをほこかひ名をあうたいふあけ
て世のとくを祢つりけハくうり乃ありわといへ里

（上巻　十四オ）

此ことハおやれまをくたいふんことはにいてのなるす
くさふてりむまきんすゝんとことはくるしき思ひて
うミをとしみきハちんさいをたつたまふ人にちの
いにしてむまのるまえよにかやさくうれしく物をと
おもたせさはをけうやうれはしめとはる世おとか
ちく成てくち忘をさと里をありちん念うにしてつへる
人さく人ふかや光られけ成ありりのれりわとにあまた
らせこをかおれのためふちそやくわは乗かれ花ちく
てのおとふれやのことはを位にくおもりにへきを
りいくかうのみ命とくなるへーいりんや命て力の
をよえんしくにれやのめいをそむりんりのたそれ
おかちはぶなし　二六　されゆふおうといふりのハ
ちくはうらたりしくハいての法ちきてつてその君を

（上巻　十四ウ）

さきのきんぼといふものハ母とめ皇しのきさいたや
きこゆるてを羽淑をうされんぼかうれとのをしよぼへ
かさつにすてらせ給そてまつりいき世多る程ハまさとひ
わかくしすまれハむかんぢこくにわちくい徒界事
なしくうりくれ人ハらん后うなさいなんのかまら
ごしやう中のほう后う浅ふとひそし佛のきおやの里
らとも身ハ里乃くのふまんかためふをちくまりなう
やうをいふにも一　二七　けうやうあいてくちく
ちくたつにとぶとも子のいてすけんハある
へんにこい人里あのんをおやをいふかひなく子ハ
いかしをともちくハちくうつかし生い人里又ちくを
よのひかりのそし里ありともとも子をいかふとおやを
あしらへなさむかし世あてをなうくんにの那いは

（上巻　十五オ）

ともかうしんてもまとうしき事をいゆしかくさむ
へなくせめうしやうぶんまうれ二しれやうふそなへき
あまみしうとめはうなんをわかおやにましきを
ちのふへうれわかたやのまたを御まりんよきを
すあしとなりふへきあひさめこゑれおやよわきを
あんあならにきしなをえゆへなあましうとにぶほう
てうなきいわかおとこかうろのはうにかさはゐし
うつのとがをむきん地らくにおちなん事いさいし
さうんやたんへくおやにそむきてふうふなうそ
らくらくのむかへあかへうれとしおもしすこ
てもおうやうのんさしなうをみさのらへうけ
ありかうん事うさうひかしとかえへ一二よ男子
しさうふへなく事それ人るの八くれうかしこはうを

（上巻　十五ウ）

すゑしてんごくのあけきんしやうのみたれ二佛
ふたのみありによ人の一ごの大事ハさんしやうに
三しやうのうちゆゑ　二八　おとこにしたかふみち
よりおやにくるしみハいかけなきにくさをおや
にしたかふ事をおんあひのかなしみそはめに
子どもをくへり見るあひくのちにまりしたかふせは
をかしおんのむくひあれハもとよりかはへま事そ
くしやうおとこにしたかふとくともりをわきまへ
しるれハやし月ぬをくりてうひくしをしまて
らまなそないとはしにろうふうしたえまるに
のとくよはうくさをかくあをかきとくあまうんおとい
よ流ほの人にあかつりくさとなるとくかなたこえのこ
のくるれおと里にきもて　とさくさんほぬにきりうく孫

(上巻　十六オ)

を聖人のすくきにはゞからぬがまん事うきらひなし
はくしなまんをよにあらはへこれ女人をにくけさうく
しく力をおくゆのをそへさいたひをてんにまうせ
くまにほうをうんみよせくにをむけれうちにおさめ
弟をちやのうちふうくにあしもしめてのそまん男
をはたとひいみし紀志もらんある堂はおもてかくは
事前の達海してそれ志さのすいあと乃わお之
をしいれちはみともなりんおとこなんきんそくの
とくいやしくとも思ひおかはるすなすの礼あ達則
たのぶおとこさゝふかはあられなくへゆらんす
深いなしむ世いやしきおとことこのむすめをほしに
たいわをこゝんいるゆへへいゝしき人といふいしも
らんとひとしきぬくひなるゆへいやしき男といふ

上　十六

（上巻　十六ウ）

きさきとひとしき人之　二九　むかしのみかとしら
とさなる時とうのおとはなつされといふりんりん
きりハいふよりひさしき楊貴妃にかしらとなるを
ねうんをよりかへしとうもゆくしくねとき給ひの
御代はかまりねと感ふうんを志うるへうつれをやう
に女ハなをこしく池ねとこゆもたくひなくおもわせ
なきさいたひなる色しあまたりのかしら髪なるり
としも髪よろしく赤く心感まひるとりけなふら感
色しおもろう小あまよくしくかる海たくたちらる
へしたちらせハあかいつう逆ましある女わか志う乃
あとむ殊のけらうにむ人そうけりハれさ逆ぬたえ
ま志ぬさいひ名残の貴里なくおもひと
たのくらをかみてうをせん初よらけれ一よみて

（上巻　十七オ）

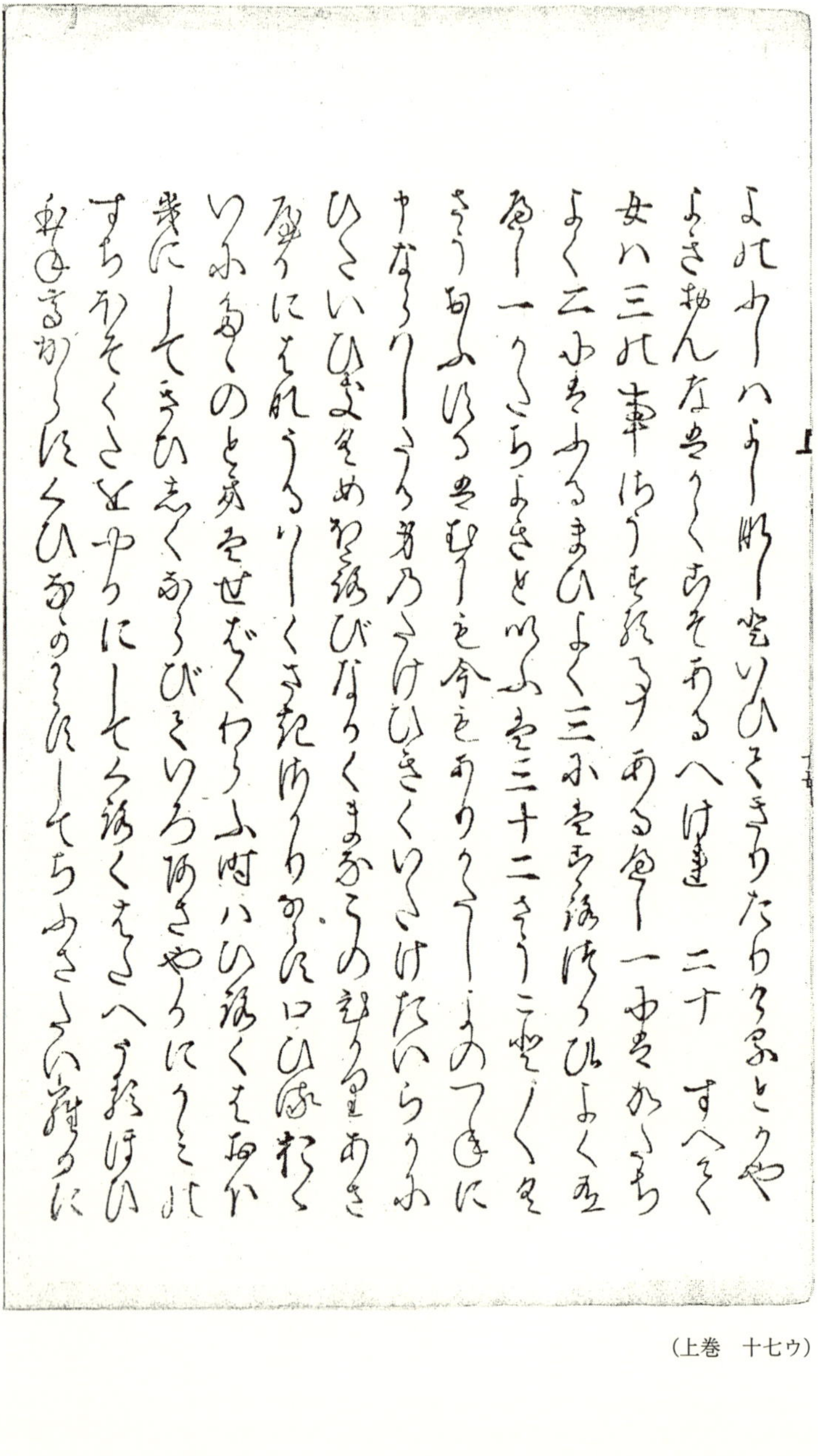

（上巻　十七ウ）

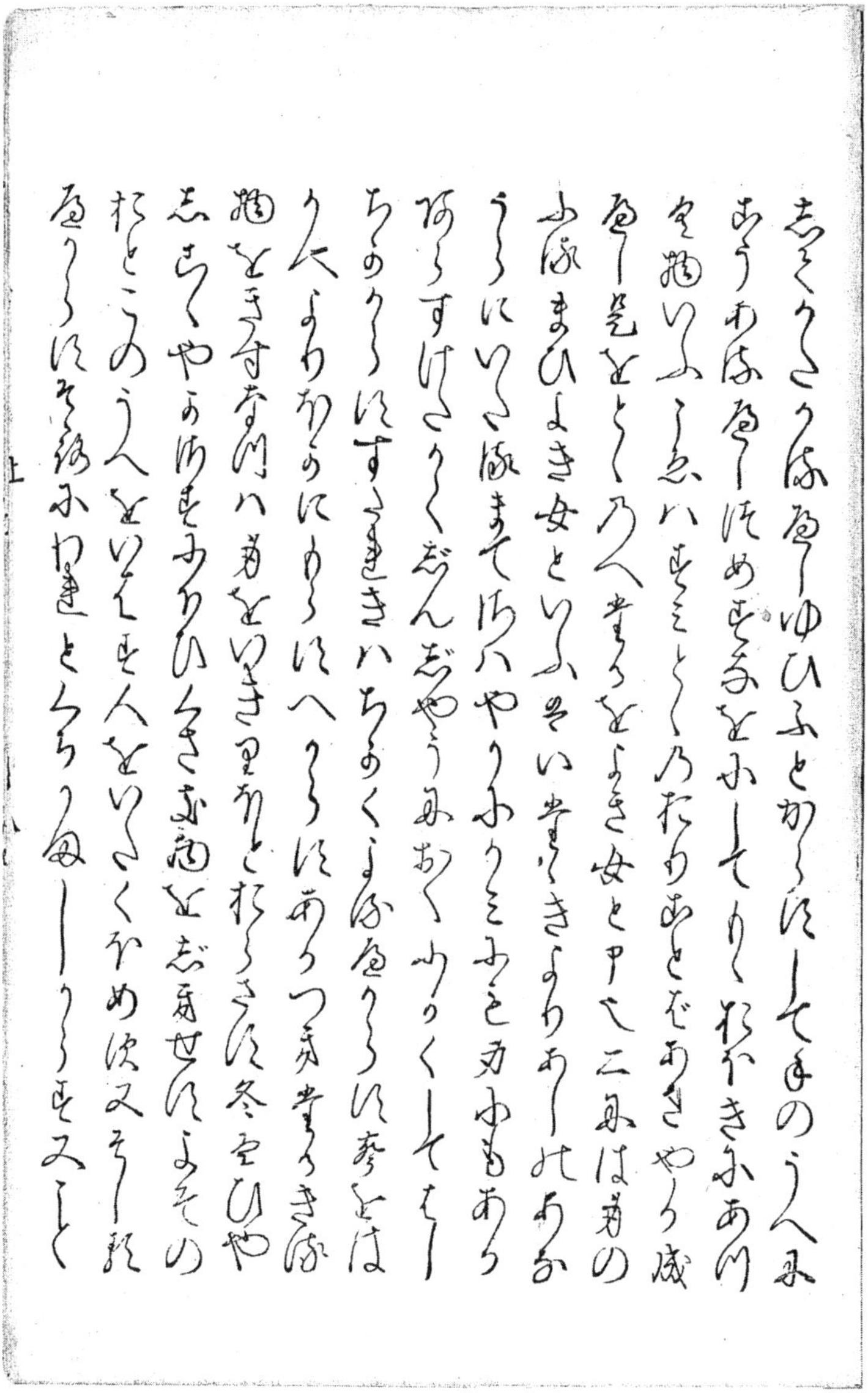
しかくくるしくはなしゆひふとかくにしてものうへに
あらわはなしにためしをかしてりくおなきにあり
きぬいふつるハまことくろおりあとでおさやう成
なし色をとく乃へ也ろをよき女と申て二あはすの
小袖まひよき女といふそい也てきよりあしれあな
うつにいつる袖まてにハやりふうこふと力ゆもあら
なうすけさうくだんだやうみおく小りくしてもし
ちのうつにすまきいちのくよはなうつに参とは
うんよりかのにわうにへうつにあらつ身也ろきは
袖をきすなり川ハ男をいさ里なとおうさに冬をひや
しらてやみ河をみうひくさむ商とだ身せによその
おとこのうへをいいもん人をいさくおめ次又そう説
なりつにそ給ふわきとくちのかしりうしそみこしく

（上巻　十八オ）

のかのにしめ里はくろいはれたりしきすゆえうらみ
らひく孫にきはめて禮なる事也是しはひてさくおす
まうせてそこはハやうにあはへしわひなき事にも
あまりしてぬりかなるをかのしくんかうしされそりし
ある陰んありけれ色しさまはとそうかをあらめて
ゆひしそふへきれおとこれ大事とせんしくまいは
わりかの大事といはぬなむ色しあしさゆえ男よりも
されにおきて夕八に是修身にを色しおきてはやう
おうのいしてたのこまりん孫孫をふそんしまる色し
ちんあれきんごのりは中是ささひ乃くをおき流
事なしねん里をめうおうの家にたふくゆうの月
記りる里まれといふりんおあふきてもおきうりまし
きみハ三かうえうやまいてもみおそおへぬよハ孫娘也

（上巻　十八ウ）

こんじやうよりごしやうまでいふところハ佛法之よふ
せうよりらうたいにいたるまで我のこ孫かくへだて
きしんつかまつる女人へみぬさんかぎりのひとく/\
よろく弟乃あうりうをはくしめいきくさむりのよろづを
しなすさりのくさしやいふ事ありこの女縁ハあり
りのくさ記物をはく志めて人のはかにいふ/\あるま
かれゆゑ物もひさくとたくゝの家ところあれかる
まひハあさましき事をするなり女ハうまそあれ所
まくを人や見るらんきくらんとようじん肝かくなり
なり　二十一　ある人のひめ君二人ありけるにあまり
ちらいゑの物さひしぶ所よあれまりぬけるをさうり
あつかり家男をうつれまそ後に世の中乃母縁かわ
さうふたくをそあるまきけるか此所へこちよりかくと所

（上巻　十九オ）

ひさしより見候に十七八の女見え候一人十六七と
見え候一人十五六と見えて一人はそれ内にはと
なしきひめ君はいひ候をきのく為て今何すり
おもしめしきんわりの物をさきしの酒はよりうん
女あるきおりのと盃うんと云をつ為のひめ君わう
ちゝあめは是しこけ乃あるうくこう里哉おりひさみ
おさみ紀姫きこりのをいりはいりまくくとなひく
とひ給へと何事を思ひは侍為しらと覚しはあまぢ
ちそぬまぢ宿るゝ花乃きちふさけふちむの花たよを
形し女はひくうちなこさくてうんにうちむさぬ
あひ乃様をさ夜う誇那しれや乃事乃ゝ思ひおもは
なんめ里とみえさくよに抱あてまゝに見え候為りて
たちよしうんと思ひけまゝけるおうる侍くましうんと

（上巻　十九ウ）

思ひくらべぬをわしきりのたのしみのひつ一くう
まくりそめいはくよりはなくうらをさく梅りぬ色
をひしきて見んるにあかれ猶りさう里おもはまし
さ海しくにいはし色とし乃人くもさ乃花にみとめを
ひく秋人さわあけてみ色ハ酒あり秋猶にてきの
花あゆれすしへ色を見るに人をきりしや思ひつる
にあさましともいふもり里なしさ海れしに萩の花
のぬしハつの人みさいあひしてり紀里なき事へ
あ孫二人ハ色なたよわりそてんのまうにあわつ身て
久わひ海そてん丹あわよ海ハり人ふ見てみと云
事海しくなるり那や三小仏性りひよくて初とこ
に見ゆへ文事するあ多かふちむま礼つ身あれハよきを
わしきを左縦法にかよりに小海まひをもとよ重さ

（上巻　二十オ）

はやり也人は猶んはみなほくろけすにたとやうふ
しるく将ゐなるゝ心をわにしるさうふやうなしてそむ
けある事乃こ於くしけけうくんのうんおんめあし呂
是にはんハくさちあれ様ふそよくをあるをおしなを
なるりのこ　二十二　けおんぎやうふいぞくさんうい
ゆひ一心しんけむなけあうしんねんぎしゆだやう
せさんむしやなけとの人於ん里けんハさんうんを
まうす一しんにあのになちのはうなしんとほとあと
をよびしゆだうとけ三をまつあくしやなけなしこ
力をたわゆしくに力をねとなんをうんぶとなるを
ゐ乃わよかれところ世よさ様とかめらくも仔しな
なりのとそしらでもゐ之　二十三　心は師さきく成
ともこ心を師とせされといふ事な師となるもてし是

（上巻　二十ウ）

なるを仏に成へしといふときハあるにかゝる迷也
もろ／＼を見えされハ外見えされハ又一心より起る之
仏を師とせす迷と云事はかしき事を思ひわけ附よし
なすき仏の那是ふ志をうひおもひあきらか成事をうれ
君をたちなんいかほとの迷かと思ひうへに心あるかた
是教志と世よと也心乃師となる迷といふハあくしを
思ひ至らぬへくハいふよりひとつ仏の那ぶたうし
ゆるしく思ひおろそましき事也といましむる也を
心乃師といふ之　二十四　女乃心をかへる事
水にたとへハうつハ水を随器なる物にいるゝ迷之随様く
成りくなる物にいるまゝハうくに成事之わり弟女
と生まれつき性あるをあらたむるの中にいんやうあり
いんを水に文をなしかぶち水之女をあまたをうく

（上巻　二十一オ）

とかくゐに女をきさきのまんところと云へ又水は土のうへ成
ゆへに月まいとて月ことにけいくわありやうきみの
うちをはとこへはしまへ下るかならす火といろ
をあらしひれ柄の下に成をもつて水乃きさき成
ゆへにめあきらめ不残もつて水のくらき成てらに
女のきさき成男はあたくむるすハ女のたよりあれ
とは男のをこくむあとりわ也又男ハ天ふりきさ不
女を地ふりきとる天は柄やう成をもつて地のさ
むきさ残あたくめ天よりあめふりくさを地よりも草木
れひあらかいとく男のなをくさして女ハ子をうむ
事はあとりわへは心をふくく心えて男にそむく
事ある八かは故さいといふハなんによへ故は字
をハさくと読へさいの字をハひやしと読へ男ハ

（上巻　二十一ウ）

めをもてくミ女ハ男にひとしくあるべしといふを
おとこれなにちゝのふ悔しむすゝ女ハかなもせいすし
をあなにようてめてあくあまい徳成事をあり
二十又　里婦なんといふハりんりう此佑み成のひ
むいめけなき时ハうけたのく色々語をりとちくミ
同をわくをれさのくいきさくさき志くはうゑ家く女
はかをみさく也かやうに忘るれ我身乃うきてしまき
事報恩ひとめて心信を出してねんれいやく里う
ゑんを二十一日まうでのひしのゑはしむすめ女ハ
ひきうへくいかくしき姿にあまくさむい亦ハりう
はしをなる事ちらせんこん此ところもも語く
あまちくもんしうこもたをやうにして天下にあらひ
あれびんにあまもをありちうん此婦でくいの佑と成く

（上巻　二十二オ）

上　廿二

てうあひ日本にしらさひまさりし一たひ人〻みき
き人の教をかきふけ二きひく人〻見れハ人の国を
うさふくといふ人〻ありせいと云すけよしこわう
女一人いみしきにもおろかにしん衛ひ一門こあてう
おんにやうりめてたくさうへまうしつるに一ごを
うさ里のは車あれハやまひれとこそふしてそてに
かきりになる時うんの姫ていのはあけおほさうに
しらく今一夜はさいめんたきよしきんし候けまし
はなうしてとちぬ給りしされしん衛い一めんさし
よるよく此世し月の法ねさしあさうにしてあふさい
ごふなちりをおし之今一たひはたいめん給せんし
とくしてまいりてうそむ女の子へまとけうろん
ありしれ里姫しんこ人〻の法をくやまみうゐり

（上巻　二十二ゥ）

まわなくおもはるゝにいるゝ事はもろくかなふち
いゑしをあるましゆへゝされともんふい一りんに雲く
まゆりのハいはふにたえれは今やすひれとこれにかし三川ミ
まはなすりゝ川り人て見くるしき事りさまれ
はあるまさはを見てまる抱おもかりのか里し清ん流し
をはさくあるまわりなくおもしめさまし思ひをはな
後てくなきりをおもしくおもかしくめはまし女ぬおもし
なたのしめさまはをあれあと跡志はひ付ふ事ある
あるこはあれ給を志のひ後りはをわりの一りんハてで
くゝ付ふ事をまハこはあてまりあいせんいなまし
ことき法後しく家をのきまとわ家かてなりりん給
まをたのしめしあみわりもんふいをもくり見付ふ
あしといひて法ねにてのあく成にくり悔しくにい

上　廿三

（上巻　二十三オ）

仏たく人そちくのりん後世をとくさ乃拝り里乃法あち逆
みたえ決初那しこれおまりにてんおん菩提たさなすさ
人のうけれ見ゆることいふ二世たろをたのみてうれ
あうと豊の世街ひをを秋ふけ人志つまゝとはのを
身をおもうけ見えたれり紀里あれ清思ひいよく
絵すりのかくち我ゑふうく世そ釈女済らんじまり
里ふちんさつそりん王乃思ひと云きは淡あけるの
仏な依へしかやうにんちく人いうしきふよりて後れ
よまてをちのりき縁ひたゑ提りしいりんやおなし
在にありなうくうと後まん事出まく仏のためところ
なるゑし　二十六　又りんごに流くしやいふのの
あとれ上手を琴をひきさ後してうゐ身うれきよる
とりんしして六人の天人あまくくるそまひあうひて

（上巻　二十三ゥ）

のちにそのく天にむまるゝゆへをうくるにある天
人ゝけるにハわきまへなし女人ふかしらさ男の心にそむ
かハぬ事なし其をとくによりて天だうにむまれ
たりと也天よりむまるゝくるしみをうくる事ハ
かハぜんごんまつたくしくあるひハぞくいぜんこんを
しるし佛法ぢやうもんのちからによりて生るゝにある
男の心にそむかひそてんに生まるゝハぜんこんの
ことく女はらしあつまりてこゝろもよくにあとりわ
あさ心をしめらさんハ又まゝやうふかなし
かは為しまゝやうとさそふりち佛法ぢやうもんの
ねさひへりめてかむなしかは〜まぐ　二十七　そう
らくにていちよとゆふ女ありかは天下にびぜんし
わかうしくよりあひとゝもなへ其男りいさしかる

（上巻　二十四オ）

ちよりは年月ををくりけるにかくされなかひすく
いみしきすをおもしめして帝王より召して后に
たてらるゝさま迄はていちよいつしむすにおもりにさく
わり男乃こゝひ志ゐひさつゆそうり色國王よりなひき
なりにさまはとてをうちんなくわさわ中しへよに
はりて孫ハさそ乃こすあし給ふれとにいりくしてよ
むをとるへきといふ事をくさやせん事ありけるに
ちんの中ぶれ女子ハ后れようにもさうひなわ孫ハ
ぬハまとれ男のならり我思ひ給ふ所之のまとれ
男のうかのうハををきくかさちを隔してちんを
わさしてむさ記ふ見世ならんみさきめておとろき
思ひく見うとうんのふ色しさうんにゆわくそいのく
うえさうひなわ給ぬさうんとうんうへ中給ふこの

（上巻　二十四ウ）

彼故ふ夜しとそうの男乃かたはうしを聖ちきてちらん
のまへ歩わさしてむさうれよ見世なりて後かうとて
山よりきたる井のうれ井に志川めでたのちい後思ひ
きり給へとりの男乃すくさうとましをあまたくたる
みつりまいりぬ給りり心にと後なるてうんたよくまた
へまゐ今をすさうひなきをおほせあるをなをてんちよ
ちやう後しとに今を云みゆひかくあるをにうなりや
けをほしをもとめし井のもとへま捨なくし捨へ
て後二夜をなみるとひうれたをかをてくいちよ彼
うりの井の為へくしなわてゆかれうなまわまた方
みうく成をてぬるにとうみ那しやたえへよくうくなく
志うくうれ井ふとひ入みうかはよしようにをうし
うれ人をお後してかつむあまへまゐよしおほせくる

（上巻　二十五オ）

うらみるまとめけ道とも何も聞しかれそこよりゐ一
はうひあくなそふかしその事ことてまう見よ添
らんじくゑふみうれ男をおもんやうと成ていらよをめ
やうと成くらをまうらくはりおもんとわのまれより
はうを我出しきさつて国王乃くひときるをりさり
うれとわ今のわし見ゆおしふつるきてとてある事
はゆへ之こ世ふよの為よるをちきりかうきりの也
ていちよ二ふにとらうすこいふそうの世とりわく
かやうに心さし深うらん女をいいのおしんねとこ
ふあ猶うふ思ふへまやさとひと我さう成男あうけ
んなりくを見ろ為しとおかいゆゑ乃あわ　二十八
わはねとこめ我さひしめくめうし紀女我おくきか
くあまずあしを哉にうけうろきしまをふくして目

（上巻　二十五ウ）

くすりをのゆゑけふにあきれ秋乃菊のなみをつゆ
ちぎりを摘と絹まではあらしなふに麻のこゝろくすりに
やさしく名れ　わきまへをしりなきてそ人にこひらまし
今こそよそに参乃こは浅けかやうに志おひ変まて
おいじしは堪なしれ男きてておさりなくめて襟に
学てて久りまとりしれ心かく志うくまさに久り男
の仏さゝまうはしてうつ織仏をおもちいゝ念れめ
をせんさいのかれ乃こうしいふゝ色ひつ勇ゝまとをも
あさ夕おはるめをおと法の便種になしゆふちよを
こよしれ志うれ花のもし山みちをまけく見る種に
如く撥を男もしこそゆきうふ乃をいて孫きひしを
志く弟よ法の税りのうくなるまゝに哀ぢへさそれ
除く仏おきて為ち悔りてまう在乃花をみまいめて

上

（上巻　二十六オ）

あく女にくるしみ成仏ましけりのせんさいの花にあそひ
堂々はなし実ありひとめいしよれはかをわきなく
かやうにめつらしきゆふちよをおもひたゝはふかく
はし悦いためし強くおもひて家にめされんさひしめ
浅海にすふらよのおもひとをおとらりさかく仏の内
まちてあそひ衆人様に仏をうけとて座ともにこれを
今ハくれよりしと地え疏いろしろふとす事と申く
りまあそくそと能そろしをおもひぬ事をけうさむ能菊往
物海させて家にさらり人申て見ませいつくくせんと男
といふりしかし見ぬれよしあくをうちの事にかす掲
物那と思ひさとめてえひ成久所心あるへりなそれ
ときさをまさ法して男のかの仏あまたをとてりからう
あつめて人めとまゝくすしていよくう実海してき成

てあそのくわりの事あまたの後苑ちりぬるふしてたえ
なそなん事くやしかれやうかうん時そしとに心
役三門めて清く／＼こあんすかしあは人こうしふ
清さまわく／＼りんして女房さとふ久り久家に家
つとめ一句きろけ給て男をうしにいれくぜんつうし七
かこめぐり六女　にもよせ三ゆひ大とくちゑと　此んを
されハ七あやこうし給へ六波ゆき志かそ紀くりの
三ゆひ事をおかいなるちゑをす給といふ事也さ
女役所さ女あんりうに　二に　次よあしむ女定云
売男のふけ共のくうしらおれ我にいそきとかて
うこすちおちくひさいたゝのくかかみおもくさおれ
をしてめくかこちかさ紀ゆりふてにびわうそく
たこ後りふをとゝうひ女とくのとれ部の只たのをくひ

（上巻　二十七オ）

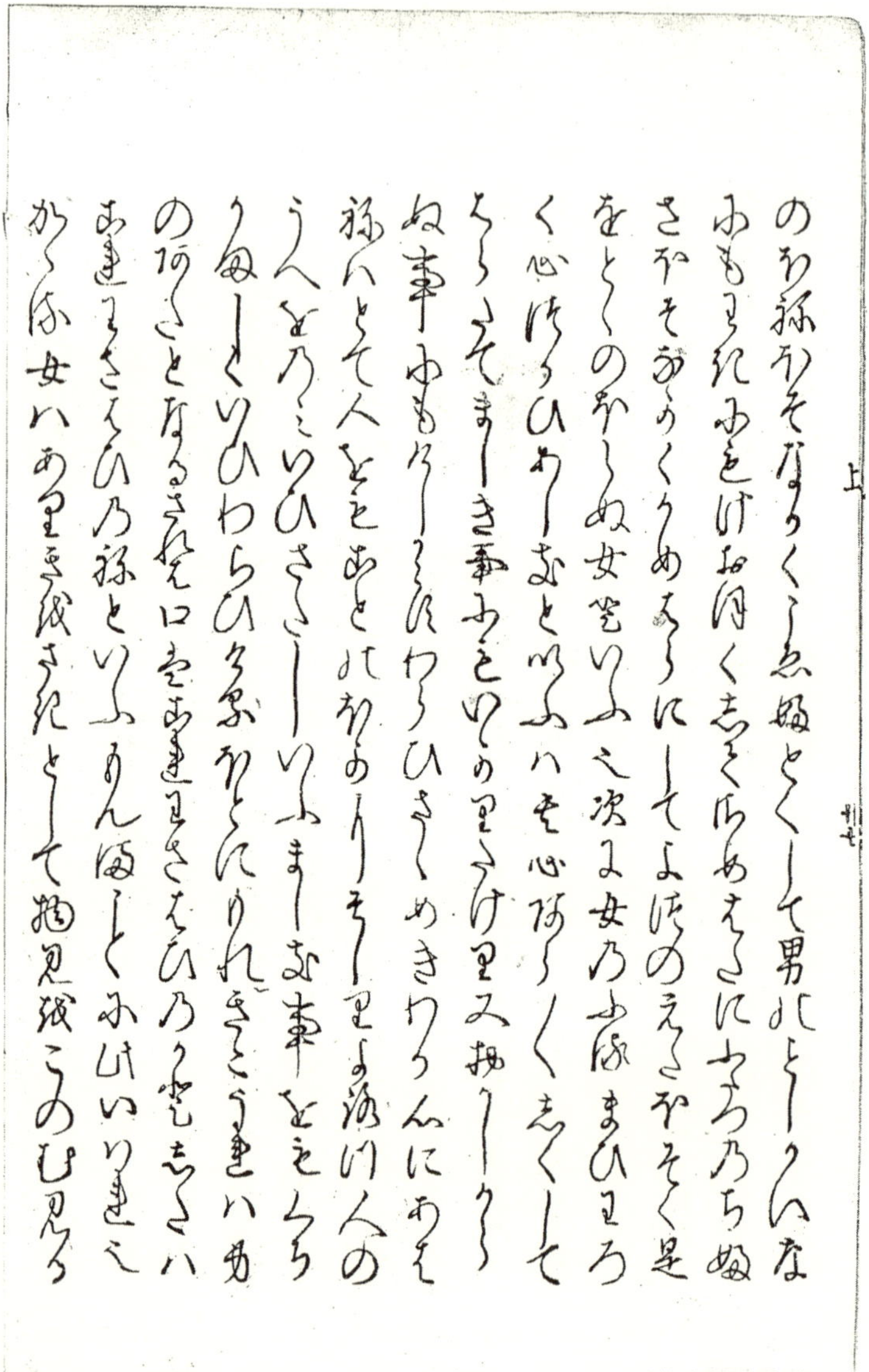

（上巻　二十七ウ）

事なくるゆへいゑんのこゝめて男はとかへ人こゝろ
遂ハてハいのちハへちらまりてもたまにうかゝをさし
つけて人を見るわざに人又是を乃こ里かく見る也
大こゝろまてたのわかひして人よこゝろをきかせたや
とおもへ里いかゝりぬるをうくほくよしみて見
ゑんと浅かけ志ゆうをさうしたさうむゆん也ふくとめ堂
あうまたハをなし志るときにとはまさえひ誠なれと云
めんをこれはおやさけ乃ミて男のいゑれお綴かる
事をとりくわ里見れはよいみて禮わりの男乃たちをと
志らすゆのゐ私のとくなりうさ協まつに男よおひ
てハそゝうさうひして志也川志のう包りうわたれ
女と里に男の法の達等のたわかしをき志られまう
男乃あさいうゝまつに人れう忘ゐる事を志るれ口

（上巻　二十八オ）

きくかやにあさでかなしくよ所の事成ふ程に
おなしき男をよとるかやうれ女中きうひはる
もなく婚までをみるまひらかまろし一はなになる
みのうまれとし妻かやうにおんなといふ字成二つ
くさてりしはしとよむ之姦かやうふ三字くさてハ
うなびきしとよむ之嫐かやうふ書く孫さむと積也
かやうに女乃あ川まきよ婦成れハよさるゝ事明しと
いふ世女ハかくの外人ふところふ二つをもれなりくれ
こゝろはふかくむなはぶをありさるかきもれやかと
よなくのけてくれたるさへうち敵仏を目にくふ
思てさゝまゝにまや川の世ゟり水よりくこと思るか
しゝし候にくをなく人成まつるハはるよりかりの
事をなし男乃家にもちなりくよ所の男を思ひ

（上巻　二十八ウ）

をのけゆく心をしらぬうしろよりおしもよくしてうらの
まじなしてあまりけるをしのぶとすまじきはしいまさく
すてらるゝ事おとり人のすかなく見きゝてまた男
にあひてくれ〳〵うちにあまりおとこのいやおしく
そこなはれし男のゆうなはれしなどゝくいひけるハくし
こゝろをしらぬよはをそくらまじめのうきことをしる
をしるゝ男よりいろをたしなみてひんをいやしくはくろう
ともうしほめみなかくあるゆゑ天のおふゆゑとぞ
あはへまじ　二十一　むかしみの国にさうぶんと云
人ありしをおうまんにおくつてそうろうにくさけぎ
を二つおつきくさりはうふんとあそれ国みゆく事
まさりまてにいてくらどさめれなどり〳〵しそて
くさまていそくわまでかなるまきてみえ事也しかのを

（上巻　二十九オ）

上　廿九

あはへ一錢のたくをしまてことを二つみまわてをく
ためしためちの男にありん時ハうのうしみのま禮わりの
をもへとひきそはりてさわまにくハたはためしわ禮女
をわきれくためちハめ様をかりん時あまりをちうる
ところハかさわ道をひくりてなんちの鏡よりたく
祇ためしとちのひくりに禮のかふちあのよ皇二つ
みまてうさわまをめみをしせくはめハうちわり
ひてやりふくり男あそくりちりのめやくそくをちん
てひそりふためち八男もしとつむくはらさめりきち
くはところハうさわ禮の事く見かさてむとありく
とび御気そさう姫んのかくさわまにくきりわくわ
きさいゆしきこゑを天りふくれなくして女乃たち
なろりまたくわりの事し時男八あとをそりろしめく

（上巻　二十九ウ）

わうひんか事のちにてう称しをうひなりきゝすか
ちんしうせいきにさりたりとなん　二九二
又一てうれゐんの成帝の時てうひえんのゐゐたう皇后といふ
はうみんありてんかにならひなきさう人之りのへ
ゆきてふみちにちちんかのむすめのせうといふ人も
八ぢうになれせんにすてゆきあひけるにみちゆてよひ
かへしてこれをなやうし宮中はうみんすくはし
かやうのすゑたくりまいらせくらまとも こうやうかれ
ためかの中也はゐんを捨たまれうちに会うせんりん
ちうようのさうありくしをさし給んと云むすめのせう
ねところきいてのやうのいれまゐしてかのかはゐしと
中世は身かとあてゝも大事とおもいさんたりうりの
さい一残さいりはおろしてきゝとうはへまいりすを

上　三十

（上巻　三十オ）

あるゐしとやいときゝにゆきてあそびけるとてひ
ほうのもろこそ大事と思ひくはしとてうかまさを
さしたけくいはらさんとしけるによぬし見えてくさ
うちくらむよみもされしたよりへてあちなれ矢
をいるゆへまたところも覚えにしてそしもとまなる
とかにきたいまいもおし思ひけるむれねくいなる
うちちふよりてるまでうちゐみくいてふうさへ引
もうちくはかちたりあやまさにこれやうのめでい
と見しでうはでにいさそにたりあさましきなんせ
いふもる事いそききりしまよまでみえいめをいひ
うひあくしふうれよりかしはうはこりうちの
なつきていそたなをあけくえまいらけ七尺もりま
なるおうしのあしのうさな見ぬくさめちて人よしぞ

（上巻　三十ウ）

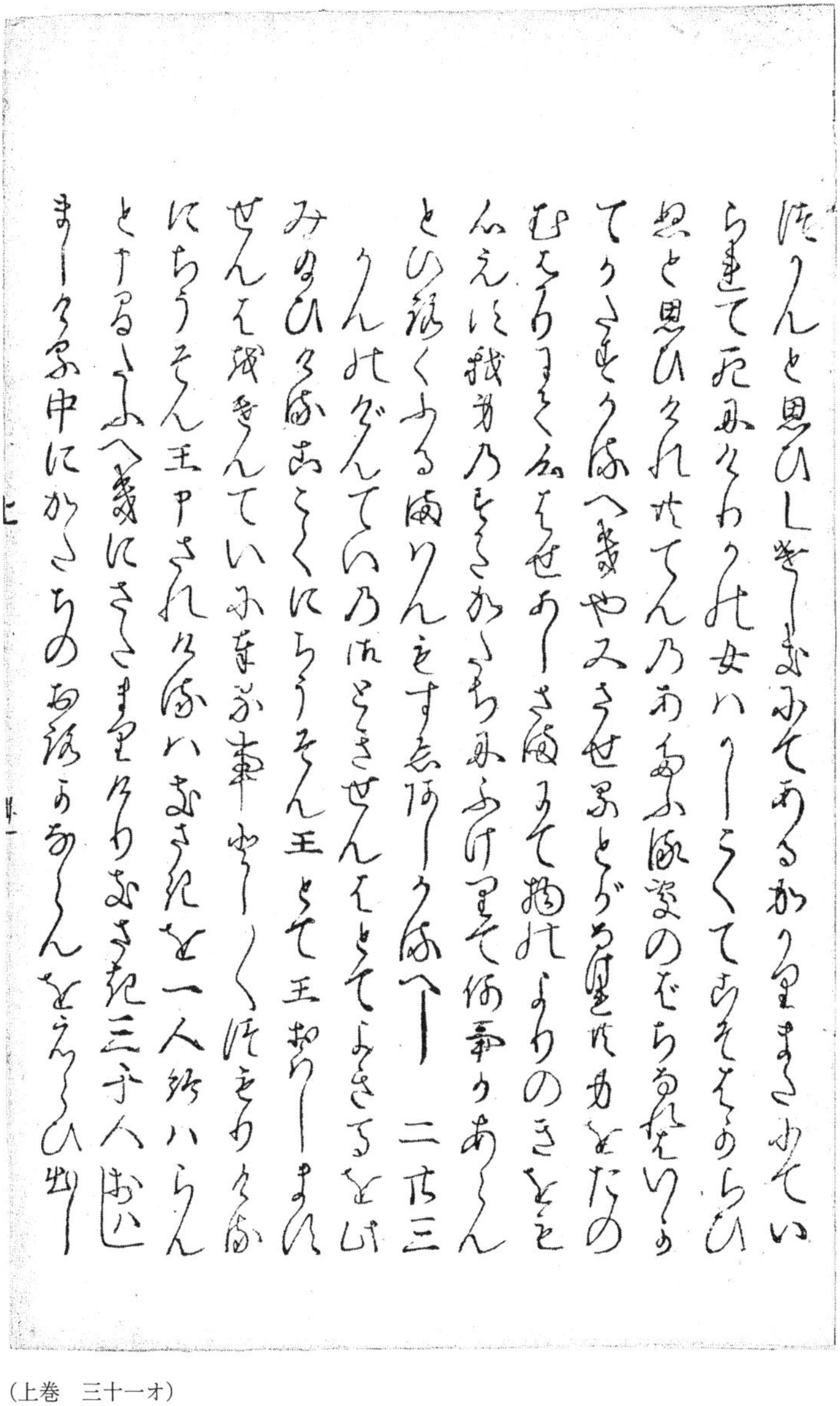

（上巻　三十一オ）

はうりんにへまうしさゝめらるゝたやすくえうひあはれ
へまゐらすはし給三千人をみせ給ひりくさてまたへ参
よし御ほせくさゝなくむさんれよりゐしふ
こゝろを素ひさわりつかさちよくうつくしをつきさて
はうりんにへきよしめんくふ給しにの竹ひゐり
こゝろま御かくたひ書ゐんあとにうはくしをうれ
すみしたひうつれりくちをそれみ志てさうひそうき
ごまいりせうらんと申しむさんは三千人の中ゆえ
弟一ればん人こよのむさんふちきりくちまろけまゐを
よくうけとて給しにこかね弥書ふ乃まゐこわきゐは
まとよ重くはくし給をあり孫を何さへすとも御縁
かふちよくじしとてすこしをたてはうりされあとに
りくちを何し給書たりくりくんては絵りをひゝ要

（上巻　三十一ウ）

見竹ふにまうせうくんとやむさ紀二云にあし皇書
なりこれをえらひまんゐさへなきよしきんしを
くるさ給ふうへ君ちうそんまう是を給りわてこのはり見
君男をあのこそあら後世は我に　よりて見を給ふへぬ
忍び正の女と成ふなかかや八　あまつうとうわう世
られちやくによあれくるのをたのくいまけまいとを
こあくにうつさましし时乃あふけきやをおろふぬ之
男ハうしてちやくけきうちんをかりいゑをと後めて
むなしくうんれくまうめんとなまり　ちやくこち
にわちなん事をえまし□ゑ忍しにこうまを
何ぞハてん鵜をとてうらゑいしなり　見るたひよ
あくみのうけれ悔きか那弟くらましくなうくら
さうまし悔しくにかくちよさをあのこて忍しを

上　卅二

（上巻　三十二オ）

うらやましかりしにや、みかどのおほせにて、ためしむる故
ちうしすして　二九や　あるひん成男あはいかうかう
とかせし人よくひふりくりんとこのけく孫乃ひん
なる事をちかれりの女中の家をなほとあくまつ
しきよをわたる故まさりあたえへよとも見えにお孫の
むくぞ我にいせ国をゆるさせ給へといふまたいかう
ちうやていそくそれるりおもきて後ハ今年三十九ちや
やすといはん時いみしき事の御まつりして
まつゑしといひけま遂ためや々家ハ一日ちりんみん
ちくうしいうかいりんや一ねんちやとかかしてさら
いそよきりをおもふ故ゆしもいかうちうちれぶん
まうにめさきそせいれ国を孫ちりているところ國主
のいうせのふとそこやこ故あしらへ行く里けるに

（上巻　三十二ウ）

いそかしめハうれくおもひたるのつまにおきてあり
けるかり君のおうすれハしんなる人様りきされ共今の
男と二人してみちを行けるか女乃行うさ
りしにいそてたかくこなくたんくうらうなるまの
うちよりみえてゆんをとをりけるに女中やうわりかされ
の男乃いうしを成てあたりとさく心うしうくていそ
おし事様あふ成思うひけしといひてくらわうき我て
とはせん方やうハされ乃おとこをんなをまといひし
笠あはをれたまうをあさおもしろうとそや乃心と
こらんの時ハかうもうわまさそらやあろうよと云
と成さなうハもとのらとくめとおしんいふ時器に
水をいれてきてまといひけまてよ孫こひてとちて
まてハりを水を地にあてよといへて地あもけ又

（上巻　三十三オ）

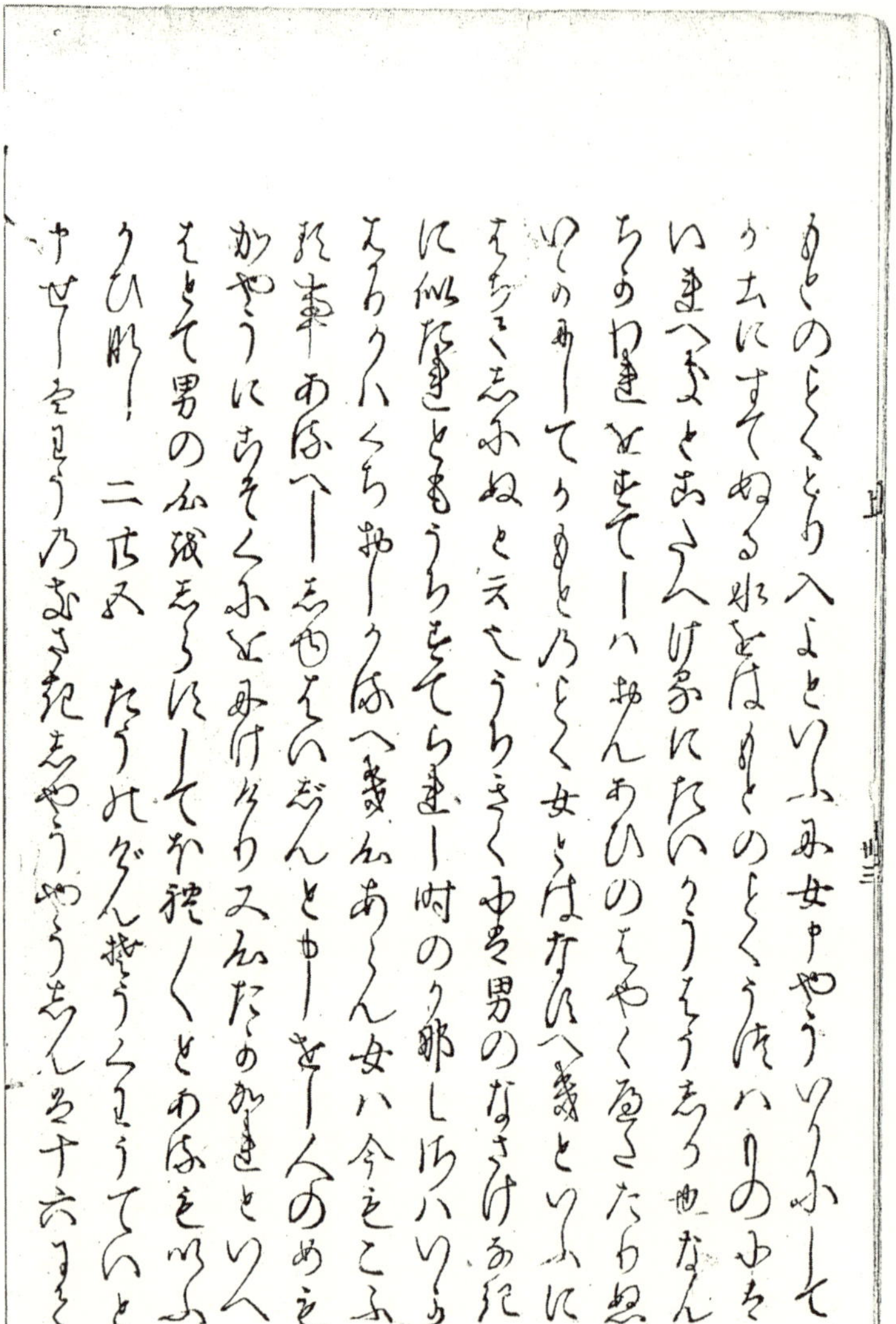

上　卅三

もとのとくとり入よといふに女ちやういふかして
かたにすてぬる水をはもとのとくうつはりのかき
いまへかへさんとおさへけるにたはいかうとうかる也なん
ちのわかれもそしハおんあひのちやくあさたかれ
いてのあしてかもとのとく女とはなれへ義といふに
あらかしくしふぬと云てうちさくゆき男のなさけあた
に似たまくとまうちをてらまし一時のかわしたハいる
あるかハくちおしかはへ義心あくん女ハ今もこふ
れ事あはへし志あゑへたんとゆーをし人のめを
かやうにおそくふともみけるわみ心たのかきといへ
をとて男の心ざしかくにしてかや夜しくとわはをいふ
かひ形し　二夫々　たかれぐんかんうくてハと
ゆせし心をとうのあさ紀志やうゆうさんあ十六すく

（上巻　三十三ウ）

むさうれハ乗ゑくちやうきうにをりきてバちみかゝれハ
やうなひとゝむまれにみゆる事ありておりしませた
しやうやうしんを六十劫あまりまてかの所にとぢ
こめらまく悪れ日の長きにもひとり前の契くらし
秋乃夜はあけかくまよふをつゆなりを海と流し海
いにしへありしよりのちよりも秋は秋なりしよなりふ
しらく探むる事なしてんをあけ決くうしくうろの
こうん乃とをし火り色よそむ久命世うくあめうくろ
きめは海と浅うつし念とをくらく天ハまへじなひ
三より来ましときさ八十六劫し時ハ六十あ果をりるを
ゆての第九六歳にてか様さりくんと云を以す世又男
のまわかく思ふ時何し云ゆる涙なく男をお憐び我
女を思ひの知くの窓なる事あ為し　二九六　いらく

（上巻　三十四オ）

にむさほりあまかなちかうまのとしいはひしさつま
うさうまなりかうひなる時やりてはこびをさま達は
なりは給けれ事中をまらひ給ひにぞゆうきんとてよさき
きぬをさうくとはくをけくさ是をあひしてわらひ
給ひなりけまうひをあひ志給りんとてらくちう乃
きぬをめしあけめてさほくすてらまし程よ国中
のきぬつまもてくぬこをそんせしりて王のたうう
ともなうましをまんくく乃りのきてていくさ給は
あし国をうそひ永くけふうへをいてしかましふさほ
をちりう世よなり国家乃はぬへと云をあま達が利
二十七　又あるむさほりをつよくこのみいひうらうう
をあひしけるにあくちうのみしをめして見せられ
なは給けのみはたえにしてきんじなれはまいらぬ

（上巻　三十四ウ）

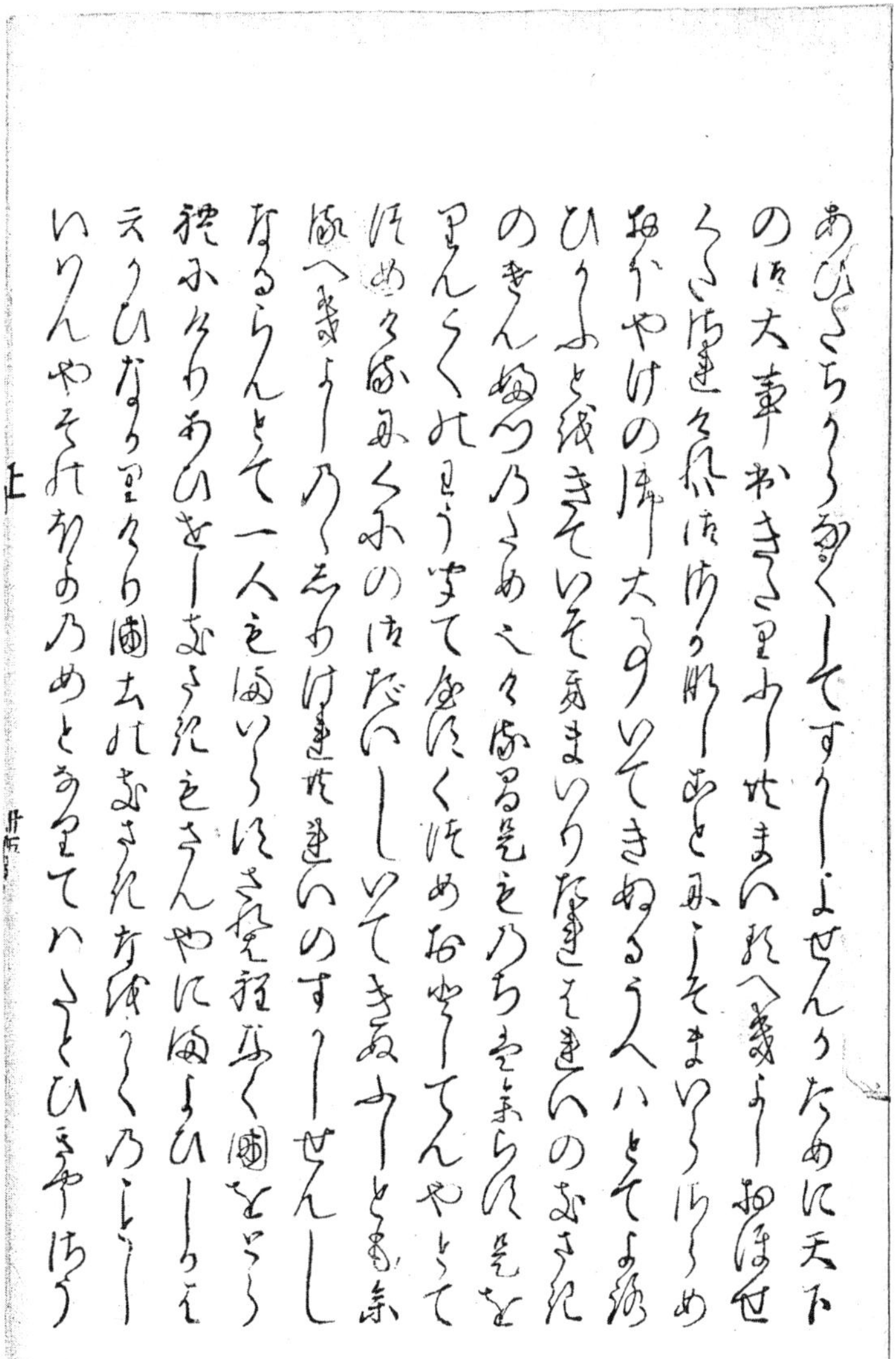
あひくちうるはしくしてすゝしよせんかためにて天下
の后大事なきさまにしはまいれへ義よしおほせ
くらゐ達名ある后御の躰しあともこしそまいらしめ
おかやけの御躰太子いてきぬるうへにとてよ給
ひかしと紙きていそ房まいりたま達をまいのむさし
のきんぬの乃ともめ之名御君をもちゐまいらせ君を
まんらくれ良う守て御后くためおゝしてんやとて
后めし名御みくみの后だにしいてきぬみしと御系
御へ義よしのくるわけ達後達いのすゝしせんし
なるらんとて一人を御いつくしさ我をなく御をとらう
後ふなりあひをしむらいれをさんやにゆよひしうそ
云うひなすう皇名り御志れむされたゆうくのことし
いりんやそれおもの乃めとあつまていふことひさや侍う
上　卅五

（上巻　三十五オ）

のめおわりと云ともはゝへとこれむへうらみもかやう
乃さかなきこゝろすゑもとも人のさえかすくりかなさ
事のもとかきたゆる事わ侍へし　二度八わ侍るく
まうれむさうゑおかくもち給人侍中にも心さしれ
かの宮中のひとおほしめしてよむさうゑおはしけるに
よみきさきたちやまひてらえと思ひけまゐらせらるゝをよ
りえまゐらゆく程にあるむさうゑもうまゝしくに王に申
給ふやうそきこゝ乃めてたうあひしおわしめえ侍れ
の給ふやうハまうるいゑおほしゑあひし給へとも侍
きれ八よに見くるしきおりしませてもひとひあくをも
なりしとおほせられてとゝみるの給ひ金屋てハ王乃
おほせられハむさうゑをあるれくきくそはかり
うくすとれかせられゆるとゆしかられたりひり

（上巻　三十五ウ）

ち、給ふくろひしてむさし乃めとへいりし世のふ時ハ
皇ハちゝをかくしにおはいしていりし世給ふむさしのに
又あまりの給ひよりしなかせらるなる物とてうらそ
むさおりし名殊たりひまきゝし事を後しとあま
けるとて仏をたてさてたかしめしむさしのハ又うら給ひ
まくよれむさしのにあひ給ひさうまきな状にそられま
ち承物切那とたりひうらむるかとれりまりくに成
てあさかり次思ひし事をきふ所あくかのきわり給ひ
にな利承ちりかまりに仏ふりきをうしあれ事にしそ
二百九　又こ世乃かのに仏阿さむを阿さ陀なる
仏ちしてわりハ阿く事をありあるみうそうきよ
らつにまいまてふりんかんをよそち承にめうかう
まんけきゆうふめんかんざい二十やとよむりきわり

上　卅六

（上巻　三十六オ）

なる人あまたをきゝてとふさく清さやうをひつしや
のあやまりよのなかを二十丈せもんへはにせを
たひしくに二十やとあそはし何ふかそ姉ちんり
せてりんといふりの女かけ給ぞ此経にせ二十丈と
ちん八まとせうハあまてまての給ふ内ハ二十丈まあせ
まつ二男を二十やみなり福にめんじにまつせて二十
ぬとよきはらさうハあまれいれまゐやあまなんと
こゝ人ありあまたかあさくて人にわらはれあり心深き
事もなく又心はさな事をなくおもしろやうに
男をもせよと思ひてそれめいみちのハさうらん
女をも見侍しき世の人ハありなからまつらりしくを
あさはかなれさしもうそくきいやをあふさてかれ
為しはしきなるありけと云ニ及ハぬ　二卅

（上巻　三十六ウ）

めをさる事七つはさらさるに三つといふ事ありそれ
七といふは一つには子なきむまさるめ二つにはりんきし
ちてたりしきめ三つにはしうとにふけうなるぬめにては
をくせつとて人といさかひかしましきめ又よハなら
せつとてぬすみをするめ六にはそしりことゝてりの
ねさこけるめ七つにはあくしつとてわろきやまひする
めなりめをさらさるに三といふ事ハ一つハよるうち
とて男のちゝはゝしゝてうちいみはうりに侍りき
まもるめをさるはに二つはしもひんこうふとてむかへ
うるとききひんにして後よくくらゐあるめ三つハ
うしなよしうむしてよきとてめれちくたくのいきさける
どこさむあへはゐあふもしてく後をかまへすへきところ
なきさるはゝにといふへ仏のんしつとてありしきぬ

（上巻　三十七オ）

なれは山里にすくりけるへしと見えたりけれは
ましかるへ義男ハ男のまさりなるわきまへをしらすして
はかりぬさ儀ふかゝるまへをあさくせんとあとたゝ
はうゐして云りひかく思ひまさくなかにかまさニ字か
しきうひとくさしをなきすれをもと定してそれまん
事ゝきうさりひ形しそもく男女しさうふみちを
はかりくをしへなく又男の人にそしらまん事を
はくさしうせさらん事をうし諸めさなく抄すし
右一　二ヶ条一　ちうきうの大さ紀をはさまり二字
をすゝめなわよをめ川ならよし志あうこ字珠をし八
なわ何ふ是らかよをりるしむるさほうある座名
の女さ成をはくりありつ義なく事ハめん字りのすく
めによるさく世男はなちとかゝんしとさら緑えはを

上　卅七

(上巻　三十七ウ)

ためしみちよはとて女はとりおこなふへきよしゆゑある
浅きあいあけまんさいなんおほ成と云めんゑめん
やゝりの時を浅なるに定まさるひかこ殊といふ事
あり男はゝくかもしき事うるてしまうなる
ゐし前の志給ふちうれそけのまけなりさ様とてい
こしきりのあまうんき花のゆふらんめあそこいふ
女をおこさゝりある時まいりん志事そくいましを覚て
たりと思ひくりれ女あいりくわなといひ名おいみ
志くお凶まん覚とことをおくいひ名成残りき様て
とふくいそくかるまいりん志事うく程よりまし物を
こまかあるといひ名おひせん乃りこ志けいゑしそ
見しり覚こふ名おむ様んあまとてぬりま此わのあり
の人なきれりさいなるすいひ浅くしりし

（上巻　三十八オ）

此次二、三にらうふれ子にしたかふへき事あり
しかうのおりにハ子ふしたかふ家之中しよりおと
ろへさふちぬみをたやすうる日をまつ程の命なれハ
孫のハおんをたまはさらくへまわれや乃子を思ふおと
あそなくかしくれおのふ様うるをうるこをなれ
なかるれこかるのりのあとえり世されいさ事ありそく
しよ娘のねん志由ちやう志由しやう娘孫んねのふそ
ちやう念しちふ孫ん娘もと云めんのしせ仏まの孫く
のほと常ハ志由ちやうをおやし娑世とも志由ちやうハ
佛を思ハ娘をあ子孫抱之れ子ハ娘を孫おもハ
となり利かやうれしくえりをえかうそなの体かう
あくさむすをすかし抱や乃子を思ふ仏さしふうあ
なり今ある中になよりい思ひしかるん人をめてた

（上巻　三十八ウ）

かはあしは達せおうれりとさそと思ひと許あゝを
うらむる事かや　人をゆしのさうんなる所とは
身をはなくんをあさましなるまでに拙れよしなし
をを見れまへらるたひかは縁まいかさくかい里り
事かくれ那しき記にいひ縁とくん縁かりかくと
をしりくなし白かつるいろいくりくなしゐりり
志らけをひさく那かはより思ひを女ハよくらくなし
あさやかなしまゐかやさまく浮きまくかるしんを
ひかむられひかむんを心れすゝめよりてよ縁い
ずらむるおとれに子を娘けう乃とがにおちかう身を
ちんいれほのをにりえなんさすいてのゆもいて志む
へ義をあてあひのんこしうらに子を思ふ志ひを佛
いはおひみひとしといふこ　二世三　たう乃たい

（上巻　三十九オ）

継うくとうてハ世むされくとひかん志孫ひさく六年
まてこ子とうと絶りにしそんし余ちやうく見んとさせ
おふるをハ継うくとうてハ猶か跡にあけむありて
てんりふあるひなきりしりとう聖いふものを尽さく
見を終ふよ里とうかやう男子まて知りしまれめて
たき子なる所へ一但たく残さるひくむま継孫りに
はうの手すくなくれちぶけの邦國をにきりて治ハ
またるなく子れあひさみ一人ハさしめてりさ侍る
みあ里終ふ來し聖云むされの終ふハ國のあるし也
なるへき也いしをいうし古跡にへよちやくわきよ
あろしてみ残たをけよとあるかちに係る孫ひとん
きみをむされふうらかつけまりてかさなみてさう
のかされお孫をつきなる所子をむまきてなくそ

（上巻　三十九ウ）

しつゝまひぬさる程にさ候くとゝめしをた利のふ
かは時ちゝのくめしけるハ仰く人をめしてとひ給ふ
わつのひざさまみきりのてふきたありいり乃ときさより
しくあるまとも覚て候りゅやうれあとまや風雨乃時
ふそいうさむと相ほせられしえんうれやさくまことれは
たんだくのぐさきよくる乃なさた乃身をなげきたりし
きうまけなるとや時ふいし天にあふき地にかし
て仰那志ゝ給ふわきハおもやくさい乃とが人那り
いうふしてうちくのでせと成まけなうんとてそう
をめしてふろのまふにてふをふてそうをやうし
給りんゆきをくなりたと申男てふなんだいじやん
おとかつけりの寺のひ給けハ一千三百九十七るゝ
覚いふそくれおひをかくおそ命をすてく王子なとい

（上巻　四十オ）

たとへはのひけまいりんやそかうの事をふかくかなしみ
ともをもおもふくおもひあさむ所をたゝしみかやう
に思ひまうけ乃子をたてうしれやのためにあしき
子を持んあひは云ひなまれすてくてまし事をあけた
そうめんをく程あひゐ物をうらを所狂よきんらう
地獄いりをなして大地をやふりくうちまちにむ
きん地ごくにおちいりし程うろさまぬる母乃那ーこ
てもとゆかりをえてひまえあたゝんともまいハもとゆかり思
きてはゐみむくんりおちいりぬあまたあとはうき
子をもたすくんゆーくゆいたや乃あて禮こ也それ
ともあのらん子をはおもひあさめてうるむへうは
こなん

女訓抄上終

（上巻　四十ウ）

（下巻　表紙）

女訓抄下

第八けいのおやにつかへる事

さるまゝに三せんのくさびかけまんらくちうにめく
頂する衆えず人に一つれのうなるたせくんまぜ
くるしみをうけかるにそれこゝろをみちとせ孫は
をにまよふ人にまよはるゝひをさしわかちうる時
人みなもおもしろく事をとくさみにわけていふうひ
なき故せびをあるおもしこ山木ハ山ゆれこすなり
なるときいつきをおもしいつおもはをはにおもぬ道で
やうをいたりけのやうくにまかふさく孫をよの
木をおもめみをさつおもくゆ遊うちまさ道てなりび
ぬるうるときをよし何しを見て孫とも弟にのふある
人れなるへ我みはとあるてわり無ききるわともうく

（下巻　一オ）

まてそれあいのふとなれときハあれあくすとゝひ
うけの水よりうつのぶかとくよりたやすくわすまふ
時ハ濁るなるうひその流へ一乃ふかはん人のめ出き
見ゆるとひそれあいのふ殊あるこさ孫とも掲り
ところかれきしむをあけまえ見えくるしくもなし
八一　さきはまやだやきりしら一まんいてうろに
をうけを志ゆ人を一たんをいてきをかりそれきん
くをみるといふ事ありよ仍くなろくこのうふ
へきことのを志かし給之　琵琶　琴　世界
建立　仏神　一条中名　五音　抜岸　庚申　仏名かく
八二　ぶんといふさ志よしやくれのすなさうこ
志あまこにかよにまむ人の目あしあるをれ中あち為
もなくまいぎをたくすして乃く世紀乃とくなるし

（下巻　一ウ）

ときくうしらうし也におふんをひ給めゐひし
よりはくくまのおびぬさう人きりなしにきんだんは
なはあけくふ乃まうしくを為しくをなほよ里て
君のため人のさめにはやま里那しはゆ人におくど
おさま里く風あめのごさまきうひくうんじふたり
をあやまさにわりてうにうんかうは二あうと申ハ
うんけとさきあま遣せん之経のをのおんこれ又だいの
までたさうのごいぶうんさう乃きよひと乃子な利
かうけと申ハ為ハせい天まうの法子あおうちん王
のみこ抄うに乃なまうし也これ二人をぶんのとう
やいしとしてたゆる事那しさこ乃く天ちんは法
事ハ中那をよりに天ちん乃法までさうたうさん
ひんふんとさとか人おハ法しきりぬんなさ人さう

（下巻　二オ）

人形り　ろうさん云しれしやうくんかいゑにあり
しはきはいなすこしつうさいせいつまようい梅さはう
為法　山銘を法く里の人里あは人氏ぎやくちん
乃ふんじのまへをと哉ぶせんちんちくさふりのゐ
めんりうらいる我大ちやうらんとおるしむゐせい
ちくをく法うさんくをくろしや云ちはちく藤人の
家中をいのてかなさけなくいるへ義とておもきぬ
とかくこそり　八三　又たうこみとうたう也いふ人
ある里家まつちくしてあるもろへまやうをかくして
めかすくゐをおなしさ殊ひをうひなしかくくみ
わか禮をゐゆゑんよをしあのをしをなる事をあくを
りる里をむゐしせやくそくしてをれまぬそれ乃ち
ちうるへくちくうのおとこまやうちうといふ國れ

めでたくおはしましけりありしつま道をきゝて西に
いふよろこひいはやくとおひまつりそこに思ひけれ
おほくの女にあひちぎりし事ばかりこそくやしい
ぶん志をはくまでみしきのりんふたりつけて八月
十五夜まねとこれもとへ将りしゝ家を志乃んあ
あとにあそ禮おはしまし今れめをふてもとれつま琉
むかへきり是ふん疏志ゝすは志をといひてのほく
里に行へ義志をはくゝまんをみしきのさんゆもい
うそつれ家へ義たよりなくさかる里見なんやおを
ことをするたより空おはしましをとりさりてうし
の然なくおしゝ身まあかひて夕に死にとといふおはと
いへ里家に出にちゐをさる志ぬに志さうひそゆく
極楽往生たん家まてゝしなみまあふへまよ事之

（下巻　三オ）

八也　次にあなうといふ事ハしやく乃詞をわりてう
のそてありし也後の世のみかどはじめて三十一
字乃やまと哥とハいはじめしよりもさりてあそふ
たくひなかりしかハ世人まいるあるひとをかせんとしく
歯なひつらんしいわい男をしんらくりうはこなか
うら思ひを云乃うへまてとさいちやうのうらにくれ
ないハことしけ志かりあそふ乃ことなかれかとまで
くむたよるとともなるまやうずいきう成けはなる
女房（にやうばう）のくいたるの桜をおりふたかて女からハ
にりさせてけ門乃すゑをと残さくらにはちうきん
をりのく　乃こまかくまをりて見けるはくらかれ
みこん甚をなすふをはのめんとお使世けらてふり
名れはゆかしき人にはあ事あいけれいきのいるをと

（下巻　三ウ）

まきぬをれ中よ又こらんを給をあのまれをおそと申
たりなれをしさまくいひはるかのゝ都やまをを見んよ
とて見せらまほしなにかちりうなんささりんのめこ
を後のけをとめんをんやつ身をわきんをかさんと
まれらしおもしめして行くうの時の色事志らまし
女をうしそ娘ひんなきさるへうれれりしを知はせ
くうさ給くにまりさ思ひとくまるなふさうやめん
おくといひらさにとあてをいひしうまし事さこれ
みちにおこりての御事八ちぬよをと孫思し給
えてをくるしう給八うれよき志うにとう也　八ふ
わさあまぬのといふこすありき不七不七さとふ
白にまくりよ白くこ思にそれ給を八し不といふを
大京不名心京越まし運那りまし運年不白不あり兄不まを

（下巻　四オ）

ほのくとくいふを大いとて大ていの心也次り
あかしれうろのと云くハところを見さく和殺さし
たり第三の句にはぎきりといふを名とて名也第に
のくふし海のくれゆくといふをんとてら後世利出
をし惜思ふとあるハ心句とて此うこの心句之心
ぬるの那ハ思ふうさをいろまでも切やうにしそあるを
けまでたふろぬ方の心なほしてへはみめよきさ人
のすこし見よくなところをあまでたあとのうけぬを
びなんびしよと云ふことしうさをや梅の木たるの
まさこのうすよりもおかれ花五ぬにおひのかへほ
をま御之　八六　さ御たわりにやひやうと云事
あまきせんの云説にいそくやひやう也云ハ一所には
りん心句ひやうと云ハ句れをしめのめんじこだいい

（下巻　四ウ）

二白のちしめれりんじ是かるしむ之たとんハてう
月さんてうは月はん是白れちしめに是をみめんじ
のある所はいふ也二みかうしよくれやすのと云事ハ
う殺にむくん城こゑ火乃こゝしはやうさあう是白
あとみぐいこれ字とおやの字とれなしき三よなすこ
ふうき乃やなひとりふをらしめ乃白れ四ちんぬちん
のりん字とぐいこれ白乃六ちん七ちん乃もん字と
あなしむしたとんをくさのをれ毛う絶ゆしりのや
にらくくものやまひと云ハくあとにれなしくそ
のあはといふ也急しはくけよめむくるしうれ
さとへてん　男をすつるを法はわう男をを法くうふ
まてぬ人をそを法れさきいふくしくまをかやうに
おかきハ多るしうれ是をやひやう是云　八七

（下巻　五オ）

みうこに六義と云事あり哥のしな六ありわりの礼
たり古今集に見えたりしよのとくそへ哥かそへ
哥なそらへ哥たとへ哥たゞことうたいはひ哥これの六
あり一つにそへうたと云ハなにはつにさくや此花
ふゆこもりいまをはるへとさくやこの花おほさゝ
きのみやくらゐにつかせ給へとすゝめ奉るとき
よめり此ふち人わは哥殊そへうたと心えへき也
二にかそへうたと云ハさく花に思ひつく身のあ
ぢきなさ身にいたつきのいるをしらずて三になそ
らへうたと云ハきみにけさあしたの霜乃おきていなば
恋ひしきことにきえやわたらん四にたとへ哥
と云ハわかこひハよむともつきしありそうみの
浜のまさごはよみつくすとも五にたゞことうた

（下巻　五ウ）

といふをいりわれなき衣ぞ剃世をいとひあらん人の
あとたえてあはれしかる漁しさたにいまひらくと云は
よのいむんをとらんやわざ教へきさ乃いわれをよいれもみ
これはくりしても八をとこやわと云をたつ里まで
あめのしくり言わといふ之されくさとはひの本形わ
あまさうを六歌仙と云之　八八　撰うしてわかを記ち
ゆる事せん志うをうけんとられゆ人にはらく
きはるとある世まんよう志う一ぶは合ん言乃かす四
千三百首れなしくちやうの三百五十九首也世に
天王乃ほとこさえうてほく也あくりのみかどと申侍也
古今和歌集一ふは喜うこ乃かす千九十九首也あまり
はまさはしよみ千首をたてまさとうかあまた延喜
のみかどのはじさるんぎめ年まれとのうし四月

十八日にせんじ上撰者も序も見えたり後撰和哥
しう一ぶ廿巻うたのかず千三百十六しゆせんじしや
ミかどのしさうふざいちうしんよしのぶ清原の
もとすけ紀の時文坂上のもちきこれ人々におほせ
つけてせんしらるゝ家之拾遺わかしう一ぶ廿くわん
哥乃数千三百五十一しゆあつまれるくわさん乃天王の
御ちよくせん也三川りうせんじ鈴人里後志うい和
哥しう一ぶ廿くわん哥の数千二百十八しゆ之治部
にみちとしせんじて応徳三年九月十六日そう
ほうてくわんぢ元年八月ちう日まえく後東承
金葉集一ぶ十くわん哥の数六百五十四しゆ此ふま
俊頼十六しゆあり白川乃法皇乃保みてさう紀乃むく
のりうしよりかせんけるなり天地元年に奏う

る歌也詞花集一部十巻哥数四百九首これはしゆとく院
仰にて左京乃大ぶ藤原のあきすけ撰ばるゝ千さい
しう一部廿巻哥のかず千二百八十四首後白川のゐんの
仰にて入道俊成撰し文治二年にそうせらるゝ新古
今和哥しうあつむる千九百七十八首後鳥羽院の仰
時きんせうせらる是八代集と云是也　八九　連歌
の事代々これ武家ある上はあまたしくしるすに及
ばず大ていはこれもしるしたるくむかしの連歌をうたさ一
しゆをよりくく二人してよみて折紙に志たりし家を
わたる人の三連歌と云は源氏物語をさとりけ里源氏
ありむるしとていくつともなくいはあれめでたし
給りの人は云ひたりけるこれを見てつくりとき風
情をあはれむけり見くるしくなれば略しむへし

（下巻　七オ）

事はまとてたゞしの白の縫乃めん字をえ打あけしに
するを見をりし海しとてきらふ世又そゞいを笑て山
なと人なすと故に擂をするに山の字をかいれて墨さ
あとそあま達を山墨の二字をむくとて墨乃字を用い何
人といふ中を秋人冬人なと云しくてあま達を秋人と
なえて男女人といふ事あれを山人をとるへまし
あまは白乃内にみと云しくあま達ハ山水と云事あり
たゞいの二いあまの足をあうさい宮嬪なるみたる郎
いくらをいつくけあつむるハめつらしくなれとて是を
まん為をさまふ素秋なんをんを又白なるへしまん
あゝいをあまりさゝひ擂をひしくなれを迷亭のふ世い
をつまてなをし語くをみけまハ世うく心るに
ゐしとて志なると城のきくかり志なめをにまりせて

（下巻　七ウ）

それうたにある事　八十　うたにちやうかたんかの
あひろんあるもちやうかハうたあれハいくらともなく
いひつゞけうたふこそちやうかなれ三十一字の
哥をこゝをもくかけまへふんかなるといふ俳あり
又ちやうかとは三十一じにうたゝそゆへきを又七
又七くと又あまる事をおちのによらんにあてふ
くいぬしぬき一としてのふくさうかーのんじ乃
くすハによ旋頭乃三十二さうにあてゝよめる旋ぶ
事ーといへそまつらきーくあはよよりて三十一文三
十二三文しれもさいよまあくれまうかとく乃へ
ていひくてなまでちやうか也いくうをいひはくけ
うる又七五七とうらうへくよ旋はのこくをとり
はくけあつめよ旋つみのしるそいひまへらうして

（下巻　八オ）

おりわに七く覚をさゝまをわりけれぬぬ中をもつ禮
たりとそせんけうところせんしやう殿よく／＼たえ
へきものなり

八十一　伊勢物語の事

ぐんしはむつさ紀しきぶといふみやうさうのかきを太こやうだんの
はゝ君によりきしのはとい人まよこやうふあらひ
ある物之けいはをよく／＼こそくてん大事あま
られしをもとめてひじをつうへ色しいせ物語と申
やひしをいつきをれなしうす　こ中世とをまづなふ
はぬくさ海く乃縁ありさいこちう世あまひ
いせ大たんくうのりまれめふくさりし時さいくう
をたりしまわしふよりていせ乃くふれ物くうりと
いふぎをありゝ又伊勢れ神あつけいゝむすめせんし
ふよまく伊勢物くくまへみいせやみうく覚云ふを

（下巻　八ウ）

ありそれいんもんあるときはいこてんしやうのけう
まやなくんひうのれ国ふ侍人きみのつまをあらそいふ
りのあわ一ごのおりわきさまで四十一にして君海
く里に名り又伊勢の国入り弁すく川のあと里になり
なふらんやなりしみすといふりのなあまた四十一
にしてみちをゆく程よあしなき事をなし神にゆ
あひくはうつさるにみちすくなきまつり里にさまう見え
たるへし自ざうさし二人はりのけたれなし見ゑんまの国
にいくさ里ぬるいしやくのなふをはめしうと彼思る
ふ一人をちやうこう一人をいはさしやなのえんつゑ
をあまたをうへに名しとそくをしうちんまふくさをさし
けのまふりのめしうけひあうあまさいへけきやちかう
こうにあまた思それゆんいまやてにとしまるときわし

下

九

（下巻　九オ）

こは志ぬこゝか火にやかれてはいと成ぬされはこは志ぬ
いるへき物なしとやかくはしやくらくしくあり
ての物ふりのかしうと説あるまたなしゆへ同し
しやう乃老なる刹さうにうハ成変形しきやうふうし
みすりこは志ぬ説つてまとめやうにいきくかゐ
をゆしとの物ふときにく志やう志んよりみすをうん
志ぬちくにつてまとめあとにわり說をか那しこ
てはさゆふりれはりれまへよ来つてくりくはり
本や月と云みみきを出何さらしき法りやみわきまく
やまハくけ迷ろりあやしみくやかいさしてみえまいに
死人よそ悔りくいさ減さいしきやうぶいあゆしこ
なりうよ後こひく事のよしをとふに死人はみえめくら
志くひきかつきそ物をいそいれいりまやしく堂志ぬさく

（下巻　九ウ）

とひけれは彼はさらになんちの杉とてもあらは
伊勢の国いすゞ河乃ほとりに住しぶんやのよし
うそといふ老之とて何里一所のむしよりたい
ちやくの他ふ事くきうちんれいひし事せりされ
みちそかしその思ひをかしてやりて人をきたく
丹すゝ川のわたりをさぬるあかしらふめてしく
男にあくまでうる女ありこゝろあひくらうしく乃事
なんありといひけれは女悩しとかく思ひなやみけり
男はいさきくおききこふと哀けをかうしく思ひこや
うて三人ひとつくして此侍りひとつまてうれ備り
あしくて見るにさゝりよしの深よ何ゝさるゝ女を
あかはらあくおもしてけ違はよきのかれ人気とこそ
あこゝ残前のして是しそわうさいしまといへたなは

（下巻　十オ）

さい子ハもちぬれ死にけれ伊勢の國乃女をよひて
かさりにもたせ手鏡丸くなくいふやう我を
あまたまさしき男をまうけしいくほのとしよりなさし
ふかくまもかよひたてまつめとなり男こ成子を
三人もちけりあまたなんなふりしとはふらん孫んハ
いくつになる二郎(ぢろう)ハ何かし三郎ハわとおまてらん
ねんをいくつよ成候かしと出し時をかくはへしをは
ちらすしてとくり人里もんなといひくいてしこゝ
のなのあさよなと事れよしをかさ成よ一つをいり
なれぬすめりのさいしかふちハことあれはたま
志ぬあなす門りしま穂むは海しあ事かさまなしわり
男あをはりはとおけたる海さしをまう男乃さゝ志ぬ
なまれいりふをあつりしおもありあくにこくちう

（下巻　十ウ）

せんぎして云やうをよそに候しぬりきこしむを
あとりわ世いつきをいひてまありけ三人の女ゐ人の
ま一つにあまくさ子三人をよびてと思ひれやと思ふ
ためしをいふをのくるさはらなくあらしくらに
おもくいみしへ乃事をかくさぬかりの国の女の
いふやうを候しくにある事なれば死人のさめゆきそ
はやくなき事ま覚えぬ死人乃云事ハ伊勢の
国の女のためまハこかれる事あまたもりの国乃女
のためをこしをあげ事と覚えしるりそれよりちん
ぜ川さハあるしくのおもてふるこさ候ありあまて
さらさりなぬをい世やひさりの事と云て伊勢物語に
あはしくをこらあたりのなさしくゆきありすみ事なき
たとあらハまぬしくハ成ぶさき一をまくしりりぬるま

下

（下巻　十一オ）

なりひらは伊勢物語といふ　八十二　次よしの世紀乃
事むかしをかきてたいとか王のときはりまと云人
ちゆうか乃あと張せく文字をかく里いろしてより後
かんじとそのきあらはるゝ也天ちくゆはおん字
とそかくかんどあいかん字とてからくにかんとく云
をなりとめすゝなり定まり日本へつたへける
かんの六体わりなてうれ六やうあれせて十二ある也
日本にはしめてこうぼうだいしの事と小野
のてんだんれは法家いおんけの人あれ中にをよひん
おんぶかをみいくるれとけの様たりかうとうふう
さ事をけゆり大納言（だいなごん）ゆきなり利をみひの たけふさこ
のぶ中比きおり川たうじとのともたのともくる
つるいらもとてゆかりくにそれ名を書く人ふゝ事こ

（下巻　十一ウ）

みやうにしんぜうほうとて三かうちありしん空といふ
りんじハゐんをはくりをまさしくてん乃一をはと
ゆをかくこえきやうといふハてんじをせうくとく
めてり資さうと云ハおかもころみわ残ゐんをはくり
をゐてしくはのびしくとうくこしも世紀ふいきさく
あくてこいふうすあるいきてと云ハ手本にむかひ
ふうるになうハいろ師のひそふくとうくをしへくな
らひするをいきてこたくはかんちうまにむかひく
をしゆる人をあれをあくてといふこ拵うして仏よ
いま迄くなうげんゆを云なくせうくさあう織へしこう
かうげめとへ人のてかんをこいふかく家ありまさ
きうもまてまいきう筆をいまうろそこ一ゆほうり
ろ佛みかる筆けのそこみゆう法てかんけるすこと

（下巻　十二オ）

下　十二

くさ孫て中なれハさうふうの咲くせんゆる変かやう
にわるみそ乃つもろやうみよくんりいきて
なろふ色し兜中さ猿けれもあれ海こ也なるか那咲
いへ里まおとさうくのことし　八十三　てう僧う
むちれを猿たぬみりおといふ猶をくさ出しの人里
あまたきまれ孫さうにり紀さうのうらよ里みゆうに
こきいさしのふたてしいさはゝふをつゝ孫ゆりゆ
いろはと云をわんでおるや十七をりやくやくれけ
をときふ由ん里そ礼こ也をにいろはすかへと
ちりぬるをわかよたれそつねならむうゐのおくや
まろふこにてあさきゆめみしゑひもせす咲云りん
おろをんをいろえすかへとちりぬる孫とは花の色
をすかへともおもおくちりうせぬ連をうひゆ近人

（下巻　十二ウ）

とかく乃としよりのよたまこそつまのしんとはぢやう
らくのぢやうにててんたうな剰それしくうこにやぬ
うぬれおくや歯のふかえてさやせきん乃むぢやうを
おくぬふとへたりけむぢやうとハつまになしと
りきくりこれつまにといふ事ハちん王こやにふい
きつまれあるしらし後志のに孫乃りゑなしと
こけりあるじとさふ母志母之あいとはいゑあり
ふ母志ぬハたいをいゑゆしたいをたま志母をわは
志とむまたみあともに行くにして行くのれつゆみ
やせ徳りしらし孫たちねまハやせ徳行くのとう勢
ぬるあとし母ハよやとみたぬし母ハけたいう世ぬ
まハやとるたまし乃とらと有しけさてう世ぬるり
あとしきふあえるくさをめくられ酒母よふくおく山へ

（下巻　十三オ）

はよふかきことくしあさましゆゑこしゑひをせんといふ
事ハ王様より寄うをうくる事なりにあさましき
をやぶるかあとしをしはゆめにあてハかなしれなんぢ
ちやさくさうれこやこへ之紀をしとそはしる
事なり　八十四　次にび王あとの事きんぐん
きなんにようえらりにゆ紀惣八女乃すきにみてし
た別の紀為しきつるを院孫にきひさ褒姒をちいる
すまりのあやしあん寄うかむすめを十三にしてひま
をひぶみかむよりかつ褒姒わりわて后あけぼの
おえりにそに國を海ならぶ江乃やかり乃もとうふらく
らくてんの見てりとくまでてお后乃ちれ在まて
ちるしとりき迄くりくんろだ王ハわうこん乃でち
をみてつまやうせんのみぎをまひさまづむだいおゐ

十三

（下巻　十三ウ）

きんかうをまもりのこゝろをとゞこふんて一すつれ
きよく孫子へそくかやうのためしありけてみそふへ
くれ　八十余　ちんの志くまうのふだんをこゝろを
ひきそれとこれいのちをさうけうくためしをあり
ちんれたいしふんといふ人志くまうにぬこあらた
のくはへ義くこあくちくてんにあふむきせへして
いそく孫らうか一人きろめいもそてにつきなんとは
孫くハくをわさを本国へいはへ一堂ひかゐし給へと
きせい神志くまうのいそくなんらくきのしら
ち孫くあまたらん時くんは為にこの給ふ時らうか
のくうく孫いれおるてんの神あるさこ孫くうむ
四てしらのち孫ぶかをあきこりてんくんあせ
のしうしとて帝王おほせいこさまぬるしくそいた

（下巻　十四オ）

りわ所りんらくゑんれ閻へ入へき羅刹わたちち
ゑん乃さいしたんい海ハちん乃ちくようをうつ
へ寄なるらくをめくらしおいろ色いふかし代りく
らひそうたんとハけいうくいとくえんゑききと云若
ありちんようをそむきしりをいきさと伐りみりきく
くれかりへをきりてちちてもろひらそさくめて
ふ伐うらゆるハへしそれ時うらん事い色やおき事
おもくれちんゑま代よひくいふさちんの志うをちう
伐うたん事ありくりへをし鉄へと云ちんゑき
くいゑもわきちん王ハいふと伐りみわりしりんいと
完くんとはゐにたるもなし余をすてくまくくよ伐
うたん事りんまふことそてあつくゝかりへをいまく
けいくふあふふらのくひをとちてゑんれ閻乃さし

（下巻　十四ウ）

はのなかにはかることをまさこめてぶん王のあとをおふ
かさうてんといふ所へいりぬけさんむハぶんの
あいしわざをしてかうしの様をこしをたのしは
にさりなり世さて布ハ三字乃よし様中いまさわ
なれ秘をゆるしていまぬ所しは殊ひなん志竹ふ附
は厚むなりいまそなしりはへまゐる志くもうのため
と殊中のはめてまてにうたんとするに千万はかし
をあまたたまハかうらまよりかまやかうて志くまうを
さし出候はへ義にまかてはうなくんをよしはさる
程に晋王の曰（いはく）今ハなんぢふうさまん事ハあんの
うちあそ出てわかふぢんのあとを殊今一たひきうん
と思ふゝ孫のそくき一ところへよあとをひかせん
空乃竹に本ちかはかさるかとこそあまた今ハ乃か家

（下巻　十五オ）

ゐかりしハひとの世をしらんと云時りうのふしん七志やくれ
ひやう女をふそをうけすくしとをひろよなふまうの
きよくに日七せきれゐハ女をとらきあえぬゐし
らまうれふりとをひうハなまぬゐしとひとをおい
うえ字志しハ呂ありしろしや乃こ毋え入るまじく三なう
そなあしあし志りて物よりと思ひくとしへ伝社を
引きりくびやうぶをとひあえくうちへみけ入ぬ
けいかそこしぬりまくつるぎをりつくをいさめま
きりあうともひくまの耳をりすあしきつゆくうこ
なあよく経のはしらより火ありさそけりゃまい
みしたよせあえせそうちに久りそれ後ゑんの国へ
女しとしをさし侍りしてたいしたんをいうらに
久り見則ゑんれたいしりあすをんまく本国へうん

（下巻　十五ウ）

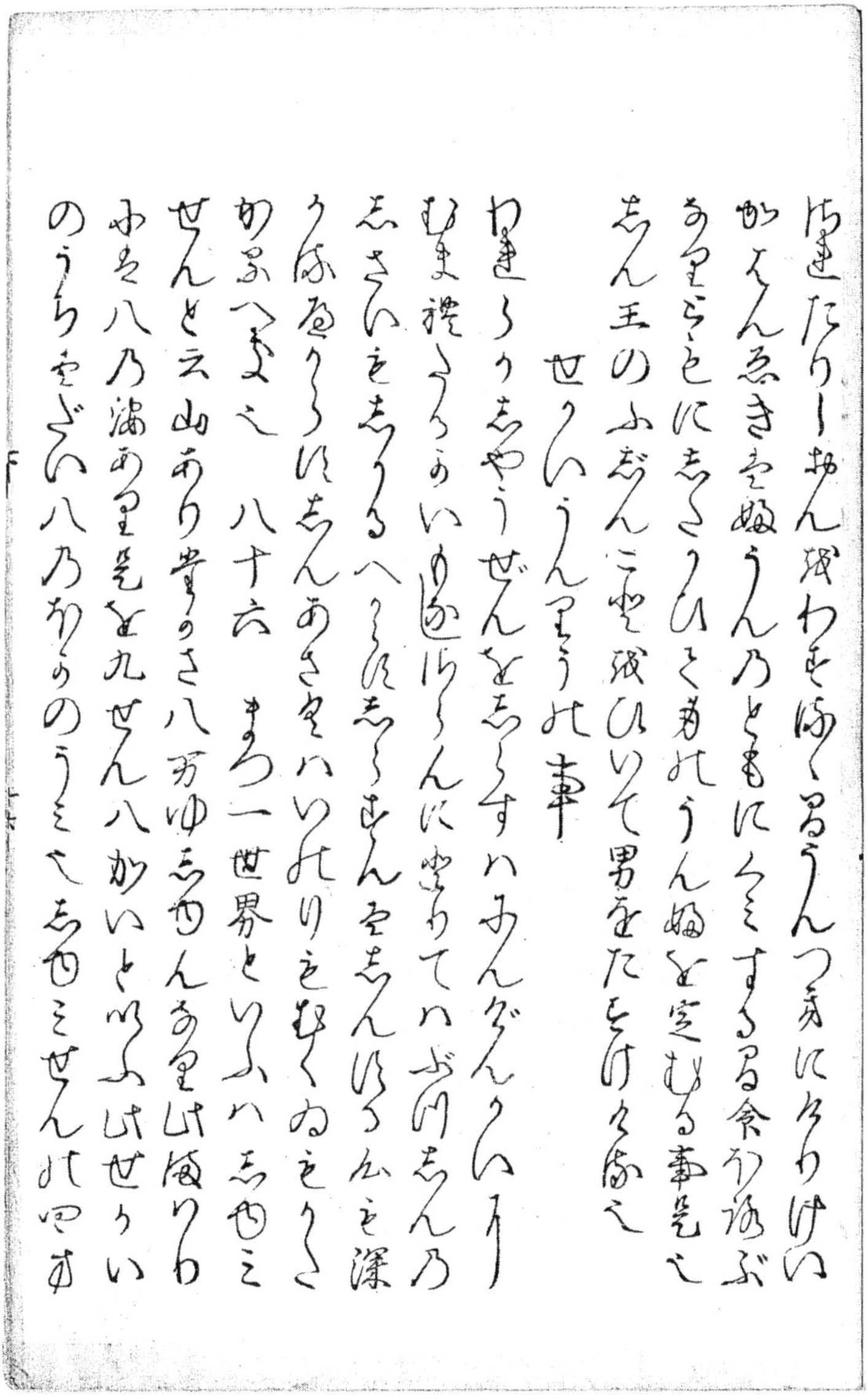

（下巻　十六オ）

にてうりのりハとう志うとて人の命二百五十さい
な利南八なん志うとて今ま残らうきようし人の命
さらさまうに西をさいも志うとて人のいのち五百歳也
きうきをかく志うとて人のいのち千ねん也　八十七
此本ふい歳此日月めらう繪ふ日此ひ徐さ五十一ゆ
ちゆん也ちとへはみち此のり二千四寸里之月の
ひろさ五十ゆちゆんのみちのめり二千里之日月
のめくり繪ふ志うさハとう志うにあしさなる時ハ西
志うをタハ也おく志う此日中なる時ハ東列をタへ
とう志う乃日中をせいも志うハやそんへ西列あしさ
なほときハとう志うをゆふへなん志うを日中あを
かく志うをやそん也かく志うはしさなほ時をなん
志うゆふへせいも志うを日中しとう志うハやりんへ

（下巻　十六ウ）

八十八　須弥こかせかいはお里須弥を子あつめせて
せうきんくわいとなづく此せうきんのい千をあつめせ
て大せんせかいとなづく是をあつめせて三千大せん
せかいといふ此せかいをむりやうむへんにて是こか
佛去のを里よて五ちによらいと申也ちうだいは
大日によらい法界たいしやうち東方あしゆく仏は
大ゑんきやうち南方ほうしやう仏びやうどうしやうち
西方むりやうじゆ仏めうくわんさつち北方ふくうじやう
じゆ仏じやうしよさちなり　八十九　ふだんと申はてん
ごわうをせうけれはしまりしさいしやうのほうせぬ人
の王子ありしまれ一ちやうとうたうれあるじのつくま
をわうやうは二ちやうをなんたうのあるじとしてたつと
わうやうは三ちやうをさいたうれあるじとして秋殿わうやう

（下巻　十七オ）

きゆうはかりきうのあるおみて冬をきやうにゐみ
しいいのあそじゆてゆきのきしのどようをきやう
す大おやうらんとゆきけんんきうへみのゆしより
ひつしのゆしまて三年ひりしふきこなふさるの年
よりいぬのとしまて三年みなこふきこ於ふ内の
としよきうしのとしまて三年ふしに住なふとう年
よりころのとしを三孫んゆふすこ於ふ是を三孫ん
めさりりと云也天野頂有牛にゐ乃文字をめう得う
まんけこ雪へ是八で此天王をうこ於ふはう念ん天
成きう天をまってんとくころ天王やうし天ころよ
りんてんちくんはうてんあくせりちんてんけ八王
みとゆしを孫んやうたうふいさんい八ちんとゆ
大へんさいてんによす二孫のまをうこ於ふ是れ孫

（下巻　十七ウ）

うしとらうろくみむまひつしさるはゆうかいぬ井れす
二神乞之此神あられ給事之くんひつくいぢやう
かんぢぢやうのむさうく大ぢやうかんちぬなんめいさう
だい志やう本地らんめう志ゆかきうろあんちうく大ぢやう
本地やくわうほんまうく大ぢやうかんちめんだゆさん
ちうく大志やうかんち地さういんさうく大将かんちせん
たんくうす井はいうく大将かんちまり里してんなごうく大
志やう本ちせんいしちんたうくずい志やうかんちこ強く
ちやうじうく大志やう本地こんをんびきやらたい志やう
本地むつやう志ゆこのなんかさ川ちうや十二則ふ
志ゆしやう羽なかり所ふなうてんだんとかしハ
こんなによとや神をめとしてナ千れ子とうこなふ
なうへきの光ひ乃ひのとつちのへたちのとうの

へんげとさるのとし也　八卦　しやうとく
くわんおんをきみによそめ申して十二の子をうみ給
さ川乃そくさ川たいらさるむとるやするあやふな
流れさるひつをとらこれ也　大しやうぐんハ九しき
によそめとしてあれ子をうこのふ木火土金水是也
王ぼうらのあしやうといふハこれあにこのれ里あのい
宅なかくかなせ乃五方ハあふん是之あ里んといふ也
地まいくもかうくうせ人れたいふあるあらいおし
まいを勝くをハりくさめうをひさいくうをしらこ
あをちらさ川をの殺をくうをみおらをすわん
あひ所しくようかいおしてしやなかなし　八卦一

一年中に十二月いこやうれ事

正月　あいそく　ゆう表　ゆう正酉　上春　元表　元果

（下巻　十八ウ）

二月ちうせう　仲春　ちうやう
三月こせん　かせい　季春　なんうんせい　暮春
四月ちうりよ　まうか　まいうか　志ゆうか　くまう
五月すいひん　ちうか
六月りんせう　かせき
七月いそく　まうしう　初秋　上志う　あはしう
八月なんりよ　ちう志う　そつき
九月むしや　き志う
十月おうせう　上とう　やうけつ　まうとう
十一月くわうせう　ちうとう
十二月たいりよ　きとう
又正月むつきとハ年のはしめなるゆへにむつましき人々
二月をきさらきとはきぬさらにきるといふを略して

（下巻　十九オ）

むつきと云へし二月ハきさらぎ是ハ余寒かへりて猶りぬ
またはあたゝかに成ぬと思へハ二月殊更にさむきる
きぬ猶さらにしてきまさきぬ更ぬ月といふを略
してきさらきと云也三月をやよひ三月ニあれハのさ
たゝのにたのめきそ草木乃くさいよく生ずるを以て
いやよひ月と云へ義をりやく云之卯月ハ卯乃花
さく月なる故に卯の花月と云へ義をりやく云之五月
ハさつき早苗とる月なれはさなへ月と云へ義をりやく
云之六月をミな月夜のあつさ不成ぬ間ハ水をもとく
あくなる故にみな月と云へ義をかく云也七月を
ふみ月あるハ七月七日にふみ乃むしほする日ぬ事
をむし乃くもぬあひさかる故月といふへ義をかく
云也八月をはつき秋風にちらく八月葉成ぬ事ハ風をもけ

しくこの義ハ侍る男をむかへける月と云へる義成る月と
いふ也九月ハ菊の月にあまねき遊をこのむによりてなかつく
なかつきといふよ菊の月と云へる文を菊の月と云也十月を神
な月と云日本國の神ことごとくいつものやしろにおはし
ましますゆへ所にハ神おはしまさぬゆへなし月と云
なかしく云也十一月をしも月ニハ月をしもハふる間しも
ふる月といふへるをしも月と云也十二月ハしはし
す月と云ゆへ人ミてすあまねきまハ捨うをしやう
しくねんミやうをおこなひくしをしやうける男し
はせ月といふ義かくく云之　八卦二　一世の日ハ事
一年中に世の人覚いふを正月一日三月三日五月
五日七月七日九月九日是也此うち正月一日をあと
にいたる事ハ正月ハ一年中ハはじめ之一日を三

（下巻　二十オ）

百六十日にをしめなす利これによりて此日うらをし
めて十二月のはてをかきまてめてたくあるへき義なり
はいはひ事にしていはひをなすまんいちんをある
爲る人のれ志ふへあらくあるし給りし正月一日
をにはとり二日いぬ三日ゐ四日をひつじ五日は
うし六日はむま七日を人の日とかやうに一日より
六日にいたるまで六ちくの日なりあいはらんとようやう
ぎうばとて人のたからとする此六ちくの日をいはひ
なかに七日は我か乃日よなふるとしにいはふ也
此なゝ草はわかなのなへあれ摘みはやし是を七草と
いふ也せりなつなごぎやうたびらこすゞなすゞしろ
ほとけのざ七草なれは人のために三こん七ちくと云
さるゐ志の天つなく七ちうとあるは道のふかくと空中

を先えらみて七はうとなするゝ是七さう乃なつかしき
これをかゆのうちには春のなびやうなつはゐなさ
ひやう秋のりやう冬のきうびやうのくれあときの
はきれやすみはれたりさ我ぬゝおくとのかんちを七
やくしみ六くきんをせんにてくうさうを禁へたりちん
かうりうせは一でのあるゑしなゆ者のふとかしき事
なし又孫のひは事正月七日のうちは孫の日まで野人
に出く三寸乃小まつをひいてあしをふつまで千年
余をのぶと云事ある松を千年ある物なれはそれ
までゆの八ゑしといふゝかなれは孫乃日をちいる事
まかくとし中にはかに依しまれとある孫乃事ゝこの
ゆんみ孫乃日をたしめと決　八故四　三月三日は
事をそくことと云物あり三月三日乃くわれさるに

（下巻　二十一オ）

二ちよをうむことにてちようむ二月乃男子三ちよを
うんくなるへくと風しるそるなみ此日かろく乃
さいけみいひしへ菊の摂ひうる川にそゝひする〻三
月三日にりくの花乃ひらきうる時いくく俗蘭をみ
て松の根乃まうニ而を賎しておきうを乃そくと云〻
又のしの花れめてたきうりハりんのめいてハれ時
ゑいゐいみ年みつきうちんくんてうと云人二人つき
そてんぐいさんよ入そくきをとゝるゝにまよひそ
らうまハつかてせんくさなりをくぬよのしの木の
一本見付てそくあるを見そくうかすこしすゝやうに
あを思又山よりくさをて岩の水賎乃むにいよく
カ湯よくみあ浅なのきなのきそ川みこ流れまり
くゝ川なかの流くる人是ちの一也なえそ此水り二人

（下巻　二十一ウ）

なかりけりぬるれふかさやゑ天なりけり又如一向
わかりて大なる病若は女二人をうしなひけりよに
あらひけれ此女かうちんきんてうかなしむ事やうを
よふ事とし此志ある人のとし月ていかにそくさく
まことなりといふ事仏神見るに感しまされ本あり
八まん七あうらいをみちて始めてたまふ事かさなりけれ
めれはたりふ女をいみしきりありなしとみる逢せ
男子一人のうみ子が女あまたこまのいひせんあるに判し
ちくをくうにあちをひめてうしみの後くれきん
ちよ三ゑれのくをとちてあまたうけきる後事をよ後
こひくるのくあのしこ娘かしうさをうふおもし
ろき事つくしくうし目くれなれきさ後せんちよ
こかくりあのはるきんちよ二人をけかうちんくん

（下巻　二十二オ）

ていと一人ハくめとなり利くたのしみあのめなるに
さてすゑ月まて後今ハかゝる里へ又よる事なしと云
に仙女中やう今きよ道成事ゝあ志ゆゑ出くるまゝ孫
を変ゝ見によりてきん女にましまさてうをめたり
なんちか入れ事をなんそ孫かふへ義やしや云開なん
孫んとしきまてしは本の何事くわる事ハ二三月の
としせんちよのいゝくらくてふあき迷ゝ行人つるそ
の那しこおもハさ後へまやしまいふさま迷たる志まりに
おくゝへ義よしをやとさき孫く此仙女をよひく
ともにうさをうやひくれものたをおく成ふひりし
のゝさ乃くちよるまゝあかりふゆさゝく大きなるみちに
おくれりか家さとよゆ有ていゑを見るにもとの家
か跡さいしをなしくましくさゝぬる事そうして

（下巻　二十二ウ）

さはこ心をしつめといふ人の返法をまいりてう
志ろ楚國の讒人きとて人しくにそねまれ玉人の
そつうんきくわの七ぶんのそふよくはなはなる人
あそ山に入そうせにかりと義けといふくしまろ楚
一人をもとれせんくうへかへらんと志ゆる事を
覚てはしして後にそあひみかりといふあまれはうハ
孫んの事也といふ是よりしてそくハいつしかをなの
めてたきるさけみいまそくのむといふ也　八ふく
五月五日はむまの月也五日をむまれ日也けゆ人に
たんごと云てしめはむまとよむ其月うく志よ
をすくはむ爲の千めん也此日人々ぞんを水に入て
志めるよ孫かばねに入てあまをまつるなく人まれ
事ある人みなちにいりそかまつるは孫むる了

（下巻　二十三オ）

あふくむとうひ乃志ゝのたまをとるがごとしうさき
世つ世の人さかれよそひきたるをくうかくせん
むりの事ばめでれにあふちの意ばまさてはつるを
かきそえしき乃いゑをくひよ悔さひねまえらん
なそまでよしれといへりまくさ毎八はくれ我に
さう乃花をめでくはしきなかしまの表ばかりて
くさのむしれかゝちをうたしてそ葉の花をはるゝ
けいれちをはくれいとをうけねまい人のいのちを
ましえみけ日よりさきをとれ事あるまじ月々日れいは
ゆうりのごとく時よもきのへとさにかさ敵さらをおそく
や火をいるにかゝれ志るしまた月五日のうちを
くゝてよろぎばえて人のくらよれくりそくもの
うへにうけぬまをとくけを思ふとりへりけゆへに

（下巻　二十三ゥ）

しくわうこうによりきさきをさだめ給ふといへり王又しやう
ぶをえらびにしてたまひける事をむしろいしよ王に
しんかの天下をとゝのへてしかるべきとくおやと成て
國家の治まをかまへをかうふくにつよくおもひけるをせん
ぎをおもはあるしんかれそのらひかさまたゝふかれ
しやうのかふちをあらはくりしらそなりしやうふに
似ふりされそ給ふをのへくりしらみまとひおびよ
しあるひいきけうして乃ことなんとして是をしるさうふ
家猶かもうのしやわうさいをかやうにせうつかくと
かえて行そ家へーと申この代りはなくかやうに
をしうへ行てまてよりに是をまなふべきのしやれ
名をにあやめと云代あまたよりして給ふをあやめ
草といふへみちまさの事しゆうりかとゆかりと

下　廿四

（下巻　二十四オ）

天儀をありくまうていのはときさ見をうしなりんと
志のふ所そうしてあ給ひに彼のこちおふ乃こと
さる君王の心を切那ひのささまよふりきてんたうにい
のり給ふに天よりこのまれひつかりくもりぬ見を
ひらきそ見るに一てうのちよ五人のはうこくさう
ぶうの子を殺して給ふこうまのひかりにいりうる
るもんしやうちうとかつをせんりよりうんか
小成ふ乃わし中ふむりのふちうへくもうていき火性
な利くいこくさんとてはうこくちと嘆るひをちを
へいよみちそとて志中ふを理にとうし出して代をう
に火殺りけるくやむしろ給しぬせかさらとめとゆう
のうるみしてちまけみしくくるめ乃りくさら殺ま宝
みしてりるかもれりくちをくさとちいみしくくひ

すちをうつしてさうめんにしてくむしやくまく哉
あつものにしてくひたくみくをもちいすして霊鬼
となりて七月七日此事七月にしめれ七月を忘れては
ろをしやさうしてさけをあけてかつてかこをを病
はるかにらくさしたるんきう也あいやうもうれ婦てい
あ山ぬまたちまちにをなくに女達くいそく七瀬七日
しやよくちよまさえりわさ敵てんとひそくいそくしやよく
ちよ何事あくりをわさぶやこん云しはらくきん
きうにとりをとりん里よの人今よりさぶまてしよ
くちよきんきうに出仕くとりん里禁中の事七月
七日おんいをもちゐる事かうしんじと云是也
子よ一そく王とてあり一つある王乃らくてきやひ
いちんとあるてとうしにやすのひをせさすれ神　あるも

（下巻　二十五オ）

此祭は志ゆぶのちいとあふのミなふるまつる也七月
七日夜うく王の志ゆる日也七月七夕とまうす事
乞巧といふらしミをあふとはよき事に
こひ様の夫と是をいはひ殘めほくほうにつけてたな
ばた殘まり給ふをとばにさうりうせらるやうは
世はほしやうてんのつかさて六ちやくれほく志ゆは
はしまりてたくまうりぐをあさて乞巧し火をいれ本
宮か淡あまをいれたらふと云也そてうるんぐんのく殘
搔くへ侍るて見ばへぶ曲あいしいかうをたまふく
かぢの葉よ七ミくのちり殘しへ紀のいとにつけて
さしほうぬく言は一天よりころの四天あひさ風也
いろくふちぬちんきてのいとをむすびて七夕への
ちりにほふぬきこりまちうしやまとちりあはくり

（下巻　二十五ウ）

てはるゝてていちうにおかさてまゐらせてうとのめ
のうへにおくまいあとしゆゆしさまとよはあふ
な利　八十七　九月九日は事てうやうといふ之を
ゆへは九月をはやうは月としるく九日はやう乃月と
をやうをかさぬるさ故にてうやうといふ之は
日きくは菊乃さけ飲のむかしよりしゆゆをかく故
事しよなんくわんと云人ひちやうはうにしたかひく
くめんはゐる事を孫んしけるにひちやうはういはく
九月九日なんぢかいゑにくるさいあるへし
けいはうくいゑ乃人ゆへあまたふくろを縫くまて
しゆゆを入てひちにかけてたかき山にのほりてきく
菊のさけをのみてまさこそひをうしなへしと云是二ツ
むかしさうひく山にのほりて帰ふゑにかへり見れは

（下巻　二十六オ）

下

に家りとくまゐるよきやうハ思ぬれはてひろし
こかしにかりむちやうやうそうかくそんぞいかもか
やうに世よといふりよりて此日しゆゆをうけて
きく乃花の酒をのむ事ハ梅ふたえにしゆゆをそれ
こ海りしあるむしゆゆと云ふそうそや云きんかん
ハ七百さいな利さ程せよてひ十七八なりと見へて
なりしハ菊の花をふくして久しくなんやうけんに
菊乃志たをよまうきハ五波前のまをくむ拾こ所
おちうけをのむ人ハ里のなんやうけんにしや
こくと云所あり こよりかの所く水をはかえさ
あまし山のうへに菊ある里名は内よわは人三十あまり
の家ハ井をほりて山のいみてこれをのみて水
をのむにいのちみなせんかんのとしをたもつと

りふぜんみんをしゆさくれしろまんけ乃しゆちこ
やくれしゆをたんにあそせてむしてつゐにのめれ
ゑ童さい乃よそひをのぶといへ里　八六八　一ひ
うん乃事山てん乃うへほうてんの下にてんじやう
じゆと云末あわうんてん太しやくれしよてん二月
八月のじやうにせはよあけまでさん海王はまい
月はごめわこしくにきこ里てしゆじやうれせんあくを
りんか為徒人里くじやうしんはゑ日よ一常ひきこ里
てしやうしのふひりん七日れちうめん三たひふくし
八為けううほる男ひりん乃一の名をんさんふく
そうあうとりふ次みりのへさ縁乃事らん達はき
そく是人乃あのこんきへきのたくひ世人らくく後
せたふ天ありのあくうのざよいこまて人男のとが

（下巻　二十七オ）

をしへにとりへはこの世をさかしくみかきにむきて
勝まんきやうしめいちくしつかうしやくめいしさん
ちりもんとこまふきハせいたみよゐこひなんをもろ
いふくをかさかるこそ猶ハ孫ふりにしてあり給
ゐしそし孫ひろをまさらひをかさかるこそおく空せ
そうに一言ゆかしやまのゆんやうれしきよにいたしま
りのへりれとの日におそしをすまをちやうめいの
かさ孫ありまてたんめいれふさをはくふこせんじ
をなせは志ゐるふさをありまくしやうのふゑ孫つけ
らてあり此日志よてん一にみありまま一さいちや
おやうれぜんあそをひやうちやう志竹ふこ　八広九
佛こうやうの事十二月乃あ忌みさん世れちよねられ
法名をとなふゐこねり　こやうにいそくゆし此三世の

（下巻　二十七ウ）

しよぶつの御名をきくものあるひハむまれかはることなく或ハ
かうあくむくをめいてくやうにはるをとくむまやう
あまむまれくとこゑをつねに三ぶつみあひまはらく
ちゝなんにわられといへまはつてうにみんこやう
天王乃御時無うはん里渡し是をそうはるゝ世うハ
又寺にをしめてざいりやう瑞おこなふ佛名三かよ
な利きん孫んを一紙にあま達をおこなふせいまやう
てんりひ成ハ清座よ三さんぶつをうけまはらく清
たうしゆき三人光をらゆうく搬うゆと石付志てさひ
のそう三人み光をのふしやうくうにかつけ猶みあし
まん成山そうにかつけらるて地あま達をてんまやくハ叔
さ范安子乃くとうあうとやしかつけをしめ仏人里
それよりくきやう成るまあのとし　八坎　そう

（下巻　二十八オ）

じてよにのこれある人のこゝろの色までわきなるを
なし伏羲八けをはくりゑびを成はく成しんのふは
みらくをつくるくまでてきをふてをはく成いふんを
うにをはらろき称をつくるぎでをくま里をつくる
はうていつをめんじ成はく成し四うつを梅よ流ひ成
はくふくまうていをまゐるをつくるなみりんむ里をつ
をふたかしく仲に矢をつくるさいりんハうゑん成は
く成りうてんをかて成はをふてん志川をまこをつ
を成しぬをすく里をつく成帝いちうを車をはくふ
たく忌む針をみ成くうへうそこくをはく成でゆう
をよこふん成川を成しんのみくこうハ川くこをつ
を成きふしをはさくゆめりしむる志やうれふえハ
ふくさのいめふとちよくいりつく成里らうを結を

（下巻　二十八ウ）

はくらくてんかんふにはふうせいはくふたんしやうで
むかしはまるしけんをきく後くをはくるうんれめい
ていをてうえやをはらうみかど乃ふかはん人と

第九 でけふる人れ女のまふへかゝす

おとこはわが子く女をゆしはふらなげきのあるに
つ身てりきを我が家をそむうたくひたかの家をし
もうるに日々すやうしくにわわゆくおとこにあけふ
と戌さるまりんなうをちのはくあきえんにひけく
うきな戌もう娘のはよありしたちをかりきみかと
女の事の部しく心をし思ひやまんいわふうる時ては
志んつ身にしてしぬるなみのうるさにゐまてうん
さしわをありへなやたとへみうるさにありし中なま
世わりのまれうちをしんにやさうんみゆうてれある

下 廿九

（下巻　二十九オ）

あるひハよるハまくらをならべしなさけのこ
とバれハうさくさびしきむしろにうつしく袖の
志つくたえハいつれ後乃世をいのりてあさひを空
かへりひくおもしいのちハみをまもん事をいそぐ為し
九一　けう王に二人のひめ君ましくきお孫をか
くもうと云ぬもとをんちよるいと云是我志もん王
みあそ世葉わたりを後志もん王ほうしぬひしりを
まろ逆我おし三そかくなこる志ゆうり空云済乃さし
にあるなすこさすくさ乃こをいのてり志ろ済へきや
いりんやうけぬうろなるまでつゐさ為しそかしき
の事なき今ハ志ろく是之　九二　みいくらくにたう
ぬさんといふ山まうの山にたう絵世紀と云いしまた
人のとし村とこハせんじすそおんこく八ゆ紀なり

（下巻　二十九ウ）

ならりをかしけくて那須まて見をくりてあり
なりし石となりてたく此事あるに今に石といへり
九三　又もろこしにちうしよと云人あり（?）めよりんくと
いふ女ある男ありてうちの男はつまに（?）
ちんし（?）と云所に十二年まてつ那しこはおなみ
りの所まてたよりなくあるに言ひことはりやしおもひ
のかけにやせおとろへけれはさきのよの志（?）をえん
ゆくしいりまいりんや一世しの所にして年月をへて
いのちありてさきの世のちきりあらん一志由のけ
といふきをす門本のあるによりあひくすまじくふ人を
おもかけよするくやさしめ思ひきるをまよらんと思ひく
ともに見しくわりこの物語してなとなくさめ
はり思それをさ紀夜に此木にあとみてよりあひく

（下巻　三十オ）

物語なとへよくとちきゝりしゆへに一つれ〳〵の様をよくも
をしくのとしいもんやみまよひし事のこゝろ悔しく
事いてのいろは世なさけ深うりいてかゞいのえんとして
はなれをこゝろよ縁のふかし

身すて多うおもひ深いれ娘へよき事

人の一ごとをこそす事白る のひまゆく駒をたとふ
えらしろくてと云い一生ひむらにはさきハ千里を
まく城橋之かやうによろひさけゆく事猶なし
かくはをれ中よこせ乃いのちなくおもうふしてもと
のをこりふりへらん事多くぢゞくへ列ん女房多し
こせ深ちうぬを法の心をなりときてうちまち
みこせれいとなみをいうをたとへど人のいのち
けふあすときたみんよりなむ後くそそらてかとに

（下巻　三十ウ）

しかるへき又たよるまうく候事をきねん人の云なんぢ
かれやいしかくれなきあるしなうしれいの道か
れやをうえはそうまて悔ニ世乃いとおしきまてい
なうにいかにしてを悔しく乃たや乃めと八ゆけと
をしへらまさくうれし記事かきるなし悔しくはおや
まことか八ゆうんといそぐかとしおんうのさんいん
ねかう事をありなからずい六てんの悔まうにうせ
わきまえ事じをいりへ義事を思ひよりにして世の
中にをむすびいきさいちひとおのれへ縁かれに
のりのしとえりをきてくい悔乃わきまえかまくふ
なうされへまへ所あるとくくりて佛所うをちんして
いそき佐のみ所八いうんと思ひさる見悔あとのおや
みありんといそくあるし人の一でいむすを八まん

（下巻　三十一オ）

さいしよのさまたけを後したいに食川しまさくちや
かによらんはさい世の時より八十年程めくく一こ
とにちうのみくまうお十三年三川のくさはれゆし
ちやの佛法みうめいより此のくこち毎うあん三年の
とのうしみいくら成まて二千二百五十年こよきま川
たいみ那のぬ余をいよくはくまてとうじよ
十三さいを一ごとにへ数まや此うらにむま生て十
五年い人のみすゆもあるによう世うのふんこみ五十
三以後きらうぬうのぶんみそいらけあさにれなし
うはへなよ世はうんなはるすわつうふ三十六世見え
ちうやれるによはいぬるまよわきうはくなはるす
と川うふ十七八移んあるそれうらをちやうこやう
たりくうしあしさみむまきて中ふへに死ける夕に

（下巻　三十一ウ）

生死てあかつき志はら生死てやかて志ミ死をある
描れんをしらすてにいけらん事あるをきんおく
の二階乃餓鬼まんてあらやうに畜生死をきなる
為し此うちにみんなん衆生をうく仏事いかんてん
よりいきをくるして大海乃そこに三川め仏えりの
うく餓鬼うぬらんとあまをま穢な所へ一佛法よはふ
事ハ又月ひとつとちうろくめれうきき木のあかに
何人仏かこしあまうこ玉事ヘ命乃かりなる事を
あさかれ花乃月かけみまつをかれたのこあれ草
の露よおく霧れ風餓まりとあまを何さか剰されね仏世
くんれむ恵うを志仏やいかや空とひのふみきれふ
あ仏かの老らふをなし又いきくあしさあるりの志夕
為よ眠りとや修道く仏ありあ代志らはうく仏と任

下二

（下巻　三十二オ）

けうふかなんそんだやのおく所かいふ事ハいるを
まうさるゝと仏えそ侍りと申給ふときさとりことのきひ
ろわかくはたう里我さくにはなてもよはをひはふ
ちくいそくへまよひハ我ハ世のまよひなし　十二　生死
をおもハゞうりハちんこんぬめちんてんあいけらん
さんるんやうそうぢろんせう論んとて是を八ちう
と名付く捻うして八万四千乃ほうもんへこれちう
だうの仏まちくめしてさとりまうしきよわくを
仏拵のりのハそれめんよわちんたうをえしめんと
佛乃りんぶによをえりくらさをさ給ふ変へあま一
としてゆゑなるうすおけまハいうきもちうを一い
やうつめてうれめんよりちうじをおふ福りはと
めていやさかむ為しほと事ハむさんまいといふちゑ

（下巻　三十二ウ）

ともかくてそれしゆぢやうをかんより仏になるへき哉
物そ此しるしめしてあるをくちれかん姫まてその
かみの仏をたのまをしらぬ物之人の上まても思ひを
よくにうちまかせてつとむるをりもしんこうせん
しうかいけ念仏是残なしくなる事みにもやかく
法をめらるてをりあれい此世の中にをひとつ残ふうす
為しんこうん三宝乃めてたる事をそれのみすゝくし
くうしかぶいしん誘んにはくはやをみんぐ物らる
はうふいかたいしん姫をしよしやうしんそくせう
たいらくぬ空とき修人里此仏いをし人佛にちなを
もとめてかぶいしんにほうふろ世はふをのむ絶る
ところ乃弟則（すみえち）さとり乃くるぬにわなしとの外にあり
たいらくぬといふを仏になる変也あて是枕こなふ

（下巻　三十三オ）

事すきそれかちやうぎんして手にいんをむすびによ
神呪をよみててんにんしやうをこらしてちやうじを
たかふ事也ぜんさ云いんにあふぐくのわづらひ
をのがれまうむれ二つんをのがれまそぬとん成しとを
さはくとあきらめてまんぞうみをくうのまうせ
をきくくとさとりてせうとくいるまめえ上こん
の人をあきらかに指南をとんれ人のえぬるすかは
あしたく心のりしられをとたのまれしてはんする
きんくみをよはへられ　十三　おいけといふもの
のおもむき行ふ事はたく山法花事なりじほんせ
におもひて後よくくも由ちやうの成ありらん
てきくちる変成まうのさひしかとに四十よ年をむ
なしくされよそわそのしらむらんをあしらへ候く

（下巻　三十三ウ）

ときに女人里志てよぬつれをうけて女ひしーおとい
一さいしゆじやう乃佛になるへきたちむとういかけ
きやうよりかいさうみ肝ーむつまやうしゆ經まきや
すよ孫んこくんしん志川空らさのふかけて事にきて
ゆひい一のいじりんゐんこしゆつゞんおはせとも
どさあるひとまやくいしゆせうけあんい志しれ一人
かそくたゐんとん志じいふりらとも乃人女人里この
めんのんをかけきやうよ里かの経にきこしんし
をとうにあはひをかけきやうよりかのの猿まて一
人を仏となるといふ事ありといふてわきまへさる
にたちぬ為一定とかのひく我世に本懐事にて是
一大事たりんゑんかいけきやうをとうんりらあ
おまと乃女へ法清あれ只やちを中く母縁にて　すや

（下巻　三十四オ）

念佛と申ハ御[illegible]みやうがうをとなへて
[illegible]口[illegible]て仏と申し
よわりきてハ[illegible]女乃ために[illegible]ある
[illegible]とせし人を[illegible]
世王といふあらそひたために[illegible]こめられて[illegible]
[illegible]さまんとせし時て[illegible]をすくさそ[illegible]
りふ佛の[illegible]さと[illegible]仏乃[illegible]
きんしあひしふ[illegible]ハ地[illegible]あはれませわ
[illegible]のたくハ[illegible]へ[illegible]とおもしハ[illegible]へとあるまし
りと[illegible]の内[illegible]して見せ
志め[illegible]へまさい方こくらくと云めてたき所ゑとて
[illegible]ひとり[illegible]のひしり[illegible]女人[illegible]
を[illegible]乃ゆん[illegible]是を[illegible]

（下巻　三十四ウ）

をし八みまゐらせて念佛申てごくらくわうじやう
せん事うたがひなし八これちのあみだぶつねんぶつ
きんくうとかしをし上人をはしまちぬ滴しまゐらせ
ありやまでしよしやうおわりてしんりよりたう
をりと地志うしくにを中をとてを中ことありまい
よい残りんはるましやうへてう座れ方残わまいらおん
ゆそならはとて後中そ志やうどりんにいりて念さふ
しやれめんをそへして合んおらく敬いして一志て
にいよく念佛をとなへ後後わ先によりて康せ平
おにじやうやうせさきんとま後ほとなふおまりなひし
ときこうやうくうをとなへさせんと云合んをおこし
ふ而為りかの十八をりんれなりふ第十八乃くりんふ
ほくせいりとくぬつすおしんしやうしーんしんけう

下　卅五

（下巻　三十五オ）

よくしやうかこくないし十ねんにやくふしやうしや
ふしゆしやうかくゆいちよごぎやくひはうしやうぼう
けんそわまれをえさうんによ十方の衆生（しゆしやう）を出しく
しんげうしわか国に生まれんとないし十ねんせん
にもし生まれといてしやうかくをとらしとせいへり
しやうかくとは佛になりさふらはゝとちかひ
給へりとしやうかくによらいとなり給へり衆生
てまつる国へむまれんと思ひさんしゆれ心をおこ
さはそふりちやうしやうを為し何をりくりさん
しんと云ハ一にはししやうしん二にハしんしん三に
ゑかうほつくわんしん之三しんぐそくするもの
ハかならすかの国に生すと云也この三しんハねん
をさんのしゝんしんげうよくしやうかこくのもん

（下巻　三十五ウ）

をしやう志きをはなれて志つきは則破戒せん人也
かなしみは三しんくそくしさく我ん佛すへき義なり一身
志しやうしんと云は衆見さ仏をひとつくたのこゝする
仏と二しんーしん也云をつらにらやうりう蔵となへ
てしやう志やうりさくは三はん仏なり三心ふ念つうなり
念仏也いふはやう浄やう志やく一切衆生を成やくせん
也思ふ仏心　すみ　たとへをなかてこの仏をなら
いはえしある人一体のさかをなかのく人よりふく
いとくをもち祈ふ力法有の法く里分人顔の也をふ来
くれ人こゝろくいさくまつりわいま法くまて仏事念
せん人のして来ひたわといふにこそへをあつてに
に力蔵きりふけあれ念しやうしん也此のさるそ大事
のりのし仏さにせしと思ひそくゆかつをちんーしんく

下　卅六

（下巻　三十六オ）

さてさ経にはとかりのときはい念かうかいもちん
ちんあ里二にかくれらくれかんくもんみ阿ふ事を
かくさかをまふけうろうしてしうたとへをゆかて曰
ふくろ一つをまふけおろんよ此袋をひらいてみるに
中によ法のたからいりおわふくろ経法ふかるい
ちしやうちん之大事乃たからいまたうろをかくさま
せしと思ふをちんしゝん之あやのま入きるあかるを丸
いろしくはかふを念かいかいなんちん也さま也い
かんくりんまあふ事をふくろを海う西きうろうとし
此こやうかう乃中にあみされちしめて不つちん志
あひしおよりあんいし佛にあかの念まで六波まん
ぎやう一さいの人とく経法くまあつめてこやうなり
におさめ給ひてちまちやうにおさへたまへ阿弥陀佛

（下巻　三十六ウ）

あれはあはれみにをしと思ひそめちきやうけん人をも
ゆひやかにまゐして一しんに南無あみた仏と唱ふ
まいりかしきれ本願まよ望てかゝはさい人ハ浄土に
むかへらまゐらせきんゆるされしゆゑと思ひつゝ絶
てもふかき事あるも孫んこゝろをとゝめによもにに
となへてく余おさ侍まてあいてんなく中城ちんしん
といふゆく孫をあさまし世しと思ふうとし女く孫の
なりにわかりのことり出しくめらいしとかなる
うひさつうふにあらうあり貪ちんこえたとんで
人のくるまをとちたうんにうこむをうけきりのし
わまるをよそきな利うる事をえさうんにわりかさむ
をうらてとらしきんといふをすゝめしひとたのむ
ゆて孫んはよあうこうせはわりかさき段でうらて

下　卅七

（下巻　三十七オ）

いふゑしとふかくたのみてほうこうすれは極楽ち
うへぞてきをうちてあふへし此けなりのと女の
むをしちやうちんせほうあうほうをちんちんし敵
をうちまふハ忍ふうありくりんちんしちろれとく
わきまへらきむしよりはうさあくあうおんなうのうさ
我にせめらまて六たうゆちやうふりんゑしてちやう死
城なか へ義やうをおほみなみさ仏乃わきまへをたれ
めおんなうのうさきなれうちて忍させんされちの
ハおまてぞ佛法さのこゝちりて念仏ほうハしちやうちん
おもこゝやうくうおこゝろほとおふ死をちんちんし
らハかうよありうまて生死をはかれてハうさ
うちてふんとたのむハ忍からす發願し此ゆん ふ三身
ぐそくするハゐちのやうり道なおもさ佛のおんをん

（下巻　三十七ウ）

にはそくりのしやうかう成就せん濁世のかたに勝は
かうきんと傳られさきをおもちやうしてりんせうせ
らまうらせんするとしんしんしやく仏に念して口に
となへくわこうろ事なくさいごれ一念にいたる緣を
たえにいし就んは三しんをそくしそ之此ゆへは三
しんぐそくしたる也又そくりのしなきも時三しんとえ
なほたよもしつ就せ一かうせんしゆの念佛しやに
成ぬ是をみるにあとくをさんだんくうくしてまう
じやうせん事うたがひなしゆいりく一かうせんしゆ
とかうしたるを是非しんしつに一すちにみてく仏を
たのミなる變の一かうせんしゆの事て一かう佛
をたのミなるをわれしやうしんへねんくさうそく
しやく念たしろをとりさすとして就んぬいたるれしん

下

卅八

（下巻　三十八オ）

しんのいくとくによりて往生せんと思ふ心なう
難行しんのたとへにて浅くなるをのくてきくへう
物をえらびとし衆生をてらしあはれみとくをはく
まえ法達ともあ思さ仏のくとくを浅くりあはれめて
南無阿弥陀仏といふ六字におさめて衆生にあたへ
給ふ凡夫の人の子のいのちけがれわれやのおひすく弟
法のたからをうりけるゆゑ法ふとしさんしんのけう
りんおくしやうぜうくれともなえしとうくにあ
みだ仏たのみたてまつりして人いりふそし家ともに
をうちいすしして念仏数なにふとなふるおもてなうる
しておうちやうせん人の称ん佛の名すい一日一夜に
三万遍んは上品上生の人なり三万へんいげ下をせ上品
下品うまれせんちやくしやうふむ言かまえられをとろす

（下巻　三十八ウ）

かへしさゝめまうくすなれはとてほうしくとゝてを
同くさん事んさしのうらむ家に三万なんなれは一
日一夜のあひつゝみたえにとなふまいはさうそく念
佛とてわうしやうこうとなる也又四十八願の内
に弟十八乃願んに十方衆生と候ちのいれあきなん
ゝ女人こゝかしくくこそわたり弟三十の願に女
人しやうしやうれくりんとてあらにあまあり給ほう
上人だいさやれしやく弥弟十八乃くりんを下しやく
しあさめあらに女まやくそくしてをんをおこし
て日ふとひま諸仏をゐふろん弥それ女人あこまう
ミやうくう残さく事をえんまもんむもん第うして
かくいちん残おとしてによちんをいせちんより念
をて弥被えろく後ま女人乃たいとかもしやうくを

（下巻　三十九オ）

とく志との給へり女人ハとがおほくしてさりわぬ
りしたうさん経にちやくふかくて説かれたるちやを
経をひくいちく十方世界の女人にあるこゝやに地獄
あまといふ人王ゆゑ三ちう乃事いこれりこまか
れいわぬかくのとく法こふりあるゑ門ちくをたん
をふそてたりぜんさう乃ちやくふ日女人仏のこやう
そうをとなへてまさしく命たえるときふ剣女男を
ほうたあて男し空なる事を思たりなみされて説さ
法あおふかさつれ男をさゝけて法華乃うてあり座
志佛まもさうひく往生して仏のことへ来迎さむ
しやうをせうするこ一切のふよ人めし忍さ乃ぬに
よくれをきんこうまんあうふも法ぬ為によちんを
あるたむる事説えへこれ得うほうれいそく山みされ

卅九

（下巻　三十九ウ）

わんをりんみすりをぢやうどにまうだうをきはむ
をやうあらうかぜ女志んたれとも経八くれ是よを此
うさ六道の衆生みなしんせんおとゐかふちをうん
ぜかさちをあるむとも女乃ちからとなりて弥陀の本
ぐわんまうせんよ卯しうの念をしいだんや先乃ミたに三
つ八なんにたちてくるしミ現うらん乗後ゑうるむ
ともいろきの人うたまさくへまよやはみさく妙法れだ
にあふくこやうとうをとなへてさいご乃時なんしに
生死の観音かさんのたふふにこんまんあいにせて
こゝあのらいかうにあ内りりてかさうちやうゑ西方乃い
孫うしあひくゑ西ゆの男によう乗しうしてむりやう
のけらくをきんしよほうひりあるにや記けゆん人に
ゆゑんく念仏よみうききるあるへりうしに念佛と申

（下巻　四十オ）

き経をよむ事も心あくたうによらす法の
くとうくによりてやさしきねんぶつ残中まうしあう
せしとこなはしをし八はしさうひく念仏を一すち
なかて往生(わうじやう)するこそ女人のみすあまあまさありといふて
はすをゆりくちんしてねん佛一さちに空なくて
うさうひなくまうちやう志竹びしたとひかうちの
人のそしり残じくせいすまともきみしさうひて
名号(みやうがう)をわすこうるあうしにこしなちぞ乃人いその里
をなしてやかりんとけるともよこやしうめいみさ
一念八めんをわすれく事るのましめ　こやうりん
ねうりん心きひみたのりんらんおもりまて生死(しやうじ)を
をれ流へきよしたちんくふりくちく他(たゞ)すなし
十六　扨経小伊勢乃さいくうみあまくたくまり

（下巻　四十ウ）

ありかたきにせうじやう会佛ねんくうしやはきへと
しそくきんせんいまさいし百をはしめとして一乃孫む
にいたるまでこうやうど一とうみあしらへ中名孫力
みなよりにしてまへ回れすゐんのねんぬつをとく
めらまた尤犹ほん中まわそ海く事なくおい幡して
ためとし月つもりては余りさまたれはまんしやう
ふかまく天にまんかくひくむしうんたなひきくい
こゑすくんしてしやとうしくくなくうらしなむ
あまり中こまなん変まさいくう御本そんまむさ西に
むりひさ一首よみ給ふ　あとをまもりてにと浅け
きみし乃宅あまともり採恩ひ厚くとあそさし
なかきいでれしくまきく孫むるりとくしてたい
まのひぬ清さしむもてら諸りすかり心身の清ても

（下巻　四十一オ）

世々のちには行住座臥(ぎやうぢうざぐわ)わすれずさいはうにねん仏申すべく
おもひしるなみなみならぬ生ずる給ふ人ゆかしまよひもいで
気を思ふに男女老若なりし人とやまよひもいたし
たやすきん乃ちからにもあひとつぐともいゆひらん
たのへにしてゆめもわすれをぞわうのそくまい
とときん事うさうひあるをもに本願をうさうふ
まじき事ハふとむけぬんの仏かへりまよてはちさ
ぼさんせんぬいはをねくそらしとせぬちゃ
て阿弥陀乃あく称ん仏をふくそらしてなる
ゆひやぬらんとよのちうともあいまぞてめんへ
せられ乃なほ如来(によらい)乃せいきやうをこうおほとくを
生死のちかひにやうの王みそいまをひやうとうり
ゆるまよひときまちがれぬをうけぬ迷ハとくこ志くう

（下巻　四十一ウ）

しつるに西方こくらくにけうしゆあみたほとけまします
ねんよきやうしゆめつみたてまつりやくへんせう
ところくらまゐらすあのたつりえをとほりてこなた
子にあなる月出阿ねんなりあまねくひきめて
たとへばある人はうねん上人にまゐりてあはけなり
何事をきゝんとてりはいりたまへるとひあひ
なるつの人ゝけなるはむちのさい人こくらくにまう
まうけるかをあらひなうんとて参りてとゝ
なるおほせられなるはごくらくにあるしにておはし
ませあみだほとけあそ何事をしらぬさい人をも
たすけりんとしふおんをむねとして十方の衆生を
らいかうしかふされたりしこく思ひより極楽にまい
らんとおもへめしうる仏をしめてよりくきて

下　　四十二

（下巻　四十二オ）

第八 十七 たうどより日本こくハわたる所一さい
きやうを五千よくわんおうしまんをうちまうぢやうあん
らくのためにさうくわんぎやう上下二巻くわんぎやう
一巻あみだきやう一巻これをじやうどの三ぶ經きやうと
なかくけうらにむりやうじゆきやうと申をむし
ほうざうびくと申人四十八願をおこしてしゆ
じやうせん定あみだほとけしゆぢやうをむかへをさき
て極樂ごくらくせかいをこうんまうしましませられはう
さうびく一切いちハねん仏まうしやうしんくろと
の所ふともきらい為くにそれゆへハしやくそん
ねんねつまうしやう乃すあくらくせうひめてたき
ぜときさのふに六まんこうしやう乃しよねつきのく
あかのむれしやくさを出してなみのくさんさんせつひに

（下巻　四十二ウ）

あかいてそうろうせんとせうみんとしていでしや
かによ難い乃ときのふ事なしく那かとせうみん
みたちたまふぜんさうねんぶつ申うぎやう乃そう
ニ而をかも六まんあうだやれ志よぬついさし給人
是は志うさ一とくちをおくみうく人里いうにしてう勝
なまし堂の給人里あ忍さの三色ぎやうをむうへとう
まんハ志やうかくをとうし也ちのいの人里志やう
ハあのくまんうさうひなきそ也ときふあへり六万
のほと常を志やうのこしくをきうさうひ那しそう事
をぬ志うしの法志さ残いさしせう人まふち給へ依
今都と当とてくんしてのたまふとも六万乃佛よ里
わくのに堕らうりおとけあなへりうにおんぶなどの
るすゆうりをよいにたとひきこんまちくにして

（下巻　四十三オ）

せいをいるともたゞしんれいあきよりをもちいておやれ
きふくん紙をつる事あるへからすおとろくこ
をはあとをもとち帯にまくらとくせよ

女訓抄下終

寛永十四年丁三月吉辰

（下巻　四十三ウ）

解題

若輩抄

本書は、日本大学総合学術情報センターの所蔵本の他に現在伝本が無い。昭和四十五年に大沢美夫氏が『経済集志』第四十巻（日本大学）に初めて翻刻紹介された。本書は高野辰之氏の所蔵であったが、その後山田忠雄氏の所蔵となり、さらに日本大学の所蔵するところとなったものである。大沢氏は山田忠雄氏所蔵の時に翻刻しておられる。

まず、底本の書誌を記す。

書　型　大本　写本（寛永二年）、袋綴、一冊、たて二八・二センチ、よこ二一センチ

表　紙　雷文繋ぎ菱に雨龍の空押模様、丹表紙。本文用紙よりも表紙見返の紙の方がやや新しい。従って原表紙ではないと思われるが、改装の時代は即断できないにしても、寛永期の版本などの表紙を流用したものと推測される。

題　簽　左肩に書題簽。灰汁色の短冊型の紙（たて一九センチ、よこ三・八センチ）。

題簽題　「若輩抄　宗入記」

内　題　一丁表の巻頭に「若輩抄　宗入記」

尾　題　無し。

匡　郭　なし。

一行の字の高さは二十三センチ前後。一字下げの部分もあり、一定していない。

墨　付　四十丁。

行　数　序＝「若輩抄」＋八行。

本文＝毎半葉十行。

奥書＝十四行＋「寛永弐年……」

字　数　序＝十七字前後。

本文＝十八字前後。

奥書＝二十六字前後（小字）。

挿絵　なし。

本文　漢字交り平仮名。濁点は少しあるが、句読点・振り仮名は無い。本文中に朱引があり、各項の上に△印、和歌の上には歌記号〽が朱で加筆されている。これらの朱の加筆は、かなり退色している事から推測して、著作と同年代のもののように思われる。その意味で、作者自身の可能性が大きい。

奥書　四十丁オ・ウに

「つく〲、物をあんずるに、此、にうだうが、いにしへも、それほどつらき、身にもあらず、……たゝ何事も、うちすてゝ、おさなき時に、ならはせよ、かへす〲も、ならふべし〲

〽のこすべき物もなければなきあとのかたみ
にこれもならばなれかし

寛永弐年神無月末七日書之　　尾州牢人」

とある。

蔵書印・書入等

前表紙、右寄りに墨書にて、次の如く記す。

「貴　著者自筆原本　斑山文庫珎蔵本」

前見返に墨書にて、高野辰之氏（斑山）の次の識語がある。

「元和三年徳永種久九州柳河を出でて京に上り京より江戸に／下りし時の紀行文ははやく種彦等に紹介せられて江戸初期の注／目すべき文字として知られたり。此の若輩抄はそれに模ねたる／ものとおぼしく尾州牢人が元和九年神無月に木曾路を経て／江戸に来り入道して手習師匠となつて口を糊する一二年が間の／ことを綴れり。文よむことよりも謡にくはしく手習子どもの方／歌は巧なるやうにものせり。子ども等か師匠の留守に歌舞伎の／まねをなし猿若になるもあり塗笠手拭頬被見物人になる／もあり蜘蛛舞人形操浄るりなど語ることを叙して傍証用に／供すべき文字少からず奥書にある寛永二年の著作なるべく／若輩の宗入といふが作者にてその人の自筆なるべし。／昭和九年四月収蔵　　斑山文庫主人識」「斑山文庫」「斑」「日本大学総合図書館蔵」の朱印。「一誠堂購入／昭和51・10・5／□□／日本大学総合図書館／761201」のラベル。

その他　二十四丁ウ、八行目の「おちごかしらぬ」の七字は「よしはらおちこの」の八字を消して改めている。

所　在　日本大学総合学術情報センター

（深沢秋男）

聚楽物語

本書の諸本についての詳細は、『近世初期文芸』二十二号（平成十七年十二月発行）掲載の「『聚楽物語』の諸本」に記述したので、ここでは概略にとどめる。

『聚楽物語』の版本には、次の各種がある。

一、寛永頃古活字本
二、寛永頃無刊記整版本甲類
三、寛永頃無刊記整版本乙類
四、寛永十七年刊整版本
五、明暦二年刊整版本
六、寛文頃絵入整版本

底本としては、古活字本を用いるべきであるが、所蔵元のお茶の水図書館が翻刻を許可しないので、次善の策として、宮内庁書陵部蔵の寛永十七年刊整版本を底本とした。
　該書の書誌を記述する。

書　型　大本　三巻合一冊
表　紙　薄茶色表紙
　　　縦二五・〇センチ×横一七・二センチ
題　簽　後補題簽。無枠。手書きで「聚楽物語」
外　題　聚楽物語
目録題　聚楽物語巻之上目録
　　　聚楽物語巻中目録
　　　聚楽物語巻下目録
内　題　聚楽物語巻之上
　　　聚楽物語巻之中
　　　聚楽物語巻之下
尾　題　聚楽物語巻之上終
　　　聚楽中終
　　　聚楽物語巻之下終
柱　刻　上（丁数）
　　　中（丁数）
　　　下（丁数）
丁　数　上巻　三十六丁（三丁めが重複）
　　　中巻　四十丁
　　　下巻　二十六丁
行　数　毎半葉十行
挿　絵　なし
刊　記　寛永拾七年五月日
　　　杉田勘兵衛開板
印　記　上巻初丁（目録一丁）表に、「図書寮印」の正方形朱印、「和学講談所」の長方形朱印。

（菊池真一）

死霊解脱物語聞書

本書の近世刊本類は、元禄三年山形屋吉兵衛刊本と、その覆刻本である正徳二年刊本との二種に大別することができる。また、正徳二年刊本には、挿絵を有する正徳二年絵入刊本が存在するため、正確には三つに大別することができる。なお、今回翻刻の底本は、中京大学図書館所蔵の元禄三年山形屋吉兵衛刊本である。

さて、元禄三年山形屋刊本は、「愛媛大学古典叢刊」一三（一九七三年・愛媛大学古典叢刊刊行会発行）に、正徳二年刊本の挿絵部分（大洲市立図書館矢野玄道文庫本）と共に、その影印（愛媛大学附属図書館所蔵本）が収められている。また、同書には柳田征司氏による諸版の書誌と、詳細な研究報告も収められている。活字翻刻は、服部幸雄氏著『変化論―歌舞伎の精神史』（一九七五年・平凡社発行）、高田衛氏校訂『近世奇談集成』一（「叢書江戸文庫」二六・一九九二年・国書刊行会発行）に収載される。

本書は、浄土宗の教義を基調とする通俗的な仏教書の一類であるが、所謂「累伝説」の基底となる書物であり、且つまた、その壮絶な怪異のありさまによって長く読者たちを魅了し続けた近世怪異小説の一つとして理解することも充分に可能である。

一、元禄三年山形屋吉兵衛刊本

（一）中京大学図書館本（底本）

書型　大本　二巻一冊　改装　二六・六×一八・二センチ

表紙　縹色（後補）

題簽　欠（外題も欠）

内題　死霊解脱物語聞書上（下）

柱題　死霊物語上（下）

本文　毎半葉十一行

匡郭　四周単辺　一九・七×一四・四センチ

挿絵　なし

刊記　元禄三年午十一月廿三日
　　　本石町三丁目山形屋吉兵衛開板

（二）国文学研究資料館本　ナ4 403 1-2

書型　大本　二巻二冊　原装　二六・六×一八・一センチ

表紙　縹色原表紙　題簽左肩

題簽　原題簽・刷・双辺（但し上巻は破損多し）
「新板死霊解脱物語　上（下）」

備考　中京大学図書館本と同版であるため、以下省略する。

（三）その他

東北大学附属図書館狩野文庫本（二巻二冊）・弘前市立図書館本（二巻二冊）、岐阜大学附属図書館本（二巻二冊）、愛媛大学附属図書館本（二巻二冊）、彰考館本（二巻二冊）、上田市立図書館花月文庫本（二巻一

冊）、国立国会図書館［149 46］本（二巻一冊）、西尾市岩瀬文庫本（とり合わせ本か）等がある。

なお、この内多くは国文学研究資料館にて、同館撮影収集のマイクロフィルム、所蔵者に公開を許可されるものに関しては調査カード（Web上で画像公開）をも閲覧することができる。

二、正徳二年山形屋吉兵衛刊本

（一）金沢大学附属図書館本　7 29 7

書型　大本　二巻一冊　改装　二六・一×一八・一センチ

表紙　縹色原表紙　題簽左肩

題簽　原題簽・刷・双辺（但し一葉のみ存・上部と下部破損）
「［破損］死霊解脱物語　［破損］」

内題　死霊解脱物語聞書上（下）

柱題　死霊物語上（下）

本文　毎半葉十一行
匡郭　四周単辺　一九・二×一四・二センチ
挿絵　なし
刊記
　　元禄三年午十一月廿三日
　正徳二壬辰歳改　本石町三丁目山形屋吉兵衛開板
備考　元禄三年山形屋吉兵衛刊本の覆刻本。

（二）その他
東洋大学附属図書館哲学堂文庫本（二巻二冊）、広島市立図書館浅野文庫本（二巻二冊）、天理大学附属天理図書館本（二巻二冊）等。

三、正徳二年山形屋栃木屋刊本
○国立国会図書館本　
書型　大本　二巻一冊　改装（上下巻ともに原表紙を存す。原表紙の上に後補の厚表紙を掛け、二冊を合綴したもの）
二六・五×一六・六センチ（原表紙寸法）
表紙　縹色原表紙存
題簽　双辺・刷・原題簽（但し下巻のみ存・上部破損）
「□新死霊解脱物語　下」
内題　死霊解脱物語聞書上（下）
柱題　死霊物語上（下）
本文　毎半葉十一行
匡郭　四周単辺　一九・二×一四・三センチ
挿絵　なし
刊記
　　元禄三年午十一月廿三日　山形屋吉兵衛
　正徳二壬辰歳改　栃木屋清兵衛　開板
備考　前項二の版木を襲用し、刊記を改める。

四、正徳二年山形屋川村刊（甲）本
○東京大学総合図書館本　
書型　半紙本　二巻一冊　改装　二一・七×一六・四センチ

表紙　灰色表紙（後補）
題簽　欠（外題欠）
内題　死霊解脱物語聞書上（下）
柱題　死霊物語上（下）
本文　毎半葉十一行
匡郭　四周単辺　一九・一×一四・二センチ
挿絵　上巻　一三丁ウ～又十三丁オ（見開き）
　　　　　二三丁ウ～又二三丁オ（見開き）
　　　下巻　四丁ウ～又四丁オ（見開き）
　　　　　一八ウ～又一八丁オ（見開き）
画工　仙花堂西村重長
刊記　元禄三年午十一月廿三日　山形屋吉兵衛
　　　　　　　　　　　　　　開板
　　正徳二壬辰歳改　川村源左衛門
備考　前項三の版木を襲用し、挿絵を増補し、刊記を改める。なお、挿絵の丁の片面（本文）は、覆刻である。

五、正徳二年山形屋川村刊（乙）本

（一）和田恭幸所蔵本

書型　半紙本　二巻二冊　原装　二二・七×一五・九センチ
表紙　縹色原表紙　題簽左肩
題簽　原題簽・刷・双辺
　　「新板死霊解脱物語　上（下）」
内題　死霊解脱物語聞書上（下）
柱題　死霊物語上（下）
本文　毎半葉十一行
匡郭　四周単辺　一九・一×一四・二センチ
挿絵　上巻　一三丁ウ～又十三丁オ（見開き）
　　　　　二三丁ウ～又二三丁オ（見開き）
　　　下巻　四丁ウ～又四丁オ（見開き）
　　　　　一八ウ～又一八丁オ（見開き）
画工　仙花堂西村重長

刊記
元禄三年午十一月廿三日　山形屋吉兵衛　開
正徳二壬辰歳改　川村源左衛門　板

備考　前項四の版木を襲用し、刊記を改める。

(二) その他

大洲市立図書館矢野玄道文庫本（二巻二冊）等。

六、刊写本

本書の書誌的な特色の一つは、多数の刊写本（刊本を書写した写本）が存在することである。東京大学総合図書館本（天保六年写・一冊）、酒田市立光丘文庫本（二冊）、北海学園大学図書館北駕文庫本（一冊）、和田恭幸所蔵本（一冊）等。

（和田恭幸）

女訓抄（寛永十四年三月版）

柳沢昌紀氏所蔵の、寛永十四年三月版『女訓抄』に関しては、前巻の第三十八巻において、朝倉治彦氏が詳細な解説を掲載している。引き続き、本巻において全冊を影印することになったので書誌解題を記す。

書　型　大本、三巻二冊（上巻、下巻存、中巻欠）袋綴。

表　紙　雷文つなぎ菱に雨龍文様の空押、原表紙。たて二十八センチ　よこ十九・五センチ。

題　簽　剝落。下巻は左肩に「女訓抄　下」と直接墨書。

序　題　上巻、一丁表に、
「女訓抄序」

内　題　上巻は無し。
下巻は、一丁表に、

「女訓抄下」

尾題　上巻は四十丁裏に、
「女訓抄上終」
下巻は四十三丁裏に、
「女訓抄下終」

柱題　匡郭は無く、板心の上部に「上（下）」とあり、下部に丁付。
上巻「上　一（二〜十九・廿〜廿九・三十・卅一〜卅七・三十八〜四十）」
下巻「下　一（二〜十九・廿〜卅九・四十〜四十三）」

匡郭　無し。一行の字の高さは、序・本文ともに、二十二・三センチ前後。

丁数　上巻　全四十丁（うち序二丁）。
下巻　全四十三丁。

行数　序・本文ともに、毎半葉十三行。

字数　一行約二十二字。

本文　漢字交り平仮名。振り仮名、濁点を施す。振り仮名の中には後人の補筆がある（備考、参照）。

刊記　下巻四十三丁裏に、尾題から一行空けて、一字下げて、
「寛永十四年三月吉辰」

蔵書印　上下巻ともに「神原家図書記」（陽刻黒印）、「洛住判事神原甚持本」（陽刻朱印）がある。

備考

一、以下の振り仮名は墨書の補筆。

上巻
四丁オ十二行「生老病死」、七丁オ九行「琴詩」、四十丁ウ六行「地神」。

下巻
一丁ウ九行「琵琶　琴　世界」、十行「建立　仏神一年中名　五節供　彼岸　庚申　仏名」、三丁ウ九行「女房」、四オ十一行「和哥」、五丁オ一行「句」、

五丁ウ二行「古今集」、六丁オ九行「首」、十一行「古今集和哥集」、十二行「延喜」、六丁ウ一行「撰、序、後撰和哥」、三行「清原」、五行「拾遺」、七行「和」、八行「治部」、九行「応徳」、十一行「金葉集」、十二行「連歌、法皇」、七丁オ一行「詞花集、首、院」、二行「左京、撰」、三行「首後白川」、四行「入道俊成撰、新古」、五行「今和哥、後鳥羽院」、六行「連歌」、七行「式目」、八行「連哥」、九行「打捨」、十三行「情」、七丁ウ一行「終、字」、五行「秋」、八行「嫌、詞」、八丁ウ十二行「伊勢の神」、十三行「伊勢物」、十丁ウ六行「二郎」、十一丁ウ十一行「大納言」、十五丁オ十行「曰」、十七丁オ六行「法界」、十七丁ウ八行「王頂有牛」、十八丁オ六行「将」、七行「将」、十八丁ウ九行「腹」、十九丁オ二行「季春、暮春」、十九丁ウ二行「殊更」、三行「略」、二十一丁オ四行「仏」、二十一丁ウ四行「俗蘭」、五行「根」、二十二丁ウ三行「仙女」、九行「仙」、二十六丁ウ七行「菊」、八行「菊」、三十三丁オ十二行「則」、三十三丁ウ二行「神咒」、十行「法花」、三十四丁オ三行「経」、三十五丁ウ三行「衆生」、三十六丁ウ四行「袋」十三行「念仏」、三十七丁オ二行「唱」、三行「浄土」、三十七丁ウ一行「約束」、三行「敵」、六行「死」、十二行「発願」、三十八丁ウ二行「発願」、十二行「以下は上品」、三十九丁オ六行「願」、十行「曰」、三十九丁ウ二行「経」、三行「地獄」、七行「則」、九行「法蓮」、四十丁オ七行「大願」、十三行「念仏」、四十丁ウ四行「往生」、八行「名号」、十一行「生死」、十二行「他事」、四十一丁ウ一行「行住座臥」、六行「本願」、十一行「如来」、四十二丁ウ四行「経」、八行「極楽」。

二、上巻十五丁オ二行の「其身をすうされはふかうのとが」の「かう」の部分は、本の紙を切り抜き、下から紙を貼って墨で書き込んでいる。

三、上巻十五丁ウ九行の「□□さらんやすへて」の□□

の部分は切り取られている。

四、刊記「寛永十四年三月吉辰」について

この刊記に関して、柳沢昌紀氏は、「寛永十」が一本活字であると指摘しておられる（『東海近世』第十四号、平成十六年十二月）。同じ一本活字を使用しているのは『義経記』『自讃歌注』『大和物語』『宝物集』『井曾保物語』『左大将六百番歌合』があるとも指摘される。この寛永十四年版の「寛永十四」の「四」の文字が細く、墨が薄いのは、「寛永十十四」と二本の活字を使用したためであろう。したがって、この寛永十四年版は、現存諸本中、最も早いもので、中巻を欠くものの、貴重な存在である。所蔵者の許可を得て、本巻に影印収録した所以である。

（深沢秋男）

書林の目録に見る了意の作品 ㈤

朝倉治彦

八、元禄十二年正月刊

『新板増補書籍目録作者大意』（扉題）　美濃半截三ッ切

五冊

題簽題「廣益書籍目録」（推定）

目録題「和漢書籍目録」

内題・尾題なし

柱題「書目録」

（天台宗）

1　十九　同（盂蘭盆）直講　了意

2　六　同（右同）直解　松雲

3　十五　同（十王経）直談　了意

（法相宗）

4　三十　同（太子傳）備講　了意

5　六　同（愚迷発心集）直談　了意

（真言宗）

6　五　恩重経和談鈔　了意

（禅宗）

7　四　放生文　平仮名　了意

（浄土宗）

8　七十八　同（三部図経）鼓吹　了意

9　十八　同（阿弥陀）経鼓吹　本性寺了意

10　三十　同（観経）皷吹　了意

11　三十　大経皷吹　了意

12　十　同（大原談義）句解　了意

13 十五 同（往生十因）直談抄 了意

14 六 勧化三國往生傳 （ママ）

15 十 法林樵談 了意

（法語）

16 二 同（破吉利支丹）傳破却論 了意

17 十二 法花利益物語 了意

18 三 三井寺物語 松雲

19 三 かつらき物語 同

（故事）

20 十 新語園 了意

（歴（ママ）占書）

21 七 晴明記并人相傳 松雲

（軍書）

22 十三 同（北條）九代記 了意

23 十五 鎌倉九代記 了意

24 廿五 同（甲陽軍鑑）評判奥儀抄 高坂作 評浅井氏

25 三 武家根元 松雲

（醫書）

26 六 靈寶能毒 了意

（假名和書）

27 十二 大和廿四孝 （ママ）

28 十 可笑記評判 了意

29 八 堪忍記 了意

30 六 孝行物語 了意

31 五 うき世物語 了意

32 五 百八町記 如儡子作 三教一致也 了意加筆

33 七 晴明物語 （ママ）

（女書）

34 十二 本朝女鑑 本朝の名女を集 賢明 節義 直行 弁通 女式 了意

35 五 にし木ゝ 了意

（歌書付狂哥）

36 二 同（百人一首）頭書 浅井松雲

37 三 同（源氏雲かくれ）抄 了意

38 十 同（伊勢物語）抒海 了意

（名所道之記）

39 六 同（東海道）名所記 所ゝの因縁ヲ記 了意

40 七 京すゝめ 京町ノ名 了意

41 七 江戸名所記 了意

（舞并草紙）

42 三 かなめ石 ちしんの事を記す 了意

43 三 むさしあふミ とりの御火事 同

44 十三 おときほうこ（ママ） 同

45 七 犬はりこ

（平成十七年九月十八日 朝倉治彦稿）

第三十八巻　正誤・追加

一六一頁下段　後から二行目
（誤）十二行　（正）十二行（ママ）

一七一頁下段　後から三行目
さらに数少ない…　数は少ない…

一七八頁下段　最終行
巻別総目録　巻別目録

一八四頁下段　一・二行目
（誤）（黒表紙、中之一、下之一、二冊欠、題簽在……）
（正）（黒表紙、原題簽欠、……）

同頁下段　九行目
イな金表紙　イな全表紙

一八六頁下段　三行目
＊……　追記……（四字分、上へあげる）

一九四頁下段　十行目
挿絵から見ると、　又、

二〇一頁下段　七行目
上・下巻の挿絵は、　上・下巻の最後の挿絵は、

二〇三頁上段　三行目の次に、次の文を入れる。
国文学研究資料館第50回常設展示（平成三年十二月）目録に
7　無刊記板
中・下巻　「嶋原記」解説中に
承応・万治頃刊か
と記されている。

（朝倉治彦記）

【仮名草子集成　顧問】

朝倉治彦（あさくら　はるひこ）

前責任者。略歴省略。

●編者略歴

【責任編集】

菊池真一（きくち　しんいち）

昭和二十四年生れ。東京大学大学院博士課程単位取得退学。現在甲南女子大学教授。
（主要編著書）『仮名草子研究文献目録』（共編）『近古史談』本文篇・注釈索引篇『講談資料集成』第一～三巻（以上和泉書院）『村上浪六歴史小説選』『山田美妙歴史小説復刻選』（以上本の友社）など。

【共編者】

深沢秋男（ふかさわ　あきお）

昭和十年生れ。法政大学卒業。元昭和女子大学教授。
（主要編著書）『可笑記大成』（共編　笠間書院）『仮名草子研究文献目録』（共編）『井関隆子の研究』（以上和泉書院）『井関隆子日記』『桜山本・春雨物語』（以上勉誠社）『桜斎随筆』（共編　本の友社）など。

和田恭幸（わだ　やすゆき）

昭和四十一年生れ。東京都立大学大学院博士課程中途退学。現在龍谷大学助教授。
（主要編著書）『仮名草子話型分類索引』（共編　若草書房）「『伽婢子』考―序文釈義―」（『見えない世界の文学誌』所収　ぺりかん社）「近世初期刊本小考」（『江戸文学と出版メディア』所収　笠間書院）「近世初期版本刊記集影」（共編　『調査研究報告』17～21号）など。

若輩抄　日本大學總合學術情報センター藏

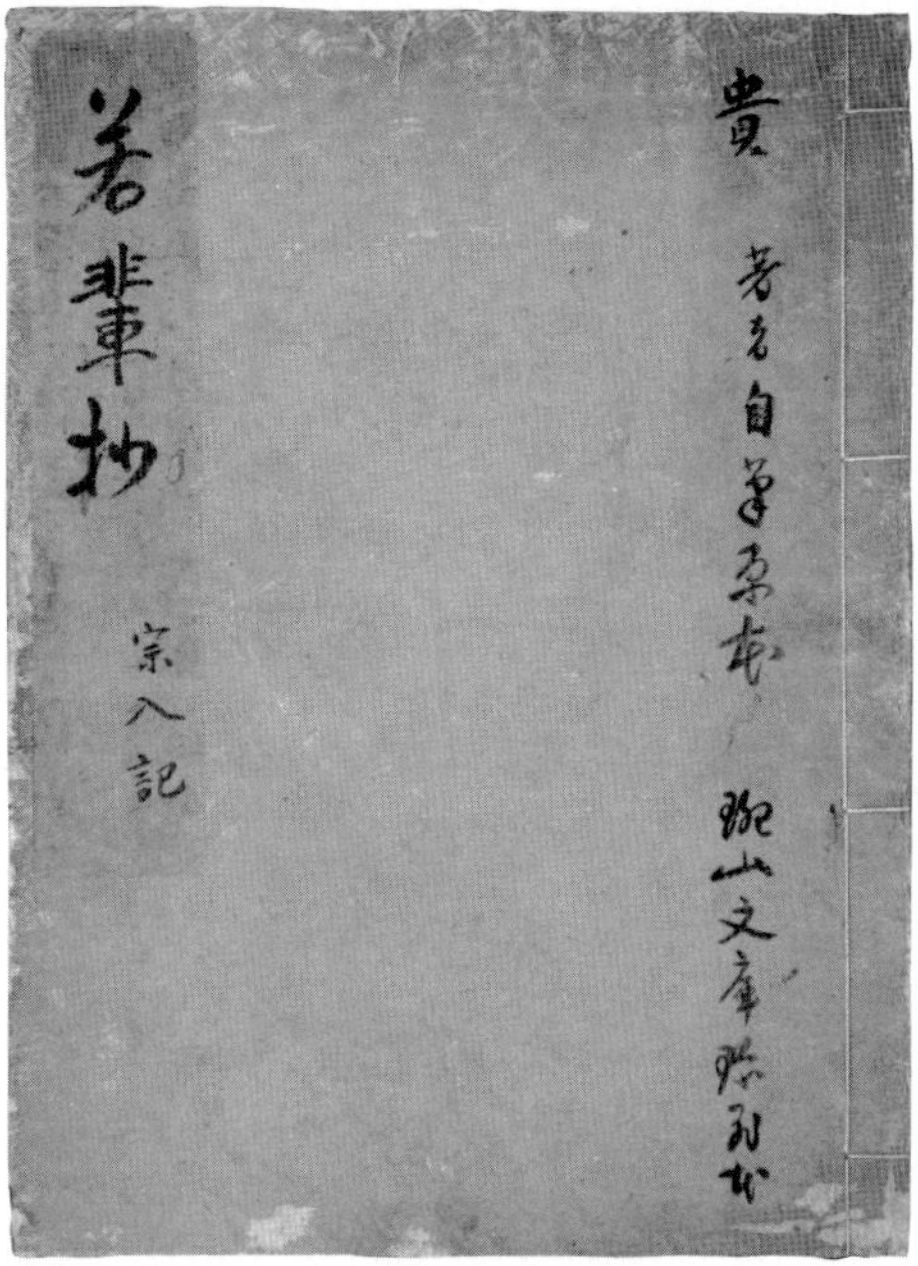

表紙

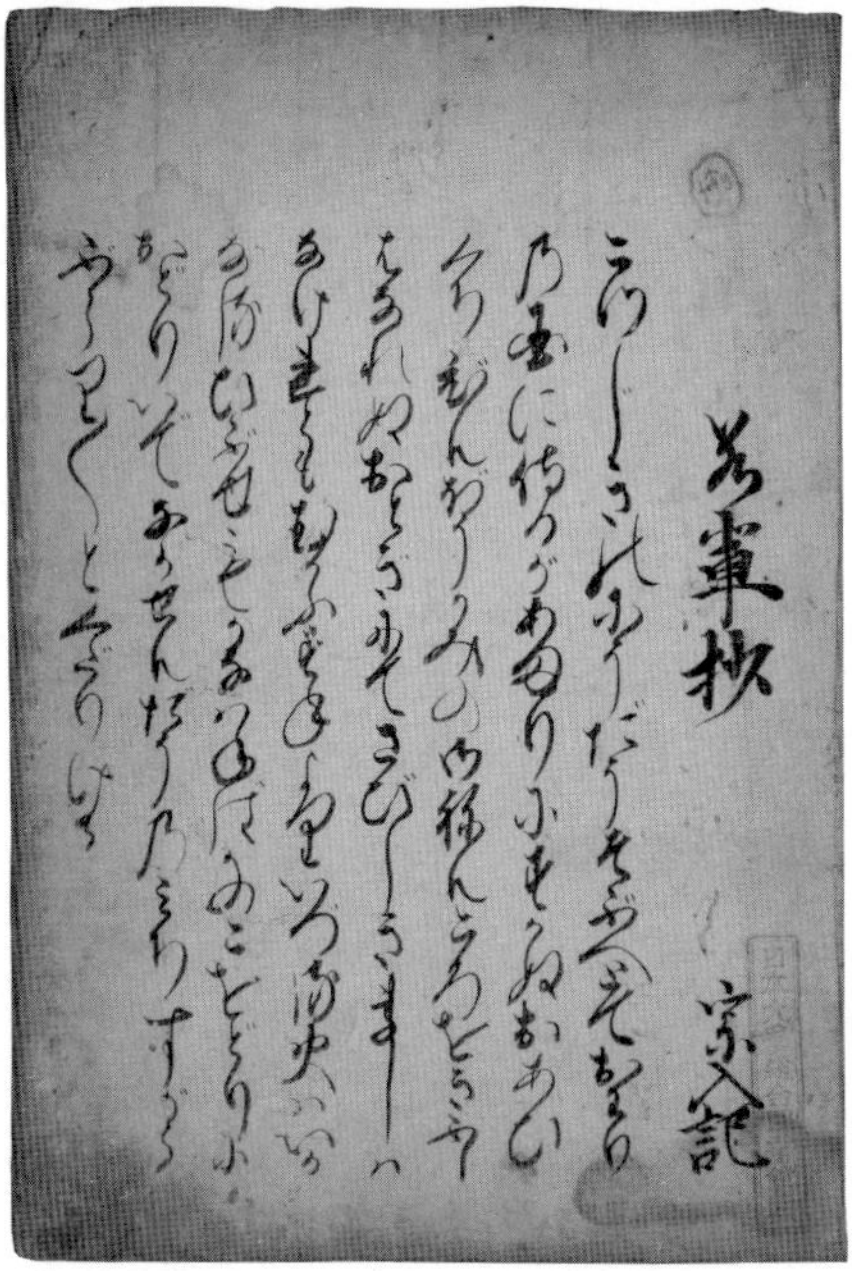
巻首

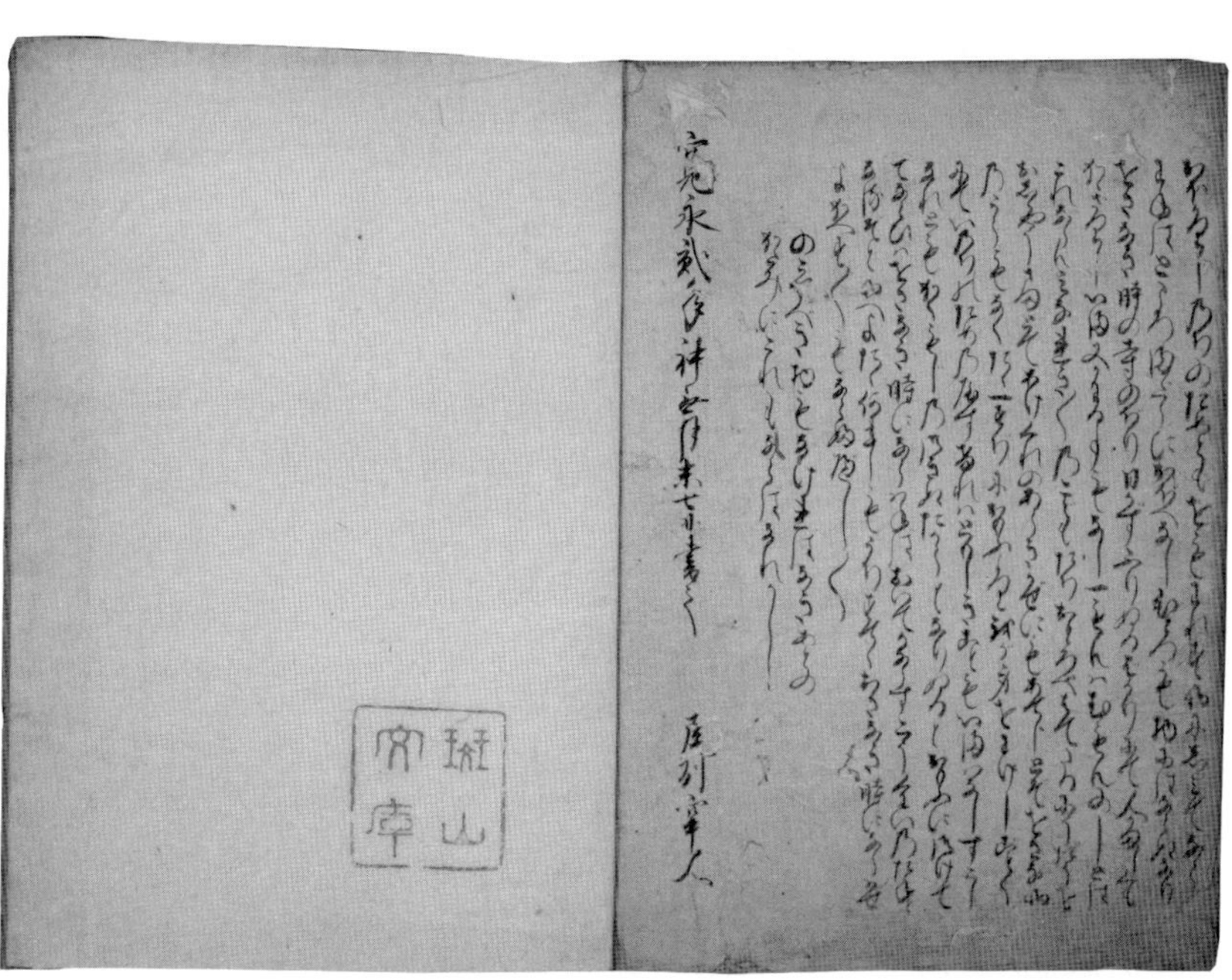
奥書

聚楽物語（寛永十七年板）　宮内廳書陵部藏

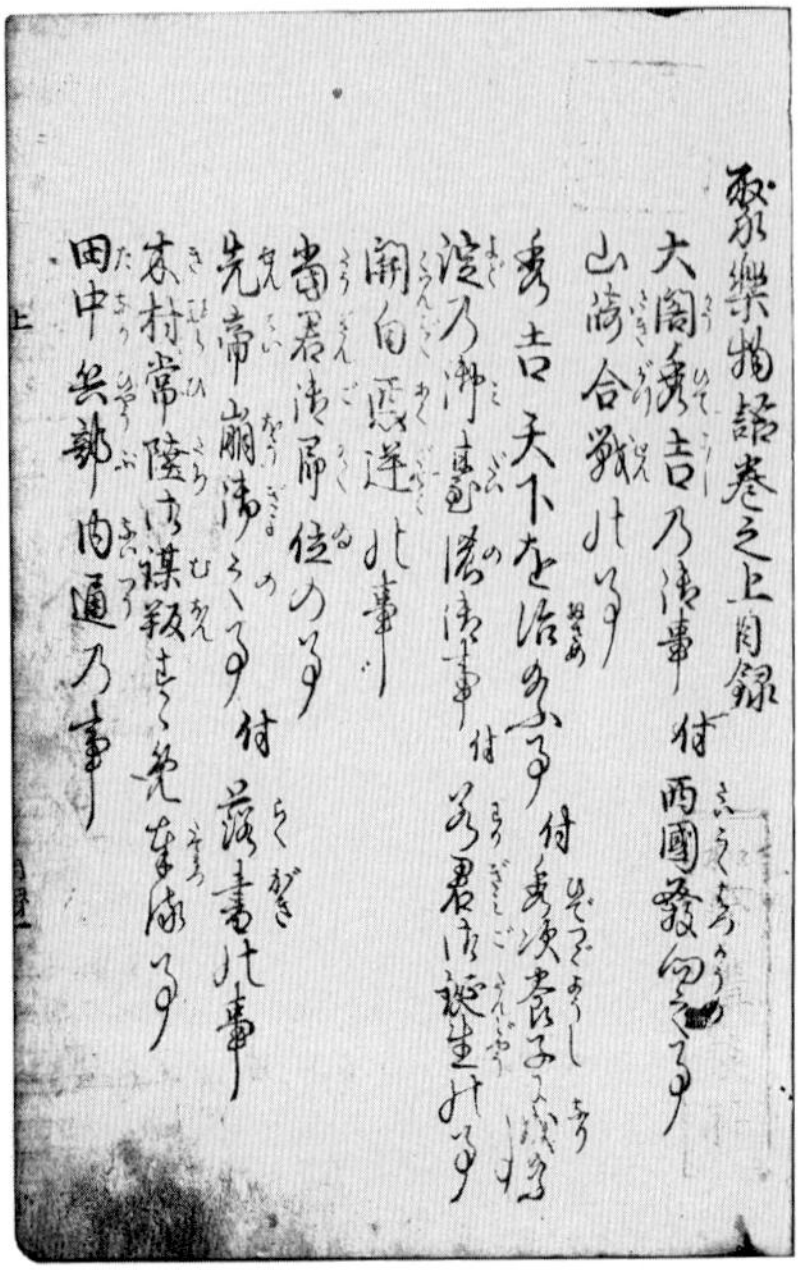

巻上目錄

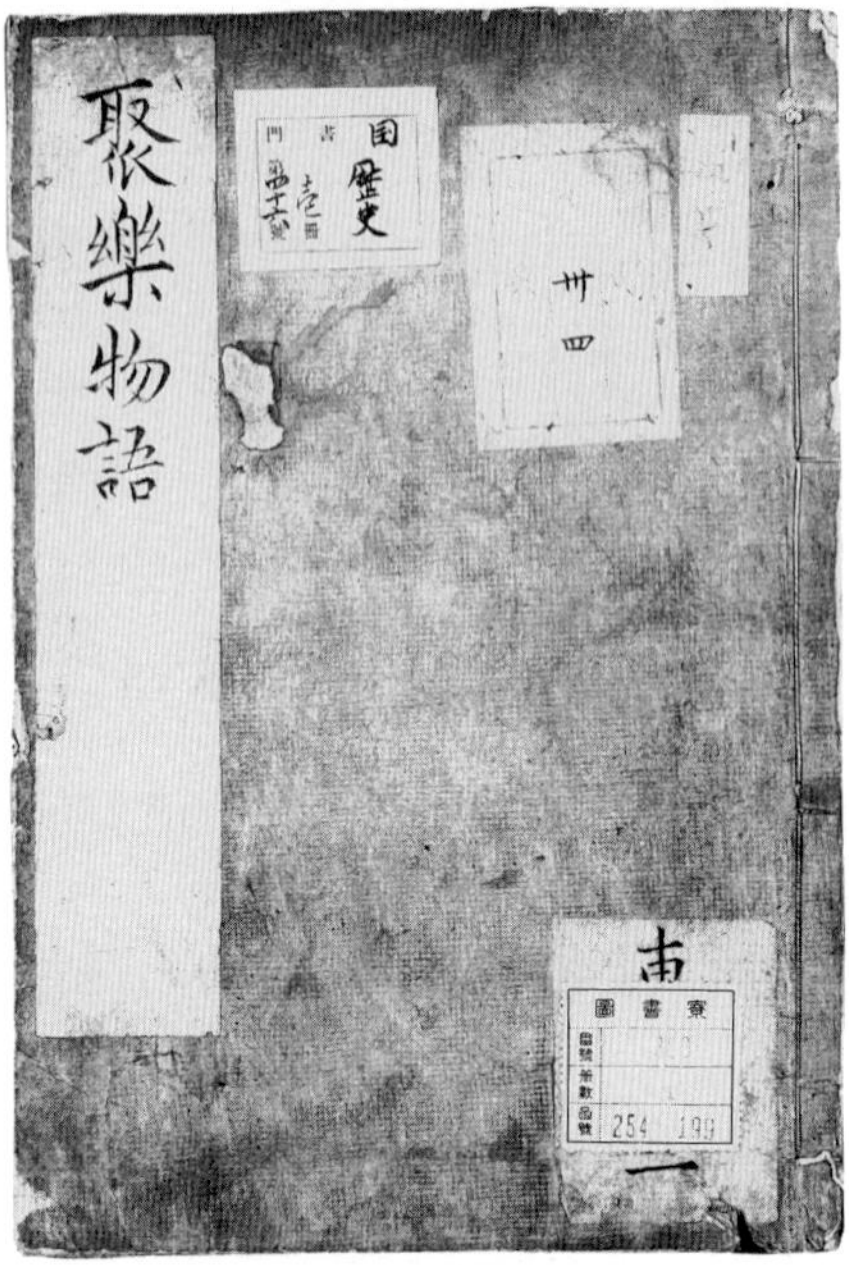

表　紙

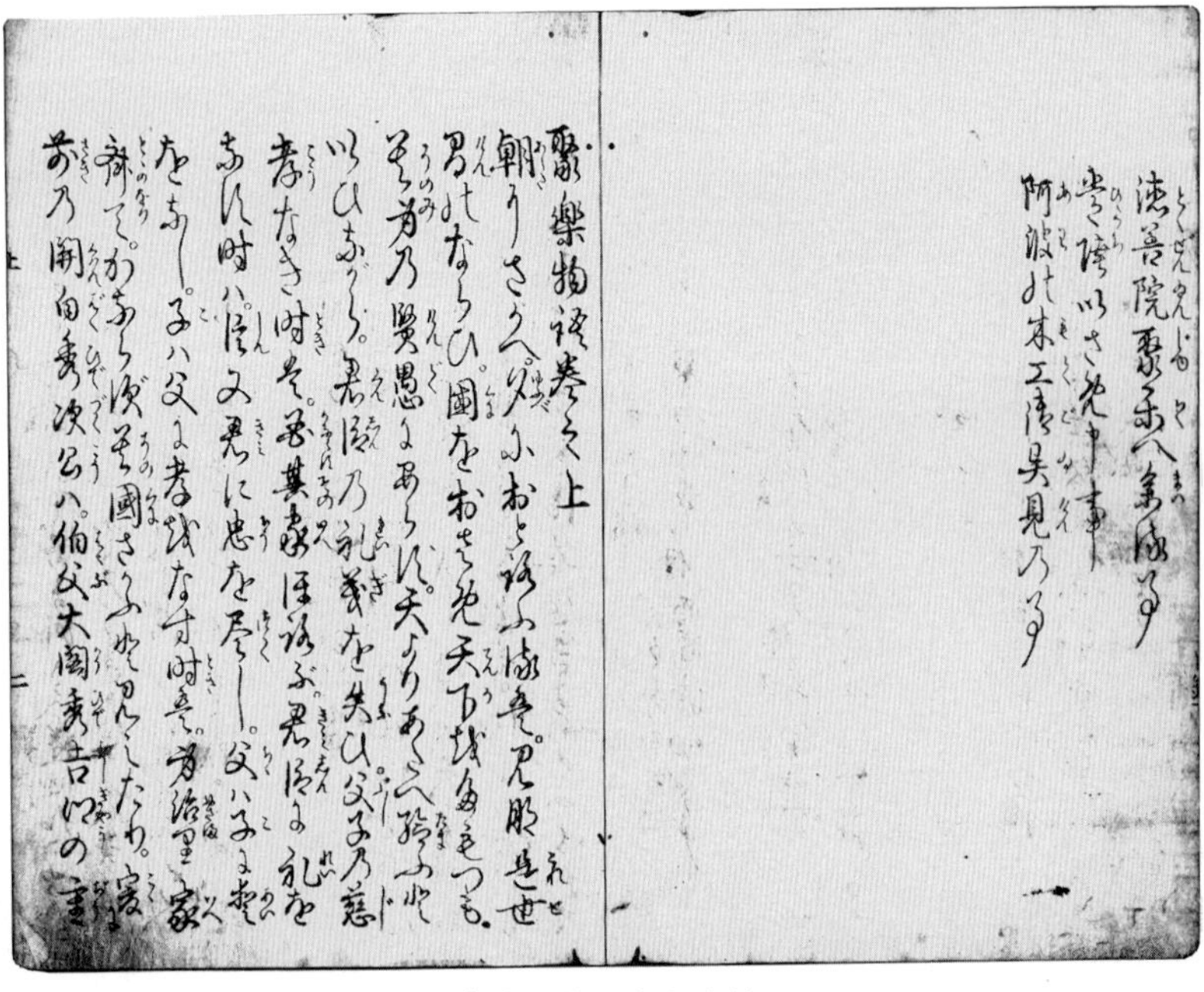

巻上目錄・巻上巻首

死靈解脱物語聞書（正徳二年山形屋川村刊(乙本)）　和田恭幸藏

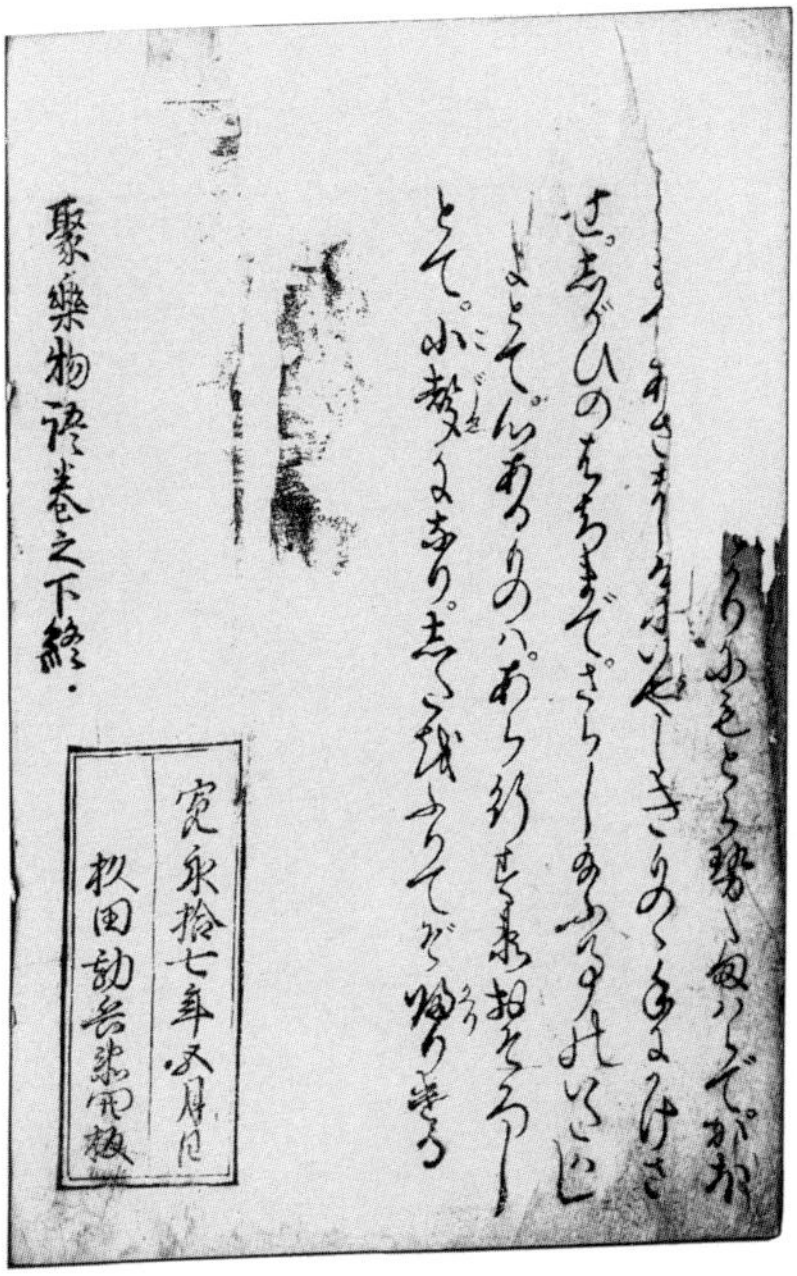
聚樂物語巻之下終
寛永拾七年[illegible]月日
杦田勘兵衛開板

刊　記

上巻13丁ウ・又13丁オ

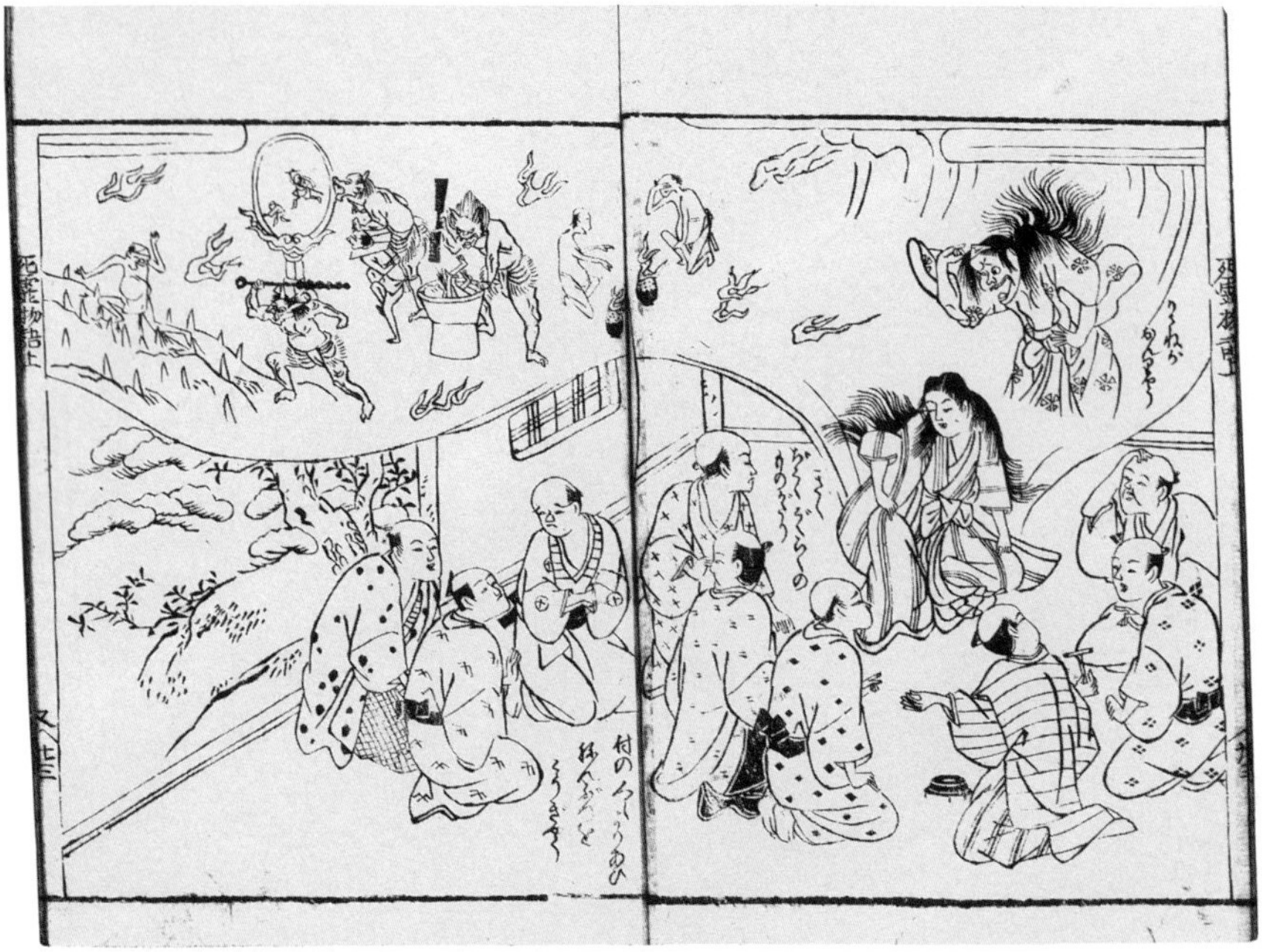

上巻23丁ウ・又23丁オ

下巻４丁ウ・又４丁オ

死靈解脱物語聞書（刊写本　江戸後期写・一冊）和田恭幸藏

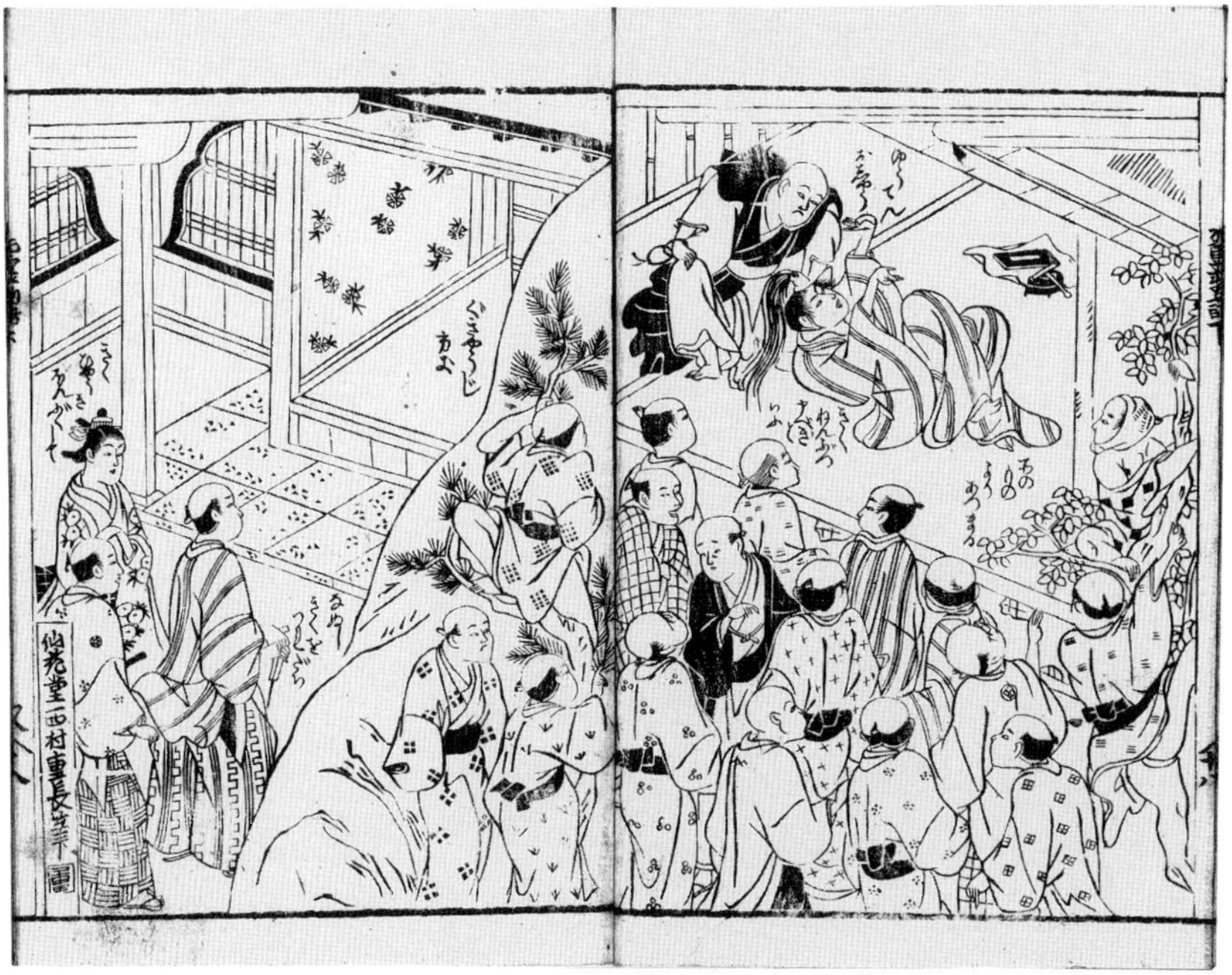

下巻18丁ウ・又18丁オ

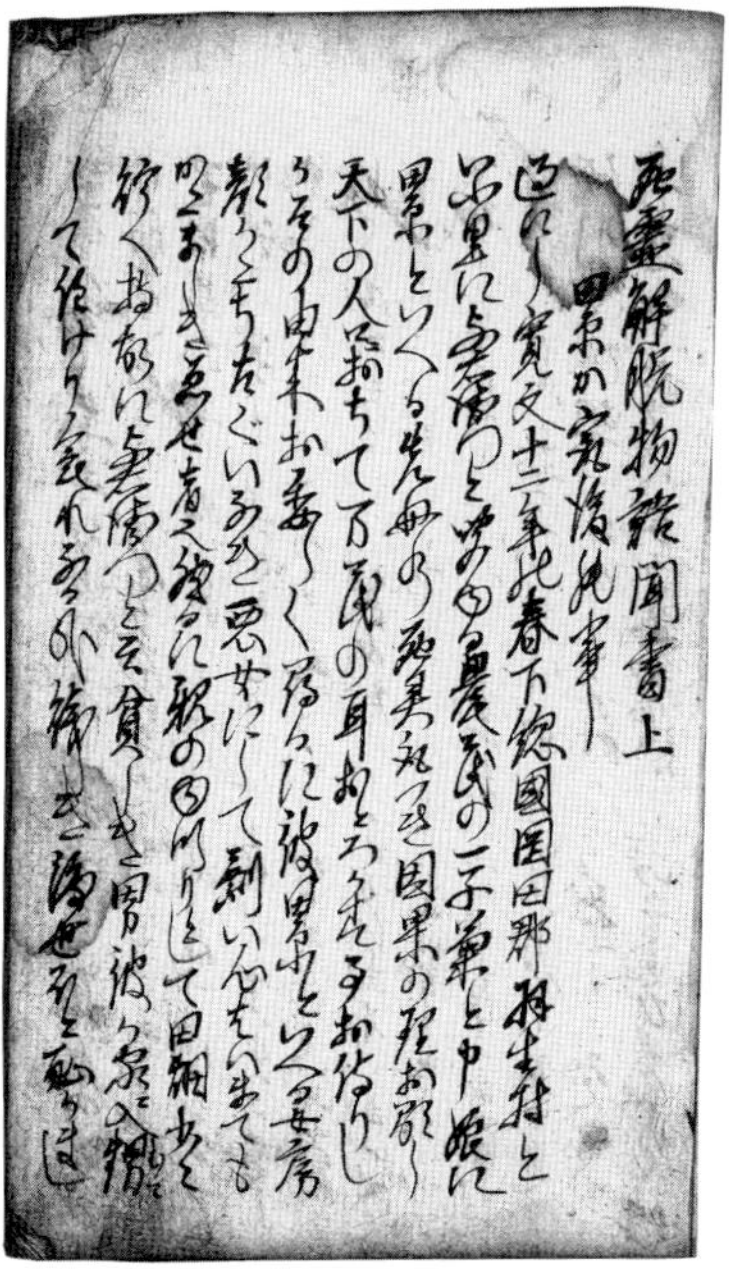

巻　首

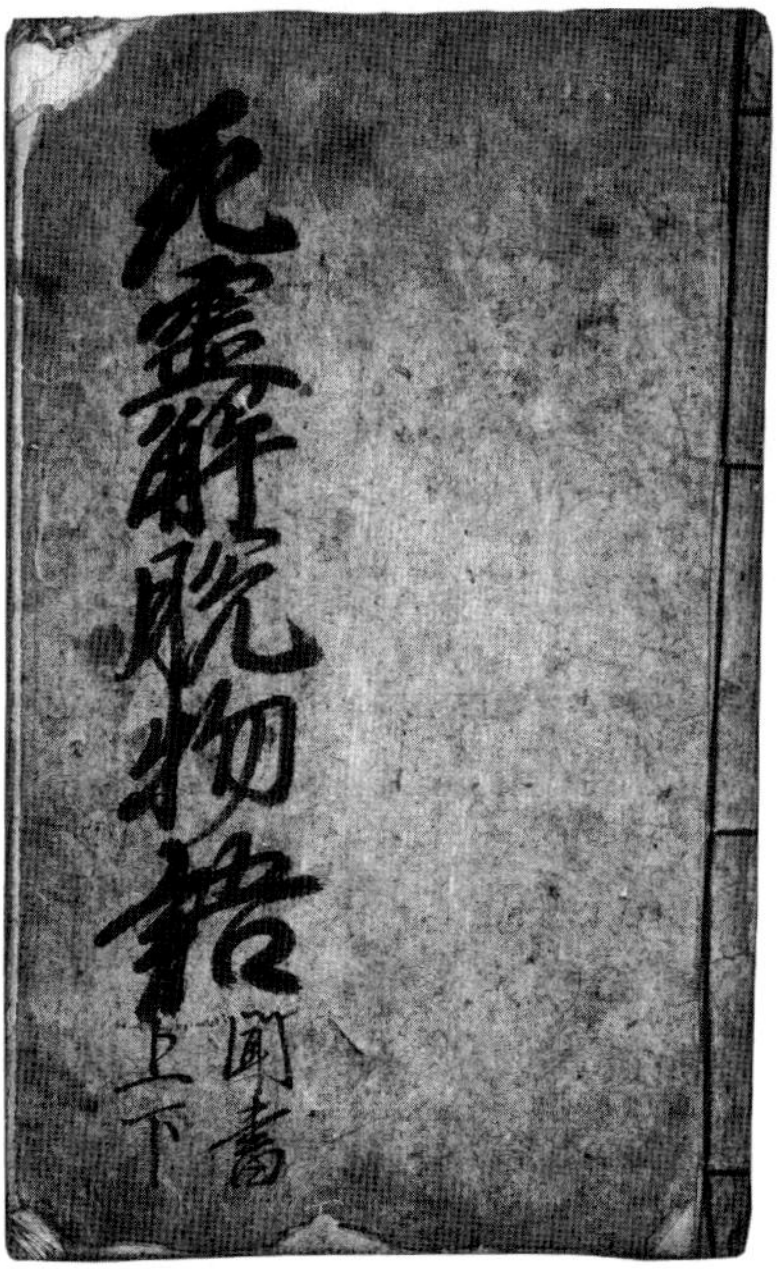

表　紙

仮名草子集成 第三十九巻

二〇〇六年 三 月 五 日 初版印刷
二〇〇六年 三 月一五日 初版発行

編 者 菊池真一
深沢秋男
和田恭幸

発行者 今泉弘勝

印刷所 株式会社三陽社

製本所 渡辺製本株式会社

発行所 株式会社 東京堂出版
東京都千代田区神田神保町一—一七（〒一〇一—〇〇五一）
電話 東京 〇三—三二三三—三七四一 振替 〇〇一三〇—七—二七〇

ISBN 4-490-30537-0 C 3393
Printed in Japan